Oetinger

Kirsten Boie
Eine Welt aus Büchern

KIRSTEN BOIE, 1950 in Hamburg geboren, ist eine der renommiertesten deutschen Kinder- und Jugendbuchautorinnen. Für ihr Gesamtwerk wurde sie mit dem Sonderpreis des Deutschen Jugendliteraturpreises geehrt. Kirsten Boie hat viele beliebte Kinderbuchfiguren für alle Altersgruppen erschaffen, darunter »Der kleine Ritter Trenk«, »Seeräubermoses«, »King-Kong«, »Die Kinder aus dem Möwenweg« und »Thabo«. Darüber hinaus engagiert sich die promovierte Literaturwissenschaftlerin mit großem Einsatz auf dem Gebiet der Leseförderung. Nicht nur »Paule ist ein Glücksgriff« – so der Titel ihres Debütromans –, sondern auch »Kirsten Boie ist ein Glücksfall für die deutsche Kinderbuch-Literatur« (NDR).

Kirsten Boie

Ein Sommer in SOMMERBY

Mit Vignetten von Verena Körting

Verlag Friedrich Oetinger · Hamburg

Mehr von Kirsten Boie (Auswahl)

Thabo – Detektiv & Gentleman – Der Nashorn-Fall
Thabo – Detektiv & Gentleman – Die Krokodil-Spur
Thabo – Detektiv & Gentleman – Der Rinder-Dieb
Entführung mit Jagdleopard
Der Junge, der Gedanken lesen konnte
Der durch den Spiegel kommt
Skogland
Wir Kinder aus dem Möwenweg

MIX
Papier aus verantwortungsvollen Quellen
FSC® C014496
www.fsc.org

Die Zitate in diesem Buch wurden folgenden Quellen entnommen:
S. 85/86: Annemarie Selinko, »Désirée«, der Abdruck erfolgte mit freundlicher Genehmigung von Verlag Kiepenheuer & Witsch, Köln. www.kiwi-verlag.de
S. 158/216/217: Otfried Preußler, »Die kleine Hexe« © by Thienemann in der Thienemann-Esslinger Verlag GmbH, Stuttgart. www.thienemann-esslinger.de
Einband und Vignetten: Verena Körting
Satz: Dörlemann Satz GmbH, Lemförde
Druck und Bindung: GGP Media GmbH,
Karl-Marx-Straße 24, 07381 Pößneck, Deutschland
Printed 2020
ISBN 978-3-7891-0883-9

wwww.oetinger.de
www.kirsten-boie.de
www.moewenweg-stiftung.de

Wenn man von der kleinen Stadt, in deren einziger Straße sich im Sommer die Touristen drängeln und die im Winter so leer ist wie ein Eimer vor dem Melken, über das Wasser guckt, dann sieht man auf der Landzunge gegenüber das kleine, alte Haus.

»Mein Gott, was für eine einmalige Lage!«, sagen die Touristen. »Aber warum ist es so heruntergekommen?«

Denn das können sie erkennen, so breit ist der Meeresarm an dieser Stelle nicht.

»Es gehört der alten Inge«, sagen die Einheimischen. Mehr sagen sie nicht.

»Kann man es vielleicht kaufen?«, fragen die Touristen.

Aber die Einheimischen schütteln den Kopf. »Niemals!«, sagen sie. »Und außerdem ist es vielleicht nicht ganz so idyllisch, wie Sie denken. Es führt ja nicht mal eine Straße dorthin.«

Und das ist die Wahrheit. Zu Inges altem Haus kommt man nur mit dem Boot über das Wasser, aber bevor man das versucht, fragt man Inge besser, ob sie es erlaubt, sonst kann man eine böse Überraschung erleben.

Es versuchen aber auch nicht viele. Die Segelboote, die im

Sommer zu Hunderten im Hafen der kleinen Stadt liegen, wollen alle möglichst schnell die letzten Seemeilen bis zur Ostsee fahren oder manchmal aus der anderen Richtung den Meeresarm hinauf bis zur alten Wikingerstadt. Die Landzunge interessiert die Segler nicht; manchmal versucht vielleicht einer, einen Blick durch die wuchernden Herbstanemonen und Margeriten und Stockrosen am Ufer zu erhaschen, aber wenn er dann dahinter nichts als ein paar Hühner entdeckt, die friedlich am Boden picken, dann seufzt er nur und guckt lieber wieder in Richtung Mündung und lässt das kleine Haus in Ruhe.

Dabei hätte er in diesem Sommer einiges mehr sehen können als Hühner. Aber zum Glück liegt das alles hinter den Herbstanemonen versteckt, und kein Mensch weiß davon.

DER TAG
VOR DEM ERSTEN TAG

1.

Dabei hat alles mit einer schlimmen Nachricht angefangen. Das ist ja manchmal so im Leben: Etwas Erschreckendes passiert, aber wenn man nach Jahren darauf zurückblickt, dann hat genau damit etwas Glückliches begonnen. Nur dass man das zu diesem Zeitpunkt noch nicht weiß. Und Martha weiß es natürlich auch nicht, oder Mikkel oder Mats.

Noch nicht einmal Papa weiß es, als er an diesem Nachmittag in die Wohnung gestürmt kommt mit einem Gesicht, wie sie es noch nie bei ihm gesehen haben.

»Mama hat einen Unfall gehabt!«, ruft er, und dann wirft er im Flur sein Jackett auf den Boden und verschwindet in Mamas Arbeitszimmer, aber die Tür lässt er offen.

»Was für einen Unfall?«, ruft Martha. »Wieso?«

»Sie ist doch in Amerika!«, sagt Mikkel, als ob es da keine Unfälle geben könnte.

Mats sagt gar nichts und guckt nur von Martha zu Mikkel und wieder zurück. Mats ist noch so klein, dass er bei schwierigen Dingen erst entscheidet, wie viel Angst er haben will, wenn er sieht, wie viel Angst Mikkel und Martha haben. »Oh Gott, Martha, ich weiß überhaupt nicht ...!«, sagt Papa und kramt wild in den Unterlagen auf Mamas

Schreibtisch. »Und was mach ich denn jetzt mit euch? Ich kann euch doch nicht alleine hierlassen!«

So hat Martha Papa noch nie erlebt. So panisch. So durcheinander.

»Ihr müsst zu eurer Oma fahren!«, sagt er, und Martha sieht, dass seine Hände zittern. »Mir fällt einfach so schnell nichts anderes ein! Ist das okay für euch, Martha, ist das okay? Leonie muss doch irgendwo die Adresse … verdammt!«

»Die Oma kenn ich nicht«, sagt Mats empört.

Und: »Was ist denn überhaupt passiert, Papa?«, ruft Martha.

Da begreift Papa vielleicht, dass er seine Kinder nicht so erschrecken darf. Man kann richtig sehen, wie er tief Luft holt, um sich zusammenzureißen.

»Mama hat in New York auf dem Weg zur Arbeit einen Unfall gehabt«, sagt er. »Ihre Bank hat mich vorhin angerufen. Sie liegt im Krankenhaus. Ich habe schon einen Flug für mich gebucht.« Dann kramt er weiter und blättert in Notizbüchern, aber dass er nicht findet, was er sucht, kann jeder sehen. »Nichts! Na, das hätte mich auch gewundert!«

»Muss Mama sterben?«, fragt Mikkel. Zu seinem Geburtstag vor zwei Jahren hat er einen Hamster bekommen. Der Hamster liegt jetzt in einer schönen Schachtel, die sie extra im Papierladen gekauft haben, drei Stockwerke tiefer unten im Hof in einem Blumenbeet unter einem kleinen Holzkreuz. Kein Nachbar hatte etwas gegen das Grab.

»Quatsch!«, sagt Martha, obwohl sie doch nicht mehr

weiß als Mikkel. Aber man kann schlimme Dinge bannen wie mit einem Zauberspruch, vielleicht. Man muss Gutes denken und Gutes hoffen und Gutes sagen, dann wird auch alles gut.

»Es geht ihr wohl nicht so toll«, murmelt Papa, und Martha merkt, wie besorgt er ist. Nicht immer helfen Zaubersprüche.

»Mein Flug geht heute Abend. Ich weiß nicht, wie lange ich bei Leonie bleiben muss. Und ich kann euch nicht allein zu Hause lassen. Schon gar nicht jetzt in den Ferien, wo alle verreist sind.«

Inzwischen sucht er in Mamas Adressbuch auf dem PC, da ist schon klar, wonach. Aber auch da gibt es keine Telefonnummer von Mamas Mutter.

»Aber wir kennen die Oma doch überhaupt nicht!«, sagt Martha jetzt auch. »Du kannst uns doch nicht ...« Dann ist sie still.

»Weißt du denn eine andere Möglichkeit?«, ruft Papa. »Dann sag sie mir! Sag sie!«

Irgendwo in New York liegt Mama in einem Krankenhaus, und Papa weiß nicht, wie es ihr geht, und Papa hat Angst. Martha versteht plötzlich, dass es keinen Sinn macht, ihm zu widersprechen. Papa muss nach New York fliegen. Vielleicht ist es sogar ganz nett, diese Oma wiederzusehen, von der Mama und Papa seit vielen Jahren nicht mehr sprechen. Und es ist ja sicher nicht für lange. Bald kommt Papa zurück. Und Mama kommt bestimmt auch zurück. Es ist besser, wenn sie es Papa jetzt nicht noch schwerer machen.

»Annika kann uns doch morgen hinfahren«, sagt Martha tapfer. »Mach dir keine Sorgen, Papa. Annika kann jetzt gleich kommen und bei uns schlafen, und dann kann sie uns morgen zu Oma fahren. Das klappt schon!«

»Ja, wenn die alte Hexe überhaupt noch lebt!«, murmelt Papa und merkt gar nicht, wie Mikkel und Mats zusammenzucken. »Dass es hier aber auch keine Telefonnummer von ihr gibt, verdammt!«

»Ist sie in echt eine Hexe?«, fragt Mats. Nun hat er sich doch entschieden ängstlich zu sein.

»Ruf Annika an, Papa!«, sagt Martha. »Sie soll kommen! Annika macht das!«

Annika ist Mamas beste Freundin. Sie hat mit Mama studiert und ist mit Mama und den Kindern in Urlaub gefahren, und manchmal, wenn Papa auf Geschäftsreise ist oder noch im Büro oder in seinem Arbeitszimmer am Ende vom Flur, sitzt sie abends mit Mama im Wohnzimmer, mit einer Flasche Rotwein auf dem Tisch, und die beiden reden und reden. Bestimmt kommt Annika gleich. Und bestimmt bringt sie die Kinder dann auch zu dieser Oma.

»Kann nicht vielleicht Annika bei uns bleiben?«, fragt Mikkel, und sein Gesicht leuchtet auf. »Geht das nicht lieber?«

Aber natürlich weiß sogar Mikkel, dass Annika jeden Morgen zur Arbeit fahren muss. Da ist sie dann den ganzen Tag, und wer soll sich inzwischen um die Kinder kümmern?

Und dass Papa jetzt nicht noch lange überlegen kann, wer

sich um Martha, Mikkel und Mats kümmern soll, ist auch schon klar. Papa muss zum Flughafen.

»Ja, das ist eine gute Idee, Martha!«, sagt er und streicht schon über sein Handy. »Annika kann das machen.«

»Ich finde Annika nett«, sagt Mats.

DER ERSTE TAG

2.

Und natürlich ist Annika gekommen. Ganz schnell, noch bevor Papa zum Flughafen gefahren ist.

»Macht euch nicht verrückt!«, hat sie zu Martha und Mikkel gesagt. Mats hat in seinem Zimmer auf dem Fußboden gespielt. »Das kommt alles wieder in Ordnung. Leo ist doch tough! Jetzt bestellen wir erst mal eine Pizza.«

Dann haben sie Pizza gegessen, und Annika hat mit irgendwem telefoniert, der irgendwem sagen sollte, dass sie morgen nicht zur Arbeit kommen kann, sie würde sich auch noch direkt melden. Alles hat sich normal angefühlt. Sie sind ja auch sonst schon oft mit Annika allein zu Hause gewesen, wenn Mama und Papa zu irgendeinem Fest gegangen sind oder sonst wohin.

Am nächsten Morgen hat Annika gesagt, dass sie packen sollen.

»Nicht zu viel! Es ist ja nicht für die Ewigkeit«, hat sie gesagt. »Jede Wette seid ihr in ein paar Tagen schon wieder hier. Eine kleine Tasche, das reicht.«

Martha hat trotzdem ihren Rollkoffer gepackt. Man weiß nie, wem man vielleicht begegnet und was man vielleicht braucht. Und Mats hat Haldór Schröderson unter den Arm geklemmt, seinen Kuschelhund mit der roten Jacke, der längst so zerliebt ist, dass Martha sagt, er sieht aus wie eine Ratte; und Wilde Dreizehn hat er in die SpongeBob-Tasche gesteckt. Ein Tyrannosaurus hält das aus.

Aber als Annika die Tasche dann noch mal geöffnet hat, waren da keine Socken drin und keine Unterhosen und Wechsel-Jeans auch nicht. Zum Glück kann Annika die jetzt noch reinstopfen.

Die Fahrt dauert zwei Stunden. Papa hat Annika den Schlüssel für Mamas X5 dagelassen, weil er das sicherer fand, als wenn sie mit Annikas kleinem, altem Polo fahren. Außerdem sind da die Kindersitze drin.

Martha sitzt vorne.

»Ihr habt sie überhaupt nie gesehen, oder?«, fragt Annika und rangiert den Wagen aus der Parklücke. »Eure Oma?«

Martha schüttelt den Kopf. Dann nickt sie doch.

»Ein paar Mal, als ich ganz klein war«, sagt sie. »Mikkel war noch nicht geboren. Da haben wir sie manchmal besucht. Ich weiß nur, dass sie komisch war.«

»Ich hab sie nie kennengelernt«, sagt Annika. »Aber natürlich von ihr gehört. Oh Mann.« Dann sind sie schon fast auf der Autobahn.

Martha hat Angst gehabt, dass sie vielleicht den Weg nicht finden, aber natürlich kennt das Navi sich aus. Es führt sie über Straßen, die kleiner und kleiner werden, und dann kommt endlich das Ortsschild. Es steht ein wenig schief, als hätte irgendwann einmal jemand den Pfahl gestreift, auf der

Heimfahrt von einem Fest vielleicht mit ein bisschen Bier und ein bisschen Schnaps im Bauch; und das Gelb auf dem Blech ist von Sonne und Regen vieler Jahrzehnte verblichen.

Aber den Schriftzug kann man immer noch lesen. »Sommerby«, sagt Annika. »Schöner Name. Na, nun sind wir gleich da.«

Martha merkt erstaunt, dass sie sich erinnert. An die Häuser mit den Reetdächern, die in unregelmäßigen Abständen entlang der gewundenen Dorfstraße stehen. An die Gärten davor mit Mädchenauge und Margeriten und knorrigen Obstbäumen. Dabei ist es doch so lange her!

In ihr drin ist plötzlich ein erwartungsvolles Gefühl. Beinahe glücklich, was doch ganz und gar verrückt ist. »Gleich kommt die Kirche, und dann müssen wir, glaube ich, links«, sagt sie.

Ihr Handy summt.

Heil gelandet!, hat Papa geschrieben. **Melde mich wieder!**

»Da rein?«, fragt Annika.

Martha nickt. Die Straße wird noch schmaler, wieder ein paar Häuser, wieder blühende Gärten. An einem Zaun ist plötzlich alles zu Ende.

Annika starrt auf ihr Navi. »Ja, was denn jetzt?«, fragt sie verblüfft. »Nichts mit ›*Sie haben Ihr Ziel erreicht*‹? Da ist ja nur noch Acker!«

Martha sieht auf das Navi und auf den Zaun. »Ich weiß auch nicht«, murmelt sie. »Ich glaube, das war nicht so. Dann müssen wir vielleicht über die Weide. Es ist dahinten. Wo die Bäume sind. Dazwischen liegt es.«

Jetzt starrt Annika auf die Weide. »Kein Weg?«, fragt sie und schaltet den Motor aus. »Das kann die Oma doch nicht ernst meinen!«

»Keine Ahnung«, sagt Martha unglücklich. »Es ist ja nicht weit.«

Dann holen sie Marthas Rollkoffer aus dem Kofferraum und Mikkels Rucksack und die SpongeBob-Tasche von Mats.

»Ich steig zuerst über den Zaun, und ihr reicht mir die Taschen«, sagt Annika. Jetzt klingt ihre Stimme entschlossen. »Dann kommt ihr nach. Ich fass es ja nicht.«

»Da sind Kühe«, sagt Mikkel. Er steht auf der untersten Zaunlatte. Vielleicht überlegt er, ob er wirklich den kleinen Sprung nach unten auf die Weide tun will. Wer weiß, ob die Kühe nicht gefährlich sind.

»Das sind quasi Frauen«, sagt Martha. Nicht dass sie wirklich beruhigt wäre. Was weiß sie von Kühen? Aber wenn sie zu dieser Oma wollen, dann gibt es keine andere Möglichkeit. »Das sind keine Bullen. Die Männer sind Bullen. Bullen sind gefährlich. Kühe nicht.«

Am anderen Ende der Weide haben die Kühe sie jetzt auch bemerkt. Zehn, zwölf schwarzbunte Tiere. Sie starren den Kindern entgegen, dann macht die erste Kuh einen nachdenklichen Schritt in ihre Richtung.

»Ich kenn mich mit Kühen nicht so aus«, sagt Annika, »aber wenn sie Euter haben, sind sie garantiert weiblich. Und die da haben alle ein Euter. Also auf geht's!« Und ohne sich noch einmal zu den Kindern umzudrehen, macht sie sich energisch auf den Weg in Richtung Baumgruppe.

»Ist Euter nicht gefährlich?«, fragt Mats unruhig und quetscht Schröderson unter den linken Arm. Mit rechts trägt er seine Tasche. Jetzt hat er keine Hand frei, um sich bei Martha festzuhalten.

»Die haben keine Hörner!«, sagt Mikkel. Als Einziger klingt er eher ein bisschen erwartungsfroh als ängstlich. Er ruckelt seinen Rucksack zurecht und springt von der Zaunlatte ins Gras. »Komm, Mats.«

Dann folgen sie Annika über die Wiese, und von der anderen Seite aus sehen die Kühe ihnen zu. Ihre Trägheit hat über ihre Neugierde gesiegt.

»Nicht in Kuhkacke treten!«, ruft Martha, aber da passen Mikkel und Mats schon selbst auf. Einmal stolpert Mats über einen Maulwurfshügel und fällt hin, aber er wischt sich nur ärgerlich die Knie ab und geht entschlossen weiter. Keiner sagt ein Wort.

Die ganze Zeit blähen sich rechts, nur wenige Schritte von ihnen entfernt, weiß und sommerlich unzählige Segel auf dem Wasser auf ihrer Fahrt in die Ostsee, und dahinter erkennt Martha den Mastenwald im Hafen der kleinen Stadt gegenüber. Und vor ihnen wartet Annika am Rand der Baumgruppe vor einer Pforte, die schief in ihren Angeln hängt.

»Na, alle da?«, fragt Annika. »Haben die Kühe euch nicht gefressen?«

Es ist ein merkwürdiges Gefühl jetzt, so nah am Haus,

das ein Puppenhaus sein könnte oder vielleicht ein Haus in einem von diesen Filmen mit den freundlichen Knetfiguren: Niedrige weiß gestrichene Mauern, von Fachwerk gehalten und mit kleinen Fenstern unter einem bemoosten Reetdach, so tief heruntergezogen, dass Martha sich kaum vorstellen kann, wie ein Erwachsener darunterpassen soll. Und kein einziges Geräusch, nichts rührt sich. Alles fühlt sich auf einmal unendlich einsam an, dabei gleiten doch neben ihnen immer noch die Segelboote vorbei, und wenn sie genau hinhören, können sie sogar aus der kleinen Stadt das Lachen und Rufen der Feriengäste hören, das der Wind über das Wasser zu ihnen trägt. Aber hier ist alles still.

»Vielleicht ist sie gar nicht zu Hause?«, flüstert Martha.

Annika schüttelt den Kopf. »Das werden wir gleich wissen!«, sagt sie. »Hallo, ist da jemand?« Und sie öffnet die Pforte.

3.

Halt!«, ruft eine Stimme, die Martha zu ihrem Erstaunen wiedererkennt, obwohl es doch so lange her ist. Eine tiefe, rauchige Frauenstimme. »Das hier ist Privateigentum. Haben Sie das Schild nicht gesehen?«

Und dann kommt die Oma hinter einem Holunderstrauch hervor, eine alte Frau in Gummistiefeln und abgewetztem Pullover über einer fleckigen Jeans, und unter dem rechten Arm klemmt lässig ein Luftgewehr. »Verlassen Sie sofort mein Grundstück.«

»Hilfe!«, schreit Mats und lässt seine Tasche fallen. Aber Schröderson hält er ganz fest, als er sich umdreht und anfängt, über die Wiese zurückzurennen. »Die schießt uns tot!«

»Mats!«, brüllt Martha. »Komm zurück! Die Kühe!«

»Mats?«, fragt die alte Frau und lässt langsam das Gewehr sinken. Auch eben schon hat der Lauf eher ins Gras neben den Kindern gezeigt als auf die Kinder, aber jetzt zeigt er nur noch auf den Boden. »Was wollen Sie hier?«

Das sagt sie zu Annika. Annika ist schließlich die einzige Erwachsene in der Gruppe. Trotzdem denkt Martha, dass *sie* jetzt eigentlich antworten müsste. *Hallo, Oma!*, müsste sie sagen. *Erkennst du mich nicht? Ich bin's doch, Martha, deine Enkeltochter! Und das hier sind Mikkel, den kennst du noch nicht, und der Kleine, der da eben weggerannt ist, als ob der Teufel hinter ihm her wäre, ist Mats, den hast du natürlich auch noch nie gesehen. Und wir sind gekommen, weil Mama einen Unfall hatte und in New York im Krankenhaus liegt und wir nicht wissen, wo wir sonst hinkönnen. Freust du dich?*«

Und dann würde die Oma sie in den Arm nehmen und *Martha!* rufen und vielleicht Tränen der Wiedersehensfreude in den Augen haben. Man kennt das aus Filmen.

Aber Martha sagt gar nichts und die Oma auch nicht. Alles ist falsch.

»Wenn Sie das Gewehr jetzt vielleicht unten lassen könnten?«, sagt Annika stattdessen und guckt ein bisschen skeptisch. Vielleicht fragt sie sich gerade, ob sie einer Frau, die Fremde mit dem Gewehr begrüßt, tatsächlich die Kinder ihrer Freundin anvertrauen kann. Vielleicht ist sie wirklich ein bisschen verrückt? »Ich bin Leonies Freundin Annika, und das sind Ihre Enkelkinder. Und vielleicht können wir kurz reinkommen?«

»Kurz« ist natürlich Unfug. Annika hat ja nicht vor, die Kinder wieder mitzunehmen. Aber das will sie vielleicht nicht gleich sagen, hier so zwischen den Bäumen an der Pforte.

Die alte Frau sieht sie misstrauisch an, dann winkt sie mit dem Gewehr Richtung Haus. »Wenn es nötig ist«, sagt sie.

»Mats!«, brüllt Martha. »Komm zurück! Alles in Ordnung!«

4.

Dann sitzt Annika neben der Eingangstür auf einer Holzbank, die längst wieder einmal hätte gestrichen werden müssen, und Martha lehnt an einem Baum, von dem sie glaubt, dass er ein Apfelbaum ist, und Mikkel und Mats drehen ihre Köpfe und gucken den Hühnern beim Picken zu. Die Oma hat das Gewehr mit dem Schaft auf den Boden gestützt und wartet. Inzwischen hat sie bestimmt Marthas Rollkoffer entdeckt. Und Mikkels Rucksack.

»Also?«, sagt sie.

»Ja, wie gesagt, ich bin Leonies Freundin Annika«, sagt Annika. Von ihrem Platz am Baum kann Martha über den ein bisschen unordentlichen Rasen gucken, auf die rosa und blauen Hortensien und die Stockrosen, die überschwänglich in allen Farben von zartem Gelb bis Purpur blühen; und dahinter über das sonnenglitzernde Wasser auf den Hafen der kleinen Stadt. Eigentlich wäre es so schön, dass es fast wehtun müsste. Wenn da nicht diese Alte mit dem Gewehr wäre.

»Ihre Tochter hat gestern in New York einen Unfall gehabt«, sagt Annika. »Und Nils ist sofort hingeflogen. Ihr Schwiegersohn.«

»Ich weiß, wer Nils ist«, sagt die Oma. Aber Martha erkennt eine Unruhe in ihrem Gesicht. »Und? Ist es schlimm?«

Was kümmert es dich denn, ob es schlimm ist!, denkt Martha. *Du meldest dich doch nie bei deiner Tochter. Du schickst ihr doch nicht mal eine Karte zu Weihnachten. Dir ist es doch bestimmt ganz egal, ob sie vielleicht so schlimm verletzt ist, dass sie stirbt.*

Dann zuckt Martha zusammen. Nicht nur, weil sie »sterben« nicht denken darf, nicht »sterben« und auch nicht die vielen anderen schrecklichen Dinge, die sie sich nicht vorstellen will. Sondern weil sie plötzlich begreift, warum es der Oma wichtig ist, wie es Mama geht.

Die Oma will sie hier nicht haben! Die Oma versteht, dass Annika gleich aufstehen und zurückfahren wird. Und dass sie die Kinder gebracht hat, damit die Oma auf ihre Enkelkinder aufpasst, solange ihre Tochter das nicht kann. Die Oma hat Angst, dass sie die Kinder bei sich aufnehmen muss.

»Wir wissen noch nicht viel«, sagt Annika. »Nils wird sich sicher bald melden. Aber im Augenblick ist leider niemand da, der sich um die Kinder kümmern könnte. In den Sommerferien sind fast alle auf Reisen, und da dachten Nils und ich …«

Die alte Frau schnaubt.

»Geben Sie mir Bescheid, sobald Sie gehört haben, wie es ihr geht!«, sagt sie. »Sofort.«

Annika nickt. »Natürlich«, sagt sie. »Wenn Sie mir Ihre Nummer geben?«

Dann warten sie alle auf eine Antwort. Mats hat inzwischen

auch Schröderson auf den Boden fallen lassen und sich an die Hühner herangeschlichen. Als er ganz vorsichtig in die Hände klatscht, stieben sie wild gackernd auseinander.

»Erschreck mir nicht meine Hühner!«, ruft die Oma böse. »Dann legen sie nicht!«

Aber Mats ist selbst erschrocken. »Die haben voll Angst vor mir, Martha!«, ruft er. Vielleicht ist er sogar stolz? Sonst haben nicht viele Angst vor dem kleinen Mats. Sonst ist es immer Mats, der Angst vor den anderen hat.

»Ja, wie gesagt«, sagt Annika. Sie wartet.

»Ich bin schließlich die Großmutter, was?«, sagt die Oma, als sie sieht, dass die Hühner sich wieder beruhigt haben. »Jetzt auf einmal bin ich wieder die Großmutter.«

Sie sieht Annika böse an. Aber Annika kann ja nichts dafür.

»Komm, Annika, wir fahren wieder zurück!«, sagt Martha und greift entschlossen nach dem Griff ihres Rollkoffers. Es ist egal, was diese Oma gleich noch sagt. Bei einer Oma, die sie nicht haben will, will Martha nicht bleiben. Dann kümmert sie sich eben selbst um Mikkel und Mats. Und vielleicht kann Annika doch bei ihnen einziehen, bis Papa zurück ist. Papa *und* Mama. Sie kriegen das schon hin.

»Du hast große Ähnlichkeit mit deiner Mutter in dem Alter«, sagt die Oma, und man könnte fast glauben, dass ihre Augen ein bisschen lächeln. Es ist unhöflich, einen Menschen so durchdringend anzusehen, wie die Oma Martha jetzt ansieht. »Die beiden da nicht.« Und sie dreht den Kopf zu Mikkel und Mats. »Die kommen mehr nach dem Vater. Wollen wir hoffen, dass das nur das Äußere betrifft.«

Jetzt ist Annika aufgestanden. Vielleicht findet sie, dass sie sich nicht auch noch Beleidigungen anhören müssen, wenn diese alte Hexe die Kinder sowieso nicht haben will.

»Komm, Martha!«, sagt sie. »Ihr auch, Mikkel und Mats. Vergiss Schröderson nicht, Matsi.«

Aber da passiert etwas Unerwartetes.

»Nein!«, sagt Mats. Nicht laut, aber in einem Ton, der keinen Widerspruch duldet. Inzwischen hat er die Katze entdeckt, die auf einem Sonnenfleck auf dem großen runden Stein auf dem Rasen liegt und ihre Pfote abschleckt. »Ich will bei den Tieren bleiben! Du kannst uns ja heute Abend holen.« Und er schleicht sich an die Katze heran, wie er sich eben an die Hühner herangeschlichen hat. Aber dieses Mal klatscht er nicht in die Hände, und die Katze sieht ihm gelangweilt entgegen und hört nicht auf, sich zu putzen.

»Komm, Mats!«, sagt jetzt auch Martha, mit dem Griff des Rollkoffers in der Hand. Mats versteht ja gar nicht, was er da sagt! Sobald Annika weg ist, wird er anfangen zu weinen. Und Martha wird ihn trösten müssen. Und dabei weiß sie überhaupt nicht, ob sie das hinkriegt. Martha könnte jetzt selbst ein bisschen Trost gebrauchen.

Die alte Frau schüttelt resigniert den Kopf. »Schon alles gut!«, sagt sie zu Annika. Es sieht aus, als ob sie einen Seufzer unterdrückt. »Es sind schließlich meine Enkel, was? Aber geben Sie Bescheid, sobald Sie etwas von meiner Tochter gehört haben. Sofort.«

Dann dreht sie sich um und verschwindet im Haus. Mit einem kleinen Stück Papier kommt sie zurück.

»Martha?«, fragt Annika, als sie die Telefonnummer an sich nimmt.

Martha zögert einen Moment, dann nickt sie. »Deswegen sind wir schließlich hergefahren, oder?«, flüstert sie. »Wenn was ist, melde ich mich. Ich hab dich ja eingespeichert.«

Annika zögert. »Aber als wir uns entschieden haben, dass ihr herkommen solltet, wussten wir nicht ...«, sagt sie leise.

Dass meine Oma eine alte Hexe ist?, denkt Martha. *Aber Papa wusste es, er kannte sie schließlich. Und wenn er uns trotzdem hergeschickt hat, dann heißt das, dass es okay ist. Es ist ja nicht für lange.*

»Ich kann dich doch immer anrufen!«, sagt sie.

Annika nimmt sie in den Arm. »Du bist so tapfer, Martha!«, sagt sie. »Aber tu das auch wirklich! Ich lass alles stehen und liegen und komme her und hole euch ab!«

Martha nickt. »Papa ist bestimmt sowieso bald zurück!«, sagt sie. »Mit Mama.«

Dann sieht sie Annika hinterher, wie sie auf dem Weg zum Zaun Maulwurfshügeln und Kuhfladen ausweicht. Mats hat schon Schröderson aufgehoben und wartet an der Haustür. Und Mikkel sieht so unglücklich aus, dass Martha weiß, sie muss sich zusammennehmen.

»Tschüs, Annika!«, ruft Martha und winkt. »Los, Mikkel und Mats! Sagt Annika Tschüs!«

Dann gehen sie zum ersten Mal durch die niedrige Tür ins Haus am schönsten Ort der Welt: Und so beginnt der wunderbarste Sommer.

5.

Nur dass die Kinder davon natürlich noch nichts wissen. Nicht, dass dies der schönste Ort der Welt ist, und erst recht nicht, dass der Sommer wunderbar werden wird.

»Oh!«, sagt Martha, als sie aus dem gleißend sonnigen Sommertag in die dämmerige Küche tritt. Gleich von draußen in die Küche, ganz ohne Flur. »Oh.«

Die Decke ist aus Holz und so niedrig, dass Papas Kollege Anders, von dem Mats immer flüstert, dass er vielleicht ein geheimer Riese ist, sich ganz sicher den Kopf anstoßen würde, jedenfalls da, wo die Balken sind. Solche Decken muss man weiß anstreichen, das weiß Martha von Friedrich und Isolde, die haben in ihrem Sommerhaus auch so eine. Sonst kriegt man ja im Leben keine Helligkeit in die niedrigen Räume, hat Isoldes Mutter ihr erklärt.

Aber in diese Küche würde man vielleicht sogar mit einer weißen Decke keine Helligkeit kriegen, so winzig ist das einzige Fenster. Und draußen gleich davor wuchert eine Weide und lässt kaum Licht herein.

»Das ist aber duster bei dir, du!«, sagt Mats vorwurfsvoll und zögert einen Augenblick, bevor er hinter Martha die Küche betritt. Hexenhäuser sind so dunkel, das weiß er.

Oder Räuberhäuser. »Rapuster, rapuster, im Wald da ist es duster!«

»Da wohnt ein alter Schuster, ich weiß«, sagt die Oma und knipst das Licht an. »Hier nicht. Ich zeig euch, wo ihr schlafen könnt.«

Dann öffnet sie eine Tür, und dahinter gibt es doch einen Flur, genauso dunkel und niedrig wie die Küche. »Ihr kriegt Matratzen auf dem Dachboden.«

Martha überlegt, ob sie das gut oder schlecht findet. Mit Friedrich und Isolde in ihrem weiß gestrichenen Ferienhaus würde sie Matratzen auf dem Dachboden gut finden.

»Da ist aber gar keine Treppe!«, sagt Mats vorwurfsvoll. Er hat wohl beschlossen, dass er vor dieser Oma jetzt keine Angst mehr haben will. Jedenfalls mit ihr reden kann er mal. Wenn er schon bei ihr bleiben muss. »Da kann man ja gar nicht hoch!«

»Kann man nicht?«, sagt die Oma und greift nach der Stange mit Haken, die hinter einer alten Truhe in der Ecke lehnt. Dann hakt sie die Stange in einen Ring, der aus der Flurdecke ragt, und als sie daran zieht, ist die Decke an dieser Stelle gar keine Decke, sondern eine Klappe, die langsam aufgeht und eine Öffnung freigibt, unter der sich wie in Zeitlupe eine Treppe nach unten entfaltet. Oder eine Leiter. Eine Mischung aus einer Treppe und einer Leiter.

Inzwischen ist auch Mikkel zu ihnen in den Flur gekommen. »Das ist ja cool!«, sagt er und starrt auf die Treppenleiter, die jetzt mit ihrer untersten Stufe auf dem Boden angekommen ist. »Eine Geheimtreppe!«

»Bitte sehr!«, sagt die Oma und gibt den Kindern ein Zeichen, dass sie nach oben steigen sollen.

Martha überlegt, was passiert, wenn die Hexe hinter ihnen die Treppe wieder hochklappt und sich die Klappe schließt. Dann sind sie auf dem Dachboden gefangen. Und wenn sie schreien, hört sie durch das dicke Reetdach draußen bestimmt niemand. Sowieso sind alle anderen Menschen weit weg auf der anderen Seite des Wassers. Wenn es ein Fenster gibt, könnte man natürlich springen.

Aber Mikkel ist schon beinahe oben, und Mats klettert so dicht hinter ihm, dass er Mikkels Rucksack fast ins Gesicht kriegt. »Cool!«, ruft Mikkel wieder. »Aber *richtig* cool!«

Da steigt Martha auch hoch.

Der Dachboden sieht aus wie ein großes Zelt aus Reet. Der Boden ist aus Brettern gezimmert, und darüber spannt sich das Dach bis zum First. Und Fenster für eine Flucht sieht Martha auch: An allen vier Seiten gibt es eine Gaube, als hätte hier irgendwann jemand vorgehabt, unter dem Dach Zimmer einzubauen. Wenn man ein bisschen genauer hinguckt, sieht man, dass alles blitzsauber ist. In einer Ecke stehen Kisten und alte Möbel: ein Sessel mit altmodischem Bezug und ein merkwürdiger Fernseher und ziemlich viele in Folie eingeschweißte Deckelgläser, übereinandergestapelt wie ein Turm, und noch tausend andere Sachen.

»Sucht euch einen Platz zum Schlafen aus!«, sagt die Oma. Sie steht direkt hinter Martha auf der Treppe. »Da legen wir dann die Matratzen hin.«

»Das ist aber schön hier, du!«, sagt Mats und stellt sich

direkt unter eins der Fenster. Die Sonne fällt durch die staubigen Scheiben und malt einen leuchtenden Streifen auf den Holzfußboden. »So ein schönes Dach! Hier schlaf ich.«

Die Oma nickt. »Hilf mir mal!«, sagt sie.

Und in der Ecke mit den alten Möbeln gibt es tatsächlich auch einen Stapel aus Matratzen. Genau ansehen darf man sie lieber nicht.

»Ich bin ja stark!«, sagt Mats und hilft, eine Matratze unter ein Fenster zu ziehen. »Schröderson findet es gut hier.«

»Schröderson?«, fragt die Oma und zieht die Brauen hoch.

»Das ist sein Hund!«, sagt Mikkel. »Den hat Mama mitgebracht, als sie für die Bank in Island war. Das ist ein isländischer Name.«

»Das sollte mich wundern!«, sagt die Oma. »Richtet euch ein. Ich bring euch Bettzeug hoch. Guckt ruhig, was ihr von den Sachen in der Ecke brauchen könnt. Aber macht mir die Gläser nicht kaputt.«

6.

Und dann beginnt der erste Abend, und ganz sicher kann keiner von ihnen sich da vorstellen, dass sie eines Tages weinen werden, wenn sie zurückfahren sollen. Auch Mikkel und Martha haben sich einen Platz für ihre Matratzen gesucht, und die Oma hat ihnen Decken und Kissen und Laken gebracht. Martha hat neben ihre Matratze noch den alten Sessel gestellt, darüber kann sie dann abends ihre Kleider hängen, und überhaupt sieht es so plötzlich viel gemütlicher aus. Ihr Koffer steht aufrecht auf der anderen Seite wie eine viel zu niedrige Wand zwischen ihrer Matratze und der von Mikkel, da weiß sie, wo ihr Platz aufhört und der von Mikkel anfängt. Wenn sie schon keine richtigen Zimmer haben.

Martha zieht ihr Handy aus der Tasche und macht ein Foto. Ob Isolde auch gerade in ihrem Sommerhaus ist oder noch immer auf den Malediven, weiß sie nicht, aber die WhatsApp wird sie schon erreichen. Martha klettert rückwärts die Leiter nach unten und geht über den Flur zur Küche.

»Hallo?«, sagt sie, als sie vorsichtig die Küchentür öffnet. Wenn Martha die Oma besser kennen würde, hätte sie natürlich »Oma?« gesagt. Aber so klingt das irgendwie falsch.

Die Oma steht mit dem Rücken zur Tür neben dem Herd,

auf dem das Wasser in einem großen Topf vor sich hin köchelt, und steckt prüfend eine Gabel in eine Kartoffel. »Gleich gar«, sagt sie, ohne sich umzudrehen. »Noch zwei, drei Minuten.«

»Ich brauch bitte mal das Passwort«, sagt Martha und wartet höflich. »Ich kann es mir auch selbst vom Router abschreiben.«

Jetzt dreht die Oma sich doch zu ihr um. »Was?«, fragt sie.

»Ich möchte meiner Freundin eine WhatsApp schicken!«, sagt Martha. »Da brauch ich dein WLAN.«

Die Oma runzelt die Stirn. »Da bist du hier falsch, mein Mädchen!«, sagt sie. »Falls ich richtig verstanden habe, was du meinst. Das gibt es hier nicht, WLAN und Router und Passwort. Tut mir leid.«

»Kein WLAN?«, fragt Martha erschrocken und überlegt, was das bedeutet. Für alles muss sie jetzt ihr Datenvolumen nutzen. Und wenn das aufgebraucht ist, wird sie gar nicht mehr ins Internet kommen. »Wie gehst du denn ins Netz?«

»Ich geh keinem ins Netz!«, sagt die Oma und lacht ein Lachen, das Martha nicht versteht. »Bin ich nie und hab ich auch jetzt nicht vor. Du musst mal ohne auskommen, mein Mädchen.«

Martha schluckt. »Aber ich hab keine Flatrate«, sagt sie.

Die Oma sieht sie nachdenklich an. »So«, sagt sie. Vielleicht weiß sie nicht mal, was eine Flatrate ist? So, wie sie lebt. Im Mittelalter.

Martha dreht sich weg vom Herd. Sie muss Isolde dringend schreiben, was passiert ist. Und wo sie jetzt sind. Auf dem Display sieht sie, dass sie keine neuen Nachrichten hat. Nicht mal von Papa. War Papa noch gar nicht bei Mama im Krankenhaus? Warum schreibt er nicht, wie es ihr geht?

Martha wird es plötzlich ganz kalt. Natürlich war Papa inzwischen bei Mama, da ist er doch bestimmt als Erstes hingegangen. Und wenn er seinen Kindern jetzt nicht schreibt, wie es Mama geht … Martha schluckt. Dann ruft sie Papas Nummer auf.

Und jetzt erst sieht sie es! Oben auf dem Display, wo sonst immer fünf Balken die Stärke der Verbindung zeigen, steht es deutlich und unmissverständlich: Kein Netz.

»Hier gibt es ja gar kein Netz!«, ruft Martha.

Die Oma lacht wieder. »Hab ich dir doch gesagt!«, sagt sie. Sie versteht wirklich gar nichts.

Martha läuft nach draußen. Kein WLAN! Und auch kein Netz! Irgendwo muss es ein Netz geben. Das Wasser ist doch nicht so breit, und auf der anderen Seite liegt die kleine Stadt. Vielleicht vorne am Steg? Man kann doch nicht ohne Netz leben, nicht mal hier!

Der Steg sieht aus, als hätte sich lange niemand mehr um ihn gekümmert. Ein Brett ist zur Hälfte herausgebrochen. Trotzdem liegt ein Boot daran vertäut, ein altes Boot aus Holz, und der Motor am Heck ist sorgfältig aus dem Wasser genommen und hochgeklappt. Freundliche kleine Wellen schwappen gegen den Rumpf.

Martha läuft bis zur vordersten Spitze. Sie streckt den Arm mit dem Handy der kleinen Stadt entgegen, so weit es geht. *Kein Netz.* Kein Netz, nirgendwo.

Wie soll sie sich denn jetzt mit Papa schreiben? Mit Isolde? Wie soll sie Fotos verschicken, und was ist mit Snapchat und Instagram?

»Martha!«, ruft Mats. Er steht in der Pforte und schwenkt seine Arme. »Du sollst kommen!«

Martha sieht noch einmal über das Wasser, dann dreht sie sich um und geht langsam zum Haus zurück. Morgen wird sie nach einer Stelle suchen, an der sie Empfang hat. Vielleicht gleich hinter der Weide, in Sommerby. Und heute Abend ruft sie Papa dann eben erst mal vom Festnetz an, um zu hören, was mit Mama ist. Das wird teuer für die Oma.

7.

Du sollst kommen!«, sagt Mats wieder, als Martha an ihm vorbei durch die Pforte geht. Als wäre sie nicht längst da. »Kartoffeln pellen.«

»Bitte was?«, fragt Martha verblüfft.

In der Küche hat die Oma den Topf vom Herd genommen und eine große Schüssel danebengestellt. »Die beiden Herren hatten offenbar noch nie ein Messer in der Hand!«, sagt sie. »Na, das muss sich ändern. Erst mal kannst du mir ja helfen«, und sie nickt in Richtung Topf.

Martha sieht, dass ein Messer und eine Gabel auf dem alten Küchentisch liegen. Zeitungspapier ist für die Schalen ausgebreitet.

»Ich hab das auch noch nie gemacht!«, sagt sie.

Die Oma lässt ihr Messer sinken. »Wer macht das denn bei euch?«, fragt sie. »Na, leg trotzdem los. Das muss man nicht studieren.«

Martha greift nach dem Messer. Als sie mit den Fingern eine Kartoffel aus dem Wasser nehmen will, schreit sie auf. »Heiß!«, ruft sie.

Die Oma lacht. Sie ist herzlos. »Guck an, guck an!«, sagt sie. »Nimm besser die Gabel!«

Martha angelt mit der Gabel eine Kartoffel aus dem Topf. »Ich hab hier nirgendwo Empfang!«, sagt sie. Die Pelle lässt sich leicht in großen Streifen abziehen. Es ist überhaupt nicht schwierig. »Nicht mal vorne am Steg! Papa versucht bestimmt die ganze Zeit, mich zu erreichen! Ich ruf ihn nachher mal vom Festnetz an.«

Die Oma hört auf, ihre Kartoffel zu pellen. »Festnetz, soso«, sagt sie. »Du meinst, Telefon, was? Das gibt es hier nicht.«

»Was?«, ruft Martha. Das ist ja noch nicht mal Mittelalter! Das ist Steinzeit!

»Die wollten dreitausend Euro von mir«, sagt die Oma. »Zu abgelegen. Kostenlos ist nur bis zur Grundstücksgrenze.«

Martha lässt ihre Kartoffel in die Schüssel fallen. Sie ist weich und bricht auseinander. »Aber du hast Annika doch deine Nummer gegeben!«, ruft sie.

Die Oma pellt jetzt weiter, bei ihr geht es blitzschnell. »Nicht *meine* Nummer!«, sagt sie. »Das war die von Hannes, dem Kaufmann drüben in der Stadt. Der sagt mir Bescheid.« Dann spießt sie schon die nächste Kartoffel auf.

Martha starrt sie an. »Dann kann Annika uns ja gar nicht erreichen!«, ruft sie. »Wenn was mit Mama ist!«

Die Oma guckt sie ein bisschen nachdenklich an. »Hannes kommt rüber«, sagt sie. »Wenn was Wichtiges ist. Das macht der schon.« Aber sie sieht plötzlich doch so aus, als hätte sie jetzt gerade verstanden, dass ein Telefon manchmal wichtig sein kann.

Martha ist schon an der Tür. Sie hat vergessen, das Messer wegzulegen, und als sie ihr Handy aus der Tasche zieht, wischt sie einen kleinen Fitzel Kartoffelpelle auf das Display. Sie streift das Handy an der Hose ab und fängt an zu laufen. Irgendwo muss es ein Netz geben.

8.

Der erste Balken erscheint, als Martha schon fast über die ganze Weide bis nach Sommerby gelaufen ist, und danach kommen die anderen auch ganz schnell.

Die Kühe haben alle gleichzeitig wie beim Ballett ihre Köpfe gehoben, als Martha an ihnen vorbeigestürmt ist, aber als sie sehen, dass sie sich nicht für sie interessiert, beugen sie ihre Köpfe im Kuhballett wieder nach unten und grasen so ruhig weiter, als hätte es nie eine Unterbrechung gegeben.

Martha setzt sich oben auf den Zaun und stützt die Füße auf der zweitobersten Latte ab. Von Papa sind drei SMS eingegangen. **Ruf an! Alles okay!**

Ihre Finger zittern ein bisschen, als sie Papas Nummer wählt. Es dauert einen Augenblick, dann hört sie Papas Stimme, als stünde er neben ihr.

»Martha?«, ruft Papa.

»Papa!«, ruft Martha. Sie hat ein Gefühl, als ob sie weinen muss. Das geht jetzt nicht.

»Martha, Entwarnung!«, sagt Papa. »Ich komme gerade aus dem Krankenhaus. Ich lege mich jetzt für ein, zwei Stunden hin, mir fehlt die Nacht, dann fahr ich noch mal zu Mama. Alles wird gut. Mama wird wieder gesund.«

»Aber was hat sie denn?«, fragt Martha. »Kann ich mit ihr sprechen?«

Papas Stimme klingt müde. »Vielleicht in ein paar Tagen«, sagt er. »Erst mal braucht sie Ruhe. Mehrere Knochenbrüche, aber die Ärzte sagen, das kriegen sie hin. Und eine schlimme Gehirnerschütterung. Aber sonst ist im Kopf alles okay. Das kriegen sie hin.«

Es ist doch merkwürdig, dass das Gefühl, weinen zu müssen, nicht weggehen will! Dabei müsste Martha jetzt doch froh sein! Gehirnerschütterung hatte Muthard aus ihrer Klasse auch schon mal, als er beim Fußball einen Ball an den Kopf bekommen hat. Und dem kleinen Fridolin ist es beim Klassenausflug passiert. Da ist er auf der Eisbahn rückwärts hingeschlagen. Beide sind wieder ganz in Ordnung – wenn diese beiden überhaupt jemals ganz in Ordnung waren. An Gehirnerschütterung stirbt man nicht. Bei Gehirnerschütterung wird alles wieder gut.

»Ich hab im Haus keinen Empfang! Und WLAN hat sie nicht«, sagt Martha. »Krieg keinen Schreck, wenn ich auf irgendwas nicht gleich antworte, Papa! Ich geh zwischendurch immer mal zum Zaun, da klappt es.«

»Kein WLAN?«, fragt Papa. »Mein Gott, sie hat sich nicht geändert!« Dann gähnt er. »Martha, Schatz, ich schlaf jetzt ein bisschen. Ich melde mich wieder. Gib Mats und Mikkel einen Kuss von mir.«

»Grüß Mama!«, ruft Martha, aber Papa hat schon aufgelegt. Wie spät ist es jetzt in New York? Viel früher als hier. Aber Papa hat letzte Nacht im Flugzeug nicht geschlafen.

Martha bleibt noch einen Augenblick auf dem Zaun sitzen und sieht hinüber zum Haus der Oma. Papa hat nicht gefragt, wie es ihnen geht, Mats, Mikkel und ihr. Wie es so ist bei der alten Hexe. Ob alles in Ordnung ist. Papa hat natürlich gerade ganz andere Dinge im Kopf. Und Papa hat im Flugzeug nicht geschlafen.

Die Tränen, die vorhin in ihren Augen gestanden haben, sind nicht übergeschwappt. Mama wird wieder gesund, Mama und Papa kommen zurück. Kein Grund mehr zu weinen.

Und bis Mama und Papa wieder hier sind, bleiben Mats, Mikkel und sie eben bei dieser Oma, die nicht mal weiß, was ein Netz ist, und kein Telefon hat. Aber eine Hexe ist sie vielleicht doch nicht. Martha wird schon noch rauskriegen, warum Mama und Papa nie von ihr reden. Warum sie nie zu ihr fahren und warum die Oma sie nie besuchen kommt.

9.

An der Pforte wartet Mikkel auf sie mit einem durchsichtigen, kleinen Plastikeimer mit rotem Griff in der Hand. Das Etikett ist vom vielen Abwaschen fast ganz weggeschrubbt, aber »llkartoffelsal mit Gur« kann Martha noch lesen.

»Wir haben Eier gesammelt!«, schreit Mats und hüpft auf und ab. »Die sind ganz voll Kacke! Die Hühner kacken die Eier!« Und er will sich ausschütten vor Lachen.

Mikkel hält Martha den Eimer entgegen. »Sie hat gesagt, ich soll die suchen!«, sagt er. »Guck mal! Sechs Stück!«

Martha guckt in den Plastikeimer. Darin liegen sechs Eier, die sehen nicht sehr sauber aus. Was das Braungrüne an ihrer Schale ist, möchte Martha sich nicht vorstellen.

»Sie hat gesagt, erst mal im Hühnerstall«, sagt Mikkel, und ein Leuchten zieht über sein Gesicht von ganz weit innen. »Aber zwei sind eigensinnig, die legen, wo sie wollen, da müssen wir ordentlich suchen!«

»Schröderson hat das gefunden!«, ruft Mats und schwenkt seinen Hund wild am Kopf durch die Luft. Schröderson sieht aus, als ob er gleich ohnmächtig wird von dem Hin-und-her-Geschleudere, es spielt keine Rolle, dass er nur ein Stofftier ist. »Bei den Blumen! Und dahinten auch!«

Martha denkt, dass wieder alles falsch ist. Wenn die Frauen in Overalls in Mamas Zeitschriften mit den Fotos von wunderschönen Reetdach-Katen in ihren Landhausgärten Eier sammeln, dann tragen sie geflochtene Körbe über dem Arm, und die Eier darin sind strahlend weiß oder braun und immer sauber.

»Mama geht es besser, Mikkel«, sagt Martha. »Papa muss noch ein bisschen bleiben, aber dann kommen sie bestimmt bald beide zurück.«

»Gut«, sagt Mikkel und trägt seinen Eimer vorsichtig am ausgestreckten Arm, damit den Eiern nichts passiert. Mats hat vielleicht gar nicht zugehört.

In der Küche schneidet die Oma jetzt Zwiebeln. »Stell hierher!«, sagt sie, ohne Mikkel richtig anzusehen. »Wie viele hast du?«

»Sechs«, sagt Mikkel. »Eins war hinter den Blumen und eins …«

»Das reicht für uns alle«, sagt die Oma. »Dann machen wir Bauernfrühstück. Ich muss meine Überraschungsgäste ja satt kriegen.«

Vielleicht ist sie keine Hexe, denkt Martha. Aber warum sagt sie nicht wenigstens mal »Gut gemacht, Mikkel!«? Man muss kleine Kinder loben, wenn sie einem geholfen haben. Mama und Papa tun das immer, und jetzt, wo Mama und Papa nicht hier sind, wird Martha Mikkel und Mats eben loben. Aber eigentlich müsste das die Oma tun.

Aber Mikkel merkt vielleicht gar nicht, dass sie das vergessen hat. Mikkel guckt immer noch ganz glücklich in seinen Eimer und leuchtet von innen.

»Ich hab Papa erreicht!«, sagt Martha.

Mats lässt Schröderson an den Eiern schnuppern. »Kack, kack, kack!«, ruft er und schüttelt sich schon wieder vor Lachen. »Kacke-Eier!«

»Lass!«, sagt die Oma. »Nicht dass die uns noch kaputtgehen! Und? Was sagt dein Vater?«

Da erzählt Martha ihr, was Papa gesagt hat, und natürlich freut sich die Oma irgendwie, auch wenn Martha das nur an einem ganz winzigen Lächeln in ihren Augen erkennt. Jetzt muss die Oma sich keine Sorgen mehr machen, dass sie die Kinder womöglich für immer auf dem Hals hat.

»Dann wollen wir mal essen!«, sagt sie. »Hol mal Teller raus, Martha, du findest schon alles«, und selbst stellt sie eine Pfanne auf den Herd. Es ist komisch, dass es in dieser alten, alten Küche ein ganz normales Ceranfeld und einen Kühlschrank gibt.

Aus dem Augenwinkel sieht Martha, wie die Oma zu den Zwiebeln und den Kartoffeln auch noch klein gewürfelten Schinken in die Pfanne geben will. Und gleich wird sie die Eier darüberschlagen.

»Nicht!«, ruft Martha.

Eigentlich wollte Martha in diesen Ferien ausprobieren, ob sie vegan durchhält. Aber das hat nicht geklappt, weil Mama in New York war, und irgendwie ist sie nie satt geworden. Vegetarisch ist natürlich kein Problem. Und jetzt wirft diese Oma Schinkenwürfel in die Pfanne!

»Nicht!«, ruft Martha wieder. Wie soll sie das Isolde denn erklären? Isolde schafft sogar vegan. »Ich bin Vegetarierin!«

Die Oma zieht verblüfft das Schneidebrett zurück. »Wenn du trotzdem satt wirst!«, sagt sie und zuckt die Achseln. Dann holt sie aus einem Unterschrank eine kleine zweite Pfanne und gibt eine Portion Kartoffeln und geschnittene Zwiebeln hinein. »Noch jemand?«

Mikkel schüttelt den Kopf. Mats hat nicht zugehört.

»Wisch mal die Eier sauber, bevor wir sie drüberschlagen«, sagt die Oma zu Mikkel und zeigt auf das Zeitungspapier, das sie auch schon für die Kartoffelschalen genommen haben. Dann dürfen Mikkel und Mats abwechselnd immer jeder ein Ei über die Pfannen schlagen, und während das Ei stockt, dürfen sie sogar zwischendurch mit dem Pfannenheber umrühren, Mikkel in der großen Pfanne und Mats in der kleinen.

»Dann guten Appetit, alle Mann!«, sagt die Oma.

Zwischen den Zweigen der Weide vor dem Fenster sickert immer noch ein wenig Sonnenlicht in die dämmerige Küche, und das Bauernfrühstück schmeckt tausendmal besser als in den Landgasthöfen, in denen Martha es auch schon mal gegessen hat.

»Schröderson findet das lecker!«, sagt Mats mit vollem Mund. Dann muss er wieder so lachen, dass die Kartoffeln über den Tisch spritzen und die nächste Portion von der Gabel fällt. »Schröderson mag Kacke-Eier am liebsten!«

»Dann kriegen wir hier in der nächsten Zeit ja keine Probleme«, sagt die Oma und isst einfach weiter.

10.

»Hol mal Handtücher aus dem Küchenschrank!«, sagt die Oma.

Martha guckt verblüfft, aber Mikkel reißt schon alle Schranktüren auf.

»Für jeden eins.«

Die Küchenhandtücher sind glatt gebügelt und zusammengefaltet und bestimmt mindestens so alt wie das Haus. Ihre Muster sind verwaschen. Auf Mikkels Handtuch sind Berge mit Schnee und einer Hütte zu sehen wie ein Hauch. »Gruß aus Tirol« steht darüber in einer Farbe, die irgendwann sicher einmal rot war. Niemals würde Mama so ein kitschiges Küchenhandtuch kaufen.

»Das ist aber schön, du!«, sagt Mikkel. »Ein Bilderhandtuch! Warst du da mal?«

»Meins hat aber ein Loch!«, sagt Mats empört und hält sein Küchenhandtuch hoch. Es ist blau und weiß kariert und sieht aus, als hätte die Oma damit schon das Geschirr abgetrocknet, als sie selbst noch ein Kind war. »Das ist aber voll Schrott, Frau Oma!«

»Dann musst du eben aufpassen, dass du die Sachen nicht grade mit dem Loch abtrocknest!«, sagt die Oma, und jetzt lacht sie, als wäre das ein guter Witz. »Und sag mal nicht *Frau* Oma. Sag mal einfach Oma, Bengel.«

Dann lässt sie Wasser in eine zerschrammte rosa Plastikschüssel laufen, die sie in die Spüle gestellt hat. Eine Plastikschüssel in so einem Haus! Friedrich und Isolde haben in ihrem Landhaus nur Emaille.

»Nein!«, sagt Mats und bohrt seinen Zeigefinger energisch durch das Loch im Handtuch. Dann wackelt er damit. »Ich sag das leider nicht, ich kenn dich ja gar nicht! Zu fremden Frauen darf man nicht einfach Oma sagen, das ist unhöflich.«

»Hast du keine Geschirrspülmaschine?«, fragt Martha. Auch auf ihrem Handtuch ist noch gerade eben ein verwaschenes Bild zu erkennen. »Llanfairpwllgwyngyllgogerychwyrndrobwllllantysiliogogogoch« steht auf einem Bahnhofsschild.

Jetzt dreht sich die Oma mit einem Ruck zu ihr hin. »Kein Telefon und kein W-Dings und keine Spülmaschine, was? Alles voll Schrott hier, was?« Und sie sieht Martha lauernd an.

»Aber du hast schöne Hühner, Oma!«, ruft Mikkel, der es nie aushalten kann, wenn er glaubt, dass jemand unglücklich ist. »Das macht nichts, mit der Spülmaschine! Dafür hast du schöne Hühner!«

Als ob die das Geschirr abwaschen könnten!, denkt Martha. *So ein Blödsinn!* Zu Hause hätte sie das jetzt zu Mikkel gesagt. Aber hier muss sie nett zu den beiden Kleinen sein. Die beiden Kleinen haben hier ja nur sie.

»Ja, das sind schöne Hühner, was?«, sagt die Oma und seufzt. »Geschirr abtrocknen habt ihr aber schon mal gemacht, oder? Das könnt ihr hoffentlich?«

Mikkel nickt ein bisschen zögerlich, und Mats hat jetzt auch noch seinen Mittelfinger durch das Loch im Tuch gesteckt. Vielleicht ist es inzwischen noch ein bisschen größer geworden. Und Martha denkt gar nicht daran, zu sagen, dass sie so was zu Hause nicht tun müssen, aber dass Geschirrabtrocknen ja wohl trotzdem jeder Idiot hinkriegt.

»Zuerst die Gläser!«, sagt die Oma. Und nicht mal Mats lässt etwas fallen.

11.

Danach scheucht die Oma die Hühner in ihren Stall, und Mikkel guckt zu, wie sie sich auf der Stange zurechtruckeln.

»Du darfst abschließen!«, sagt die Oma. »Dann kannst du sie morgen schon alleine zu Bett bringen.«

Mikkel nickt. In seiner Brust wächst ein Glücksgefühl, so groß, dass er Angst hat, es könnte dafür gar nicht genug Platz sein in ihm drin. »Ich ganz alleine?«

Die Oma nickt. »Dann muss *ich* das nicht!«, sagt sie. »Aber immer schön zählen, dass auch alle im Stall sind! Vielleicht kommt nachts mal der Fuchs. Man kann nie wissen.«

Mikkel dreht den Schlüssel und rüttelt zur Sicherheit an der Klinke. »Man kann nie wissen«, sagt er.

Er kennt niemanden, der so schöne Hühner hat. Und erst recht kennt er keinen, der abends ganz alleine die Hühner einsperren darf.

»Ich kann ja noch andere Sachen für dich machen, Oma!«, sagt Mikkel.

»Wollen wir mal sehen«, sagt die Oma.

12.

Dann liegt Martha auf ihrer Matratze und lauscht. Hinter dem Koffer hört sie Mikkels ruhigen Atem, und Mats ist schon lange eingeschlafen. »Wenn ich Angst kriege, komm ich aber zu dir!«, hat er gesagt, als er sich in die fremde Bettdecke gekuschelt hat mit Schröderson rechts und Wilde Dreizehn links im Arm. Mats macht es noch nichts aus, zuzugeben, dass er in der Nacht auf dem fremden Dachboden vielleicht Angst kriegen könnte.

Die Oma ist oben auf der Treppenleiter stehen geblieben, als sie den Kindern Gute Nacht gewünscht hat. Sie ist nicht zu ihnen gekommen, um die Bettdecke noch einmal fester um Mikkel zu stopfen, und sie hat Mats nicht durch die Haare gestrubbelt. Keinem Kind hat sie einen kleinen Gute-Nacht-Kuss auf die Stirn gegeben und »Schlaf gut! Träum was Schönes!« gesagt. Das wäre vielleicht auch merkwürdig gewesen. Sie ist eine fremde Frau.

Aber auch wenn einem niemand schöne Träume gewünscht hat, geht, was man in der ersten Nacht träumt, trotzdem in Erfüllung. Deshalb muss man vor dem Einschlafen gut aufpassen, dass man an das Richtige denkt.

Martha schlägt ihre Decke leise zur Seite. Sie weiß, dass

sie noch lange nicht schlafen kann. Nicht nach diesem Tag. Die hölzernen Bodendielen fühlen sich beinahe warm an unter ihren bloßen Fußsohlen, und der Raum ist noch immer voller Dämmerlicht. Martha tritt leise an das Fenster an ihrem Kopfende. Der Horizont jenseits des Wassers leuchtet rot über einem niedrigen Höhenzug, und über den ganzen Himmel verteilt schweben Wolken mit ausgefransten Rändern, vom Wind zerzaust, die aussehen, als hätte irgendwer behutsam Wattebällchen zerrupft. Von der gegenüberliegenden Seite des Himmels schleicht sich die Dämmerung an, aber Martha weiß, dass es noch lange dauern wird, bis es wirklich dunkel ist. In diesen Sommernächten wird es nur für kurze Zeit ganz dunkel – und kaum ist die Sonne im Westen hinter dem Horizont verschwunden, da erscheint sie schon wieder im Osten.

Noch immer grasen die Kühe friedlich auf der Weide, und zwischen dem Haus und dem Steg wittern vorsichtig zwei Rehkitze, bevor sie langsam ihre Köpfe senken und gelassen zu äsen beginnen. Irgendwo, vielleicht schon fast auf der Ostsee, schreit eine Möwe.

Martha spürt, dass sie lächelt, ganz ohne Absicht, sie weiß nicht mal, wie lange schon. Mama wird wieder gesund, und wenn die Oma vielleicht noch ein wenig netter wird, kann es hier so schön sein, dass sie gar nicht schlafen will; so schön, dass es wehtut. In diesem Frühjahr hat Martha so ein Schönheitsglück zum ersten Mal gespürt, als im Park auf dem Weg zur Schule alle Büsche zu blühen begonnen haben, und es hat nach Frühling geduftet. Auf einmal hat sich all das so unerträglich wunderbar angefühlt wie noch niemals zuvor, dabei fährt Martha diesen Weg doch schon immer. Sie hat gedacht, dass jetzt ganz schnell etwas passieren muss mit dieser Frühlingsschönheit, einfach irgendetwas; vielleicht muss etwas explodieren in ihr drin, irgendwo muss sie doch hin mit diesem merkwürdig unerträglichen Glück. Dass ein Glück so ungeheuerlich sein kann, dass man nicht weiß, wie man es aushalten soll!

Und das hier, in diesem Moment, ist Sommerglück.

Durch die Bodenöffnung zieht ein Duft nach oben, wie er zu Hause über den Flur weht, wenn Mama zu Papas Geburtstag Obstkuchen backt. Da fühlt sich der Dachboden auf einmal gar nicht mehr so fremd an, und die Sommerschönheit ist nicht mehr so unerträglich, und man könnte fast glauben, das hier wäre ein ganz normaler Abend. Unten in der Küche backt gerade eine Oma für ihre Enkelkinder Kuchen.

Am Horizont ist das Rot jetzt verschwunden, und alle Farben sind nur noch grau, hell, dunkel, oder schwarz. Aus der Küche hört Martha leise Musik aus Omas Radio, und sie schleicht zurück zu ihrer Matratze. Sie weiß, dass sie jetzt einschlafen kann.

Unter der Decke sind ihre Füße eiskalt, aber das wird schnell vorübergehen. Im Fenster vor ihr steht wagenradgroß, orange und wagenradrund der Vollmond und wandert langsam, langsam immer höher, bis er nicht mehr zu sehen ist.

Es ist egal. Martha ist eingeschlafen.

13.

Der Mond ist kleiner geworden und längst kalkig weiß, da nähert sich einige Stunden später, als der Himmel sich schon wieder bereit macht für die Morgendämmerung, leise, ganz leise von der kleinen Stadt her ein Kanu der Landzunge. Es zerteilt den silbernen Streifen aus Mondlicht auf der stillen Wasseroberfläche, dann greift ein Mann nach dem Steg. Fast lautlos zieht er sein Paddel aus dem Wasser, hält sich mit einer Hand an einer der verwitterten Bohlen fest und wartet. Das Kanu schaukelt ein wenig auf den nächtlichen Wellen, während der Mann zum Haus zwischen den Bäumen hinübersieht und lauscht.

Erst als er sicher ist, dass im Haus alle Lichter gelöscht sind und niemand ihn bemerken wird, zieht er sich behutsam auf den Steg und vertäut das Kanu. Dann schleicht er in der Monddämmerung zwischen den Herbstanemonen hindurch, und bei jedem Schritt sieht er sich um. Er umrundet einmal das Haus und die Baumgruppe, dann zieht er ein Handy aus der Tasche, nimmt es aus seiner wasserdichten Hülle und notiert etwas.

Er erschrickt, als die Gänse auf der Rückseite des Hauses plötzlich ein fürchterliches Geschnatter anstimmen. Geduckt bleibt er stehen und blickt angespannt zum Haus. Hört denn niemand das Geschnatter? Alles bleibt ruhig, und er zieht sich vorsichtig zum Steg zurück.

Als der Mann das Kanu losmacht und lautlos die Paddel eintaucht, zieht eine Wolke vor den Mond. Der Mann lächelt. Der Besuch hat sich gelohnt. Er muss es nur richtig anstellen. Das nächste Mal kommt er bei Tag.

DER ZWEITE TAG

14.

Martha wacht auf, weil irgendetwas Weiches ihr immer wieder über das Gesicht wischt.

»Mats!«, murmelt Martha. »Lass das!«

Dass kleine Kinder immer so früh aufwachen müssen! Martha könnte bis zum Mittag schlafen, ohne Probleme.

»Ich bin das ja gar nicht!«, ruft Mats. Jetzt drückt das Weiche Martha fast die Luft ab. »Das ist Schröderson! Der will, dass du aufstehst!«

Ich will das aber nicht, will Martha rufen, *verpiesel dich, und zwar subito!* Dann fällt ihr mit einem Schlag wieder ein, wo sie gerade ist. Und warum. Und dass sie darum nett zu Mats sein muss.

»Lass mal!«, sagt sie und schiebt Schröderson zur Seite.

Morgensonne strömt durch die Fenster auf den Dachboden, und winzige Staubteilchen tanzen im Licht. Die Matratze hinter dem Koffer ist leer. Mikkel ist also schon aufgestanden.

Martha gähnt. Gestern Abend hat sie vor dem Schlafengehen nur schnell ihre Zähne geputzt. Es ist ein Glück, dass es in diesem alten Haus ein ziemlich schönes Badezimmer gibt. Sogar mit Dusche.

»Frühstück ist fertig!«, sagt Mats. »Ich soll dich holen!«

Aber Martha duscht trotzdem zuerst noch.

Auf dem Küchentisch liegt ein Laib dunkles Brot mit einem riesengroßen Brotmesser daneben, und es gibt viele kleine Gläser mit Marmelade, grüne, gelbe, rote, orange. Keinen Käse und keinen Quark und kein Joghurt, auch keine Eier, die haben sie gestern Abend alle aufgegessen. Auch Tofu-Aufstrich nicht. Das ist natürlich ein bisschen wenig.

»Guten Morgen!«, sagt Martha. Mikkel und Mats sitzen am Tisch und kauen zufrieden, und die Oma steht schon wieder am Herd. Es duftet, wie es gestern Abend auch schon geduftet hat, und Martha läuft das Wasser im Mund zusammen. »Hast du Kuchen gebacken?«

»Kuchen?«, fragt die Oma und dreht sich nur für eine winzige Sekunde zu Martha um. Dabei rührt sie die ganze Zeit weiter. »Wie kommst du denn darauf? Ist Sonntag?«

»Es duftet so!«, sagt Martha und schneidet sich eine dicke, dicke Scheibe von dem Brot ab. Dann überlegt sie, welches Töpfchen sie nehmen soll.

Mama sagt immer, es ist gut, möglichst kohlehydratfrei zu essen. Man kann gar nicht zu früh damit anfangen, auf seine Figur zu achten. Aber das wird hier natürlich nichts. Dafür ist es jetzt prima vegan.

»Ich mach Marmelade«, sagt die Oma. »Johannisbeere, Stachelbeere, Himbeere, Kirsch. Und ich hab auch noch späte Erdbeeren. Da ist ordentlich zu tun!«

»Sind dafür die Gläser auf dem Dachboden?«, fragt Martha. Auf die eine Brothälfte hat sie sich Johannisbeermarmelade gestrichen, auf die andere Stachelbeere. Es ist nicht ihre Schuld, wenn sie hier nichts Gesünderes kriegt. Da kann sie ruhig zugeben, dass es ziemlich gut schmeckt.

»Lecker!«, sagt sie. »Aber so viel Marmelade kannst du doch gar nicht alleine essen! Und nur weil du im Garten das ganze Obst hast, musst du ja nicht alles einkochen!«

»Na, das wäre was!«, sagt die Oma, ohne sich umzudrehen, und lacht. »Wenn ich das alles essen wollte, was? Die wird verkauft, von irgendwas muss der Schornstein ja rauchen!«

»Muss der rauchen?«, fragt Mats mit vollem Mund. Martha findet nicht, dass sie ihn hier erziehen muss. »Wo ist der Schornstein?«

Aber Mikkel hibbelt schon die ganze Zeit auf seinem Stuhl, so dringend muss er ihr etwas erzählen. »Ich hab die Gänse gefüttert, Martha!«, ruft er. »Draußen sind Gänse! Der Mann heißt Alwin!«

»Ganter«, sagt Martha. »Hab ich gesehen.« Eine zweite Scheibe Brot wird ja wohl nicht schaden.

»Die sind riesig!«, sagt Mikkel. »Du hast das gut, Oma, dass du so viele Tiere hast!«

»Hab ich das?«, fragt die Oma und rührt und rührt. »Ja, der Schornstein muss rauchen! Für den Gänsebraten hab ich feste Abnehmer, die zahlen gut, geht schon zur Martinsgans im November los.«

Mikkel starrt sie an. Martha sieht, dass er hofft, er hätte etwas falsch verstanden. »Die werden nicht geschlachtet!«, sagt er bittend.

»Natürlich werden die geschlachtet, die Äster!«, sagt die Oma. »Biologisch, erster Klasse Fleisch, da stehen die Leute Schlange!«

Mikkel zieht den Kopf ein. Die schöne Welt hat einen Riss bekommen. Wie kann man Tiere, die man jeden Tag füttert, am Ende schlachten? Tiere, die man kennt und auseinanderhalten kann und die sogar einen Namen haben?

»Wenn du nicht willst, dass Tiere geschlachtet werden, musst du Vegetarier werden«, sagt Martha gnadenlos. »Du isst doch selber Wurst, das waren mal Schweine.«

»Aber die Schweine hab ich doch nicht gekannt!«, sagt Mikkel unglücklich. »Das waren doch fremde Schweine!«

Die Oma seufzt. »Jetzt dürfen sie ja erst mal noch leben, die Gänse«, sagt sie. »Und prima Wachtiere sind das! Da kommt kein Fremder in die Nähe, die stimmen so ein Geschrei an! Und wenn ich sie rauslasse, gehen die auf jeden los, den sie nicht kennen, da haben Einbrecher keine Chance. Die haben Kraft in den Flügeln, mein lieber Herr Gesangverein! Da ist schnell mal ein Arm gebrochen!«

»Mich kennen sie«, sagt Mikkel. Das Ende der Gänse hat er vielleicht schon wieder vergessen.

»Mein lieber Herr Gesangverein!«, sagt Mats. »Mein lieber Herr Gesangverein!«

»Hast du darum keinen Wachhund?«, fragt Martha. Diesmal hat sie die Erdbeermarmelade ein bisschen dicker gestrichen. So schlimm sind die paar Kohlehydrate auch nicht. Wenn sie in so einem einsamen Haus wohnen würde wie die Oma, hätte sie bestimmt einen Wachhund. Friedrich und Isolde haben auch endlich einen Hund gekriegt, als ihre Eltern das Sommerhaus gekauft haben, einen Aussi. Jetzt wissen sie nie, was sie mit ihm machen sollen, wenn sie auf die Malediven fliegen oder nach Gomera, da haben sie ihre Ferienwohnung. Leider ist der Aussi ziemlich ängstlich. Der würde niemandem einen Arm brechen. Den muss Isolde immer beschützen.

»Mein Hund ist gestorben«, sagt die Oma. Da hat Martha ihre Frage schon fast vergessen. »Mein Wachhund. Senta.«

»Oh!«, sagt Mikkel mitleidig. Bestimmt stellt Mikkel sich vor, wie es sein muss, wenn man einen Hund hat, Senta, und plötzlich hat man ihn nicht mehr. »Der war aber doch alt!« Und wieder klingt seine Stimme bittend.

»Wenn man alt ist, muss man sterben!«, sagt Mats sehr bestimmt. »Dann geht man tot, rums-bums. Du bist auch alt, Frau Oma.«

»Aber noch nicht tot«, sagt die Oma. »Das hab ich auch nicht so bald vor.«

Da fällt Martha Mama ein und der Unfall, und dass Mama wieder gesund wird, ganz bestimmt, sie muss keine Angst mehr haben. Sie wirft einen Blick auf ihr Handy, natürlich gibt es immer noch kein Netz. Gleich nach dem Frühstück geht sie zum Zaun und guckt, ob eine Nachricht von Papa da ist.

»Kaufst du dir einen neuen?«, fragt Martha höflich. »Hund? Nach Weihnachten sind deine Wachgänse ja erst mal alle weg.«

Die Oma rührt und rührt. »Das dauert noch«, sagt sie. »Das kann ich noch nicht.«

Und als Martha fragen will, warum denn um Himmels willen das nicht, guckt Mikkel sie böse an. »Wenn Papa totgeht, kaufst du dir ja wohl auch keinen neuen!«, sagt er. »Das geht ja gar nicht mit dem Gefühl! Wenn die Oma Senta lieb gehabt hat!«

»Genau, Bengel, so ist das«, sagt die Oma, und Martha spürt, wie gut es ist, dass sie nicht mehr denken muss: *Und wenn Mama stirbt, kauf ich mir keine neue Mama.* Mama wird wieder gesund. Aber trotzdem geht sie gleich zum Zaun.

»So, dann wollen wir mal den nächsten Schwung pflücken!«, sagt die Oma und hebt den Topf vom Herd. Jetzt sieht Martha auch die Gläser, die in Reih und Glied umgedreht auf einem großen Tablett auf einem Küchentuch abtropfen. Das Tuch hat wieder ein verwaschenes Bild, aber es ist nicht Tirol und auch nicht Llanfairpwllgwyngyllgogerychwyrndrobwllllantysiliogogogoch. »Seid ihr fertig mit Essen? Wenn ihr abgewaschen habt, zeig ich euch, wo ihr loslegen könnt.« Und sie beginnt vorsichtig mit einer Schöpfkelle Marmelade aus dem Topf in die Gläser zu füllen.

15.

Tatsächlich hat die Oma die Kinder ihr ganzes Frühstücksgeschirr alleine abwaschen lassen, in der hässlichen rosa Plastikschüssel. Sie selbst hat die Marmelade vom Topf in die Gläser gefüllt und die Gläser danach auf den Kopf gestellt. Und als sie fertig war mit der Marmelade, waren die Kinder auch fertig mit dem Abwasch, Martha hat gespült, und die Jungs haben abgetrocknet. Diesmal hat Mats Mikkels Handtuch mit dem verwaschenen Bild von Tirol genommen.

»Ich kann das gut«, sagt Mats. »Ich mach nichts kaputt.«

»Das wäre ja auch noch schöner bei so einem großen Jungen«, sagt die Oma.

Sklavenarbeit!, denkt Martha. Wo wir doch ihre Gäste sind. Sie hat kein Benehmen, das hat man ja gleich gemerkt. Aber wir sind nicht mehr so lange hier, und der Abwasch dauert auch nicht so lange, und lieber nicht beschweren und keinen Ärger machen.

»Fertig!«, sagt Martha und schüttet das Wasser in die Spüle.

»Na, den Tisch hättest du schon auch noch abwischen können mit all den Krümeln!«, sagt die Oma. Dann trägt sie das Marmeladentablett durch die Flurtür irgendwohin.

Martha spürt, wie eine Wut in ihr aufsteigt. Jetzt haben sie schon alles für diese unmögliche Frau abgewaschen, und anstatt sich zu bedanken, ist sie immer noch nicht zufrieden.

»Die Handtücher zum Trocknen draußen auf die Leine!«, ruft die Oma vom Flur. »Ich komm gleich!«

Und das tut sie tatsächlich, mit einem großen Eimer und dem kleinen Eimer mit der verwaschenen Schrift und zwei Schüsseln noch dazu. Eine Schüssel hat einen Sprung. So was sollte man gar nicht erst aufbewahren, sagt Mama, sonst gewöhnt man sich daran und nimmt den Sprung nachher gar nicht mehr wahr. Und dann hat man irgendwann einen liederlichen Haushalt. Aber diese Oma denkt über so was natürlich nicht mal nach. Man kann es drehen und wenden, wie man will, ihr Haushalt ist liederlich. Das Frühstücksgeschirr hat auch nicht zusammengepasst. Komisch, dass so eine Oma Mamas Mutter sein soll.

»Zuerst die Himbeeren«, sagt die Oma. »Erdbeeren sind nicht mehr so viele. Ich zeig euch, wie ihr sie pflücken müsst, dass sie nicht zerquetscht werden.«

Dann gehen sie an den Reihen mit den Himbeerstauden entlang, und die Sonne scheint so warm, dass Martha denkt, eigentlich sollte sie im Badeanzug pflücken, und vom Wasser her kann sie Stimmen und Gelächter hören.

»Meine sind leider alle Matsch!«, sagt Mats zufrieden und schließt einen Finger nach dem anderen über den Früchten in seiner Hand. Dann drückt er kräftig zu. »Die muss ich leider essen.« Er schiebt sich eine ganze Handvoll Himbeeren in den Mund und leckt seine blutrote Handfläche ab. »Mein lieber Herr Gesangverein.«

»Du darfst die nicht alle essen, Mats!«, flüstert Martha. »Die Oma wird böse, wenn du nachher nur so wenig in deinem Eimer hast!«

»Die wird nicht böse«, sagt Mats und schließt die Hand zum zweiten Mal und zerquetscht den nächsten Schwung Himbeeren. Dabei sieht er Martha fest in die Augen. »Oh, alle kaputt! Da kann man die gar nicht mehr gebrauchen!« Und ohne den Blick von ihr abzuwenden, schiebt er sie sich wieder in den Mund.

»Mats!«, flüstert Martha.

Aber natürlich hat die Oma längst alles beobachtet.

»Na, dann lass das mal lieber, geh du lieber spielen«, sagt sie. »Dann bist du wohl noch zu klein zum Pflücken, wenn dir die Himbeeren immer kaputtgehen.«

Mats guckt sie böse an. »Bin ich gar nicht!«, ruft er. »Doofe alte Oma! Du bist bald ganz tot!«

»Ja, aber nicht mehr heute Vormittag«, sagt die Oma. »Bei den Erdbeeren kannst du es nachher noch mal versuchen. Die sind fester.«

Und Mats steht da mit seinem kleinen Eimer, in dem nicht eine einzige Himbeere herumkullert, und kneift die Lippen zusammen.

Sie hat einen liederlichen Haushalt, und sie lässt ihre Enkel Sklavenarbeit machen, und zu kleinen Kindern ist sie grausam, denkt Martha. Komisch, dass es trotzdem ganz schön hier ist.

»Doofe alte Kacke-Oma!«, ruft Mats und lässt den kleinen Eimer einfach fallen. Seine Unterlippe zittert, als er sich auf den Weg zum Steg macht.

»Nicht! Mats!«, ruft Martha. Dann setzt sie ihre Schüssel ab, um hinterherzulaufen. Sie kann Mats hier doch nicht so unbeaufsichtigt spielen lassen!

»Was ist jetzt?«, fragt die Oma. »Auch schon Feierabend?«

»Du kannst Mats doch hier nicht einfach so rumlaufen lassen!«, ruft Martha. Trotzdem bleibt sie stehen. »Der ist klein! Hier ist überall Wasser, nachher fällt er da rein! Oder glaubst du, dass er schon schwimmen kann?«

Die Oma pflückt weiter. »Das glaube ich keinesfalls«, sagt sie. »Aber ich bin mir sicher, dass er kein Idiot ist.« Und sie guckt nicht mal hin, um zu sehen, wohin Mats gerade verschwindet.

Es ist ihr egal, wenn er ertrinkt!, denkt Martha und weiß, dass das Unsinn ist. Sie will ja sowieso nichts mit uns zu tun haben. Sie schickt uns ja noch nicht mal eine Weihnachtskarte.

Einen Augenblick wartet Mats noch, ob ihm endlich jemand hinterherläuft, dann geht er langsam auf den Steg. »Lala, lala, la!«, singt er. »Jetzt fall ich da gleich rei-hein, dann bin ich weg, ertrunken!« Und er taucht vorsichtig eine Fußspitze ins Wasser.

Der Schuh ist im Eimer, denkt Martha. Haben wir eigentlich noch ein zweites Paar eingepackt?

»Guck mal, Frau Oma! Du musst mich hier wegholen!«

»Ich geh schon!«, ruft Martha. »Mats! Pass auf!«

»Lala-la!«, singt Mats wieder. Er hat seinen Fuß aus dem Wasser gezogen und guckt skeptisch auf den nassen Schuh. »Gleich bin ich weg, ertrunken, und du bist schuld, Frau Oma!« Dann rührt er doch noch einmal ein bisschen mit der Fußspitze im Wasser, dass es kleine Wellen gibt.

»Lass ihn, Martha!«, sagt die Oma. »Der kommt gleich zur Vernunft. Der springt schon nicht rein.«

Was würde Mama jetzt tun? Martha lässt ihre Arme hängen. Natürlich würde Mama zu Mats auf den Steg rennen. Aber irgendwie glaubt Martha auch nicht, dass Mats ins Wasser springt. Und dass er fällt, glaubt sie erst recht nicht.

»Oh, wie traurig!«, ruft Mats und guckt abwechselnd auf das Wasser und zu den Himbeeren. »Gleich ist der kleine Mats weg! Frau Oma! Hörst du nicht? Der ist gleich weg!«

Für einen Augenblick guckt die Oma zu ihm hin. »Na, so was!«, sagt sie. »Und ich dachte, der wäre schon so ein großer Junge und kann auf sich aufpassen! Ich hab gedacht, der kann das schon ganz alleine!«

Mats starrt auf seinen nassen Schuh. »Ja, ein Glück, dass der kleine Mats schon so groß ist!«, sagt er seufzend und wirft noch einen letzten Blick aufs Wasser. Dann geht er langsam vom Steg. »Da ist ja nur der Schuh nass, das ist nicht schlimm.«

»Nein, aber zieh den trotzdem mal aus«, sagt die Oma. »Warte mal, Mats. Ich komm mit dir ins Haus, trockene Socken anziehen.«

16.

Danach weiß Martha, dass Annika tatsächlich noch Sandalen und Sneakers für Mats eingepackt hat, und ein kleiner Schuh steht zum Trocknen ausgestopft mit Zeitungspapier auf dem runden Stein in der Sonne, auf dem sich gestern die Katze geputzt hat.

Sogar Mats hilft wieder mit beim Pflücken. »Deine Mama hat immer das Pflückspiel gespielt«, sagt die Oma. »Kennst du das?«

Mats schüttelt den Kopf. »Ich mach gar keinen Matsch, guck mal, Frau Oma!«, sagt er.

»Na, bei euch in der Stadt gibt es wohl auch nicht so viel zu pflücken, was, da kennst du das nicht?«, sagt die Oma. »Das Pflückspiel geht so: Du musst zählen, wenn du eine Himbeere in deine Schüssel tust. Und wenn du bei zehn angekommen bist, steckst du dir eine in den Mund.«

Mats nickt. »Ich kann ja schon zählen«, sagt er.

»Darf man das?«, fragt Mikkel. Er hat bisher jede einzelne Himbeere in seine Schüssel gelegt, ganz vorsichtig. Die Schüssel ist schon ziemlich voll.

»Das ist das Pflückspiel, da darf man das«, sagt die Oma. »Das hat eure Mama immer gespielt.«

Was für ein bescheuertes Spiel!, denkt Martha. Was soll daran denn ein Spiel sein? So passt sie nur auf, dass man nicht mehr als jede zehnte Himbeere isst. Ich kann mir nicht vorstellen, dass Mama so was Blödes mitgespielt hat.

Aber in ihrem Rücken hört sie jetzt, wie Mats immer wieder von eins bis zehn zählt, und Mikkel ruft: »Das geht auch mit zwanzig, Oma! Und mit dreißig!« Und dann vermischt sich das Gezähle von Mats, der immer nur bis zehn kommt, mit dem von Mikkel, der bis zwanzig und dreißig und hundert weitermacht.

»So, das reicht jetzt erst mal!«, sagt die Oma. »Vielen Dank! Ihr habt mir sehr geholfen!«

Dann tragen sie alle ihre Himbeeren in die Küche, und da sind es richtig viele. Wenn man das der Polizei melden würde, wäre es vielleicht Kinderarbeit, denkt Martha. Das wird bestraft.

»Nachher machen wir das aber auch mit den Erdbeeren!«, sagt Mikkel. Er stützt die Unterarme auf den Küchentisch und guckt zu, wie die Oma Zucker aus der altmodischen Speisekammer holt. »Soll ich dir die Gläser bringen?« Dann ist er schon auf dem Weg zum Dachboden.

»Ich muss unbedingt Papa anrufen!«, sagt Martha. »Ich geh mal zum Zaun!«

»In New York ist es noch mitten in der Nacht!«, sagt die Oma. »Aber natürlich, gerne. Vielleicht hat er dir ja auch so ein Dings geschickt, wie heißt das? SMS.«

»WhatsApp, Oma!«, sagt Mikkel. »Martha zeigt dir das.«

Aber das tut Martha keineswegs. Sie ist längst auf dem Weg

zum Zaun, und diesmal denkt sie nicht mal daran, dass auf der Weide hinter dem hölzernen Schuppen die Kühe grasen. Und die Kühe kennen sie wohl auch schon, jedenfalls lassen sie sich nicht stören. Die Sonne scheint von einem kitschig blauen Himmel ohne Wolken, und auf dem Wasser gleiten so viele Segelboote an ihr vorbei, dass sie glatt Angst kriegt, sie könnten zusammenstoßen. Ein Raddampfer mit Krönchen um den Schornstein stößt seinen Warnton aus, und auf seinem Deck sitzen die Feriengäste dicht an dicht und lassen sich auf der Fahrt zum Leuchtturm von der Bedienung Cola bringen und Bier und manche sogar Sekt, und dabei fotografieren sie die ganze Zeit mit ihren Handys.

Bestimmt beneiden die mich jetzt, denkt Martha und bleibt einen Augenblick mitten auf der Weide stehen. Oh ja, das kann gut sein! Die fahren hier vorbei mit diesem hässlichen Dampfer, der doch eigentlich auf den Mississippi gehört und nicht hierher an die Ostsee, und staunen, wie schön alles ist. Und bestimmt wollen sie nicht daran erinnert werden, dass sie schon bald wieder zu Hause sein müssen. Und dann sehen sie mich, wie ich über die Weide gehe, und denken, wie gut es dieses Mädchen hat, das auf so einer wunderschönen Landzunge wohnt und immer hier sein kann und nie zurückmuss in ein langweiliges Stadtleben, und sie beneiden mich.

Martha geht ein bisschen langsamer und ein bisschen aufrechter und summt eine kleine Melodie. Manche Leute fotografieren sie sogar. Sollen sie doch.

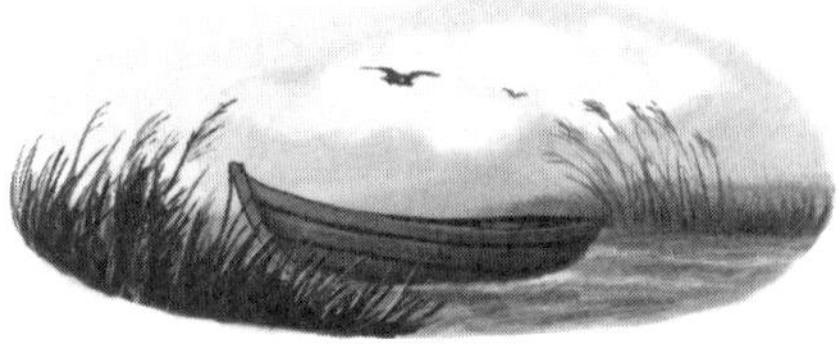

17.

Einen Augenblick ist Mats noch in der dämmerigen Küche geblieben und hat zugesehen, wie die Oma die Himbeeren in einem Sieb abgespült und mit Zucker in einen Topf getan hat, aber dann ist es ihm langweilig geworden.

»Komm mit, Mikkel, wir spielen was!«, sagt er.

Mikkel schüttelt den Kopf. »Gleich!«, sagt er. »Ich muss noch mal eben sehen, wie Marmelade geht!«

»Aber ich spiel jetzt«, sagt Mats. Er klemmt sich Schröderson unter den Arm und geht zur Tür. Da bleibt er unschlüssig stehen und wartet, dass die Oma es ihm verbietet, weil es doch so dicht am Wasser für nicht ganz große Jungs alleine zu gefährlich ist. Oder dass sie wenigstens sagt: *Pass auf, dass du nicht ins Wasser fällst.*

»Du kannst mal gucken, ob du Tiger irgendwo siehst«, sagt sie stattdessen. »Ich glaube, der ist mal wieder auf Freiersfüßen.«

Mats nickt. »Das mach ich, Frau Oma«, sagt er. »Komm mit, Schröderson.«

»Findest du nicht, langsam kennen wir uns gut genug, dass du das ›Frau‹ weglassen kannst?«, fragt die Oma. »Und nur noch ›Oma‹ zu mir sagst?«

Mats legt den Kopf schief. »Morgen«, sagt er.

Draußen ruft er ein bisschen nach dem Kater und sucht ein bisschen nach dem Kater, aber der ist wohl wirklich auf Freiersfüßen. Nachher fragt Mats mal Martha, was das bedeutet.

Und er darf ja alleine zum Steg, das hat die Oma erlaubt, große Kinder dürfen das. Darum muss Mats sich jetzt das Boot angucken, das da liegt, aber reinklettern lieber nicht. Wenn das Boot so schaukelt, findet Schröderson das vielleicht nicht schön. Aber gucken geht.

Natürlich wäre es gut, wenn er lesen könnte, was vorne auf dem Boot draufsteht, das ist bestimmt der Name. Aber mit diesen Dingern ist es schwierig, die heißen »Buchstaben«. Darum muss sogar einer, der schon groß ist, noch größer werden. (Wenn Mats groß genug wäre, wüsste er natürlich, dass da *Schrecken der Meere* steht, ein bisschen abgeblättert schon, aber der Name ist schließlich auch nicht das Wichtigste bei einem Boot.)

Mats guckt sich den hochgeklappten Außenbordmotor an. Jede Wette ist der richtig schön laut. Vielleicht fragt er die Oma, ob er den mal ausprobieren darf.

Da schiebt sich auf dem Wasser etwas in sein Blickfeld, das ist grün und lang und schmal und ein Boot und sieht trotzdem ganz anders aus als das Oma-Boot und als die Segelschiffe, die schon die ganze Zeit an Mats vorbeigleiten. Wie ein Indianerboot sieht es aus, wie bei *Yakari* im Fernsehen, ziemlich genau so.

»Ja, hallo, wen haben wir denn da!«, sagt ein Mann, der

hat blonde Haare und eine Sonnenbrille und richtig gute Muskeln in den Armen. »Wohnst du hier?«

Dann hält der Mann sich am Steg fest, dass sein komisches kleines Boot nicht abtreiben kann, und Mats überlegt, ob er wohl gleich aussteigt und ob das wackelige Boot dann vielleicht umkippt.

»Du hast gar keinen Motor«, sagt Mats. »Meine Oma hat aber einen.«

»Ach, gehört das Boot da deiner Oma?«, fragt der Mann. Er greift in seine Tasche und zieht die Hand mit einem Kaugummipäckchen wieder raus. »Willst du eins?«

Man darf keine Sachen von fremden Männern annehmen, das wissen ja schon die Babys. Aber bei Männern im Boot geht das vielleicht doch.

»Wohnst du hier? Und Mama und Papa auch?«

Mats schüttelt den Kopf. Eigentlich mag er kein Kaugummi. Und dieses schmeckt ganz grässlich nach Pfefferminz, das ist ihm viel zu scharf.

»Meine Oma«, sagt er.

»Die wohnt hier? Deine Oma?«, fragt der Mann. »Ganz alleine?«

»Die ist alt«, sagt Mats und spuckt das Kaugummi wieder aus. Jetzt klebt es vor seinen Füßen auf dem Steg. »Die ist bald tot.«

»Ach?«, sagt der Mann wieder. »Dann sind deine Mama und dein Papa wohl auch hier, damit sie nicht so alleine ist?«

»Hast du keine Ohren?«, ruft Mats. Das darf man zu Erwachsenen nicht sagen. Aber wenn einer so dumm ist und nicht versteht, was man ihm erklärt, darf man das doch. »Die wohnt hier mit Tiger! Senta ist auch tot.«

»Ach«, sagt der Mann wieder. Der weiß wohl nichts anderes. Es ist langweilig, sich zu unterhalten, wenn einer immer nur dasselbe sagt.

Dann lächelt der Mann. »Und du bist jetzt also hier zu Besuch? Du ganz alleine?«

Mats schüttelt den Kopf. »Mikkel ist doch auch da, du Dummi!«, sagt er. (Schon wieder ein verbotenes Wort!) »Martha ist am Zaun.«

Der Mann dreht den Kopf und guckt über die Weide, und vielleicht erkennt er hinten, ganz klein, Marthas rotes Shirt.

»Ist das deine Schwester?«, fragt er.

»Die ruft Papa an«, sagt Mats.

Der Mann nickt. »Da geht sie bestimmt zum Zaun, damit niemand mithören kann«, sagt er.

Nun schüttelt Mats den Kopf so heftig, dass er beinahe fühlen kann, wie seine Ohren im Wind flattern. Das sagt Mama immer, wenn er wütig ist, weil er etwas nicht will, und den Kopf schüttelt, bis er ihm fast abfällt.

»Die sucht da doch ein Netz!«, sagt Mats. Man muss nicht wissen, was das bedeutet, wenn man es erklärt. »Die Oma hat kein Telefon, weißt du das nicht? Und Dings auch nicht.«

»Dings?«, fragt der Mann. Jetzt sieht er auf einmal ganz gespannt aus. »Was für ein Dings?«

»Das für WhatsApp doch!«, sagt Mats.

»Ach, WLAN?«, fragt der Mann. »Das hat die Oma auch

nicht? Na, wenn sie schon alt ist!« Und er hält Mats wieder das Kaugummipäckchen hin. Er hat wohl gar nicht gemerkt, dass Mats das vorige Kaugummi ausgespuckt hat. »Aber wie ruft sie denn dann bei euch zu Hause an oder schickt euch Nachrichten? Oder wenn ihr sie anrufen wollt?« Und er guckt Mats lauernd an.

»Das machen wir doch nicht!«, sagt Mats. »Du weißt ja gar nichts!«

»Nein?«, sagt der Mann und seufzt ein bisschen. »Na, aber andere Leute? Wenn irgendwer der Oma was schreiben will? Oder mit ihr telefonieren?«

»Hannes kommt rüber!«, sagt Mats. Das hat die Oma doch gesagt. Er muss nicht wissen, wer Hannes ist. »Das macht der schon.«

Der Mann starrt ihn an. »Dieser – Hannes kommt extra mit dem Boot hier rüber?«, fragt er. »Hab ich das richtig verstanden?«

Aber jetzt hat Mats keine Lust mehr. So interessant ist das Gespräch schließlich nicht. »Schröderson will Tiger suchen«, sagt er und dreht sich um.

Am Steg liegt noch eine Weile das Kanu, und der Mann starrt Mats ungläubig hinterher. Das kann doch gar nicht sein! Kein Telefon, kein Netz, keinerlei Verbindung zur Außenwelt! So ein Leichtsinn!

Er stößt sich vorsichtig vom Steg ab und taucht die Paddel ein. Niemals hätte er geglaubt, dass er so ein Glück haben könnte. Selbst wenn sie störrisch sein sollte, wird sich das jetzt regeln lassen.

»Danke, danke, danke, mein kleiner Freund!«, murmelt der Mann, während er guckt, wie er am besten zwischen den vielen Segelbooten zum gegenüberliegenden Ufer kommt. »Du weißt ja gar nicht, was du mir da eben erzählt hast.«

18.

Am Himmel ziehen sich Wolken zusammen, als Martha den Zaun erreicht. Wenn ein Wolkenschatten auf sie fällt, wird es auf einen Schlag empfindlich kühler.

Von Papa eine SMS. **Viele Grüße von Mama! Alles gut. Konnte eben schon mit ihr sprechen. Melde mich morgen früh wieder. Kuss, Papa**

Morgen früh ist längst vorbei, denkt Martha und überlegt, ob sie eine SMS zurückschicken soll. Na, *bei uns* ist morgen früh vorbei. In New York ist es noch fast Nacht.

Trotzdem schreibt sie, dass bei der Oma alles okay ist, und viele Grüße an Mama. Dann kann Papa das lesen, wenn er aufwacht, und muss sich keine Sorgen machen. Und sie muss nicht in zwei Stunden schon wieder zum Zaun rennen.

Aber auch wenn sie dadurch schnell ihr Datenvolumen aufbraucht, muss sie noch ein Foto vom Wasser mit all den Booten darauf an Isolde schicken. **Cool hier!**, schreibt sie dazu. **Bist du zurück? Wo bist du gerade?**

Sie wartet, ob Isolde die WhatsApp sofort anguckt, aber die hat ihr Handy vielleicht gerade in der Hosentasche. So dringend ist das nun auch nicht.

Martha schafft es nicht mehr bis zum Haus, bevor der Regen losgeht. Dass es so einen Regen überhaupt geben kann! Als hätten sich mit einem Mal die Schleusen des Himmels geöffnet, denkt Martha. Wo hat sie das schon mal gehört? Als hätten sich die Schleusen des Himmels geöffnet.

Sie ist noch keine drei Schritte gerannt, da ist nichts an ihr mehr trocken. Ihr Shirt klebt an ihrer Haut, und sogar durch die Jeans spürt sie schon die Nässe. Martha breitet die Arme aus und legt den Kopf in den Nacken, damit der Regen in ihren geöffneten Mund fallen kann. Tropfen, groß wie Erbsen, schlagen auf ihr Gesicht und die geschlossenen Augenlider. Das hier ist kein *Regen,* das hier ist ein Wolkenbruch.

Wie krass!, denkt Martha. Warum hab ich das vorher noch nie gehabt? So ein besonderes Regengefühl? Kann man sich vorstellen, dass einen auch Regen glücklich machen kann?

Aber leider hat der Regen nicht vor, Martha lange glücklich zu machen. Durch die geschlossenen Lider sieht sie den Blitz, der den ganzen Himmel teilt, und dann kommt auch schon ein Donner, so laut, dass sie einen erschrockenen Satz nach vorne macht, auf das Haus zu, und anfängt zu rennen. Der nächste Blitz kommt gleich hinterher, und danach kracht es, als bräche die ganze Welt zusammen. Zu Hause in der Stadt ist ein Gewitter nur ein Gewitter, aber hier ist es auf einmal so mächtig, dass Martha weiß, sie darf nicht mit ihm spielen. Dieses Gewitter will ernst genommen werden, sonst beweist es ihr, wer der Stärkere ist.

Längst sind auch ihre Schuhe durchnässt, und sie passt auf, dass sie nicht ausrutscht auf dem feuchten Gras. Die armen

Menschen in ihren Booten auf dem Wasser! Die müssen jetzt ganz sicher Angst haben. Sie hätten vorher zurück in den Hafen fahren sollen. Aber dieses Gewitter ist so plötzlich gekommen, dass ihnen dafür vielleicht keine Zeit mehr geblieben ist.

»Puh!«, sagt Martha, als sie die Haustür blitzschnell wieder hinter sich zuschlägt. Das Wasser tropft aus ihren Haaren, und zum ersten Mal kommt ihr die kleine Küche gar nicht so dämmerig vor, weil es draußen mindestens genauso dunkel ist. »Tut mir leid, dass ich hier jetzt alles volltropfe!«

Die Oma steht immer noch am Herd, und der Marmeladenduft füllt den ganzen Raum. Heimelig, denkt Martha. Wo kommt das Wort denn plötzlich her? Es fühlt sich heimelig an.

»Dusch lieber noch mal heiß, bevor du trockene Sachen anziehst«, sagt die Oma. Sie hat Martha nur einen kurzen Blick zugeworfen. »Ja, das ging mal schnell.«

Mats sitzt am Küchentisch und starrt Martha an. »Bist du ins Wasser gefallen?«, fragt er. »Da hast du aber nicht gut aufgepasst, Martha. Ich hatte nur den Schuh nass.«

»Quatsch!«, sagt Martha. »Siehst du nicht, dass es regnet?« Sie überlegt, ob sie ihre Haare lieber gleich hier ausdrücken soll, dass es an der Tür einen kleinen See auf dem Boden gibt, oder ob es besser ist, wenn sie durchs ganze Haus bis zum Badezimmer tropft.

»Tiger ist wieder da!«, sagt Mikkel und zeigt auf die Fensterbank.

Auf einem Kissen in der tiefen Fensternische liegt der Kater ruhig wie ein Buddha und kein bisschen nass. Tiere spüren es, wenn ein Gewitter kommt, das weiß man. Sie bringen sich dann noch vorher in Sicherheit.

»Das hab *ich* gemacht!«, sagt Mats trotzdem. »Oder, Frau Oma? Ich hab den geholt.«

»Guck an«, sagt die Oma. »Ist das so.«

»Ich geh dann mal duschen«, sagt Martha.

19.

Als sie geduscht hat und auf dem Dachboden trockene Sachen aus ihrem Koffer nimmt, fällt Marthas Blick auf die Ecke mit den Kisten und den alten Möbeln. Der Regen rauscht jetzt gleichmäßig und ruhig, und als sie aus dem Fenster in den Himmel sieht, weiß sie, dass er auch nicht so bald aufhören wird.

»Oma!«, sagt Martha, als sie wieder in die Küche kommt. (Zum ersten Mal sagt sie das. Sie weiß selbst nicht, warum auf einmal.) »Können wir den Fernseher anschließen? Wo man jetzt sonst gar nichts machen kann?«

Mats und Mikkel sitzen auf dem Küchensofa und sehen aus, als wäre *gar nichts machen* ihnen bisher ganz recht gewesen.

Aber jetzt richtet Mikkel sich auf. »Ja, bitte!«, sagt er. »Wo das so regnet!«

Die Oma nimmt den Topf vom Herd und schüttelt den Kopf. »Das geht nicht«, sagt sie und schraubt eine Schnapsflasche auf. Dann schüttet sie einen kleinen Schwung in die fertig gekochte Marmelade und rührt um.

»Wieso nicht?«, fragt Martha. »Ist der Fernseher kaputt?«

Sie denkt an das Gerät auf dem Dachboden, das sicher Millionen Jahre älter ist als sie und ein Riesentrumm. Sie kann sich nicht erinnern, dass sie solche Fernseher schon mal in der Wirklichkeit gesehen hat und nicht nur in alten Filmen.

»Nicht, soweit ich weiß«, sagt die Oma und füllt schon wieder Marmelade in ihre Gläser. »Der hat nur keinen Decoder.«

»Was?«, fragt Martha.

»Dann geht der gut, Frau Oma!«, sagt Mats. »Zu Hause hat der auch keinen Köder.«

»Wir können hier nur gucken, wenn wir einen Decoder anschließen«, sagt die Oma. »Irgendwas mit digital, das war vor ein paar Jahren. War es mir nicht wert.«

»Wie?«, fragt Martha.

»Steht der darum auf dem Dachboden?«, fragt Mikkel. »Weil du ohne dieses Dings nicht gucken kannst?«

Die Oma nickt. »Ich hab sowieso kaum geguckt«, sagt sie.

»Du hast hier auch kein Fernsehen?«, ruft Martha. Kein Telefon, kein Internet, kein Fernsehen. Was um Himmels willen macht die Oma denn dann, wenn sie mal nicht arbeitet? Vielleicht arbeitet sie immer.

»Ich hab ja Radio«, sagt die Oma, als hätte sie Marthas Gedanken gelesen, und schraubt die letzten Gläser zu. »Und im Wohnzimmer stehen genug Bücher. Solltet ihr euch langweilen, könnt ihr euch da gerne bedienen.«

Jetzt guckt sogar Mikkel ein bisschen zweifelnd. »Vielleicht regnet das gar nicht mehr lange!«, sagt er. »Dann kann ich wieder die Eier reinholen.« Als ob auch er überlegen müsste, wie er bloß die Zeit rumkriegen soll, wenn es doch alles nicht gibt: kein Internet, kein Telefon, kein Fernsehen.

»Das regnet noch eine Weile«, sagt die Oma. »Das regnet sich ein.«

»Übrigens soll ich alle von Mama grüßen«, sagt Martha, obwohl Papa das gar nicht geschrieben hat. »Papa konnte schon mit ihr reden.«

Jetzt dreht die Oma sich doch zu ihr um.

»Schön«, sagt sie.

20.

Und vielleicht um zu beweisen, dass es auch ohne Fernseher genug Unterhaltung gibt, schaltet die Oma das Radio ein und reißt für die beiden Jungs zwei Blätter von einem Schreibblock ab. »Aber nicht vergeuden!«, sagt sie. »Heute Nachmittag kriegt jeder nur eins, sonst ist der Block gleich leer.«

Dann legt sie drei Werbekugelschreiber auf den Tisch und einen kurzen Bleistift. Immerhin mit einem Radiergummi am Ende.

»Ich kann ja noch nicht schreiben!«, sagt Mats empört. »Weißt du das nicht?«

Inzwischen hat die Oma die Küchenlampe angeschaltet. Draußen fällt der Regen immer noch gleichmäßig und trostlos aus einem bleigrauen Himmel, aber hier am Küchentisch ist es hell und warm und heimelig. Jetzt weiß Martha, warum ihr vorhin das altmodische Wort eingefallen ist.

»Wir sollen doch *malen*, Matsi!«, sagt Mikkel und guckt nicht weniger skeptisch auf das Papier mit den zarten blauen Linien und auf die Kugelschreiber. »Nicht schreiben. Oder, Oma?«

Die Oma nickt und sucht am Radio, bis sie einen Sender

mit Musik gefunden hat, die jetzt genau in die Küche passt. Altmodische, ruhige, freundliche Musik. Natürlich ist die eigentlich bescheuert, denkt Martha. Aber jetzt gerade passt sie haargenau.

»Ihr *sollt* nicht malen, ihr *könnt*, wenn ihr mögt«, sagt die Oma. »Eure Mutter hat das als Kind immer gerne gemacht, wenn es geregnet hat.«

Weil es in der Steinzeit noch nichts anderes gab, was man machen konnte, denkt Martha. Na logisch.

»Das Papier ist ja gar nicht richtig!«, sagt Mats da auch schon. »Das hat ja Striche! Wo sind die Buntstifte?«

»*Ich* mal nicht«, sagt die Oma. »Und sonst ist hier nie jemand, der malen möchte. Buntstifte hab ich nicht.«

»Das geht auch mit Kuli, Oma!«, sagt Mikkel und greift nach einem roten Kugelschreiber, auf dem die Löwen-Apotheke ihr fünfzigjähriges Bestehen bekannt gibt. »Und mit Bleier. Ich mal Tiger ab! Das schenk ich Mama, wenn sie wiederkommt, da freut sie sich.« Dann hat er seinen Kopf schon tief über das Papier gebeugt.

Martha steht immer noch im Türrahmen. In diesem Regen rennt sie jetzt ganz bestimmt nicht bis zum Zaun, um zu gucken, ob Isolde ihr geantwortet hat. Oder um ein bisschen auf Instagram rumzugucken. Und mit der Oma unterhalten geht auch nicht. Über Malen will sie gar nicht erst nachdenken.

»Ich geh mal ins Wohnzimmer!«, sagt Martha.

21.

An der Wand gegenüber dem Fenster steht das Bücherbord. Martha sieht gleich, dass die meisten Bücher so alt sind wie der Fernseher auf dem Dachboden. Und in den Regalen unten rechts stehen die Kinderbücher.

Martha zieht ein paar heraus. Das also hat Mama gelesen, als sie ein Kind war, *Der kleine Wassermann* und *Die kleine Hexe* und natürlich *Pippi Langstrumpf. Das Sams.* Und *Die drei Fragezeichen* und *Fünf Freunde* ohne Ende.

Nein danke, denkt Martha. Selbst wenn das hier eine Sintflut wird und der Regen vierzig Tage lang nicht mehr aufhört, les ich bestimmt nicht diesen Kinderkram. Das kann Mikkel ja versuchen.

Sie scannt die Regale darüber. Ein bisschen Fantasy, das ginge vielleicht. Ein paar Bücher, denen man gleich ansieht, in ihnen wird viel gestorben, gemobbt und geweint, *die* ganz bestimmt nicht. Und das dickste Buch von allen hat einen so zerfledderten Rücken, dass man den Titel nicht mehr erkennen kann. Bestimmt hat Mama das öfter gelesen als nur ein Mal.

Martha zieht es heraus und liest den ersten Satz. *»Ich glaube, eine Frau kann viel leichter bei einem Mann etwas errei-*

chen, wenn sie einen runden Busen hat« – ja hallo? So was hat Mama gelesen? Ausgerechnet Mama?

Martha schlägt das Buch zu und guckt auf den Titel: *Désirée.* Dann liest sie weiter. *»Deshalb habe ich mir vorgenommen, mir morgen vier Taschentücher in den Ausschnitt zu stopfen, um wirklich erwachsen auszusehen. In Wirklichkeit bin ich natürlich schon ganz erwachsen, aber das weiß nur ich, und man sieht es mir noch nicht an.«*

Martha lässt sich auf die Sessellehne hinter ihr sinken. *»Letzten November wurde ich vierzehn Jahre alt …«*

»Martha!«, ruft Mats aus der Küche. »Komm mal! Martha, du sollst gucken!«

Irgendwie ist das wie bei mir, denkt Martha. Natürlich bin ich noch nicht vierzehn, und *ganz* erwachsen bin ich auch nicht, aber auf jeden Fall viel erwachsener, als die Leute manchmal glauben. Vor allem Mama und Papa. Genau wie das Mädchen da. Wie alt ich mich innen fühle, sieht man mir von außen nicht an.

»Mar-tha!«, ruft Mats ungeduldig. »Kannst du das nicht!«

Aber die Idee mit den Taschentüchern ist natürlich bescheuert. Das fällt doch sofort auf! Bestimmt merkt der Mann das, wenn die da ankommt mit Taschentüchern im Ausschnitt. Wahrscheinlich fallen sie ihr sogar raus, dann wird es richtig peinlich. Keine Ahnung, was für ein Mann das sein soll. Bei dem sie etwas erreichen will. Und was.

»Letzten November wurde ich vierzehn Jahre alt, und Papa schenkte mir zum Geburtstag dieses schöne Tagebuch.«

Ah, dann ist es schon klar, denkt Martha. Aber wenn das ganze dicke Buch ein Tagebuch ist, hat die ja geschrieben wie verrückt. Die hat ja nichts anderes getan als schreiben. Das ist doch vollkommen unrealistisch. Martha hat auch drei Tagebücher, immer mal irgendwann von irgendwem geschenkt gekriegt, aber in allen steht nur was auf der ersten Seite. Kein normaler Mensch schreibt so viel wie diese Désirée.

Eine kleine Hand schiebt sich in ihr Blickfeld, und ein Blatt Schreibpapier mit zarten blauen Linien macht es Martha unmöglich, zu lesen, ob Désirée die Taschentücher herausgefallen sind oder nicht. »Du sollst das angucken!«, sagt Mats.

Martha seufzt. »Ich komm ja schon«, sagt sie.

22.

In der Küche sitzt Mikkel noch immer ganz tief über sein Papier gebeugt und malt jetzt mit dem Bleistiftstummel. Er guckt nicht hoch, als Martha hereinkommt. Die Oma hat Briefe und Quittungen und Kassenzettel vor sich liegen und schreibt Zahlen in ein Schulheft.

»Für Mama von Mikkel« steht oben auf Mikkels Blatt. Ein bisschen schief steht es da, aber in Mikkels schönster Schrift. »Die Katze sieht ja wirklich aus wie Tiger!«, sagt Martha und beugt sich über Mikkels Schulter. Obwohl seine Katze in Wirklichkeit natürlich aussieht wie irgendeine Katze, im besten Fall. Vielleicht sieht sie sogar eher aus wie ein Hund. Aber Mikkel hat beim Malen bisher ja auch nicht so viel Training.

»Mit Buntstiften könnte ich die noch ähnlicher!«, sagt Mikkel. Er sieht trotzdem sehr zufrieden aus. »Glaubst du, Mama freut sich?«

»Du sollst meins angucken!«, ruft Mats. »Gefälligst!«

»Mama freut sich bestimmt!«, sagt Martha. »Hatte Mama als Kind eigentlich auch eine Katze?«

Die Oma macht einen Haken hinter eine Zahl, dann sieht sie auf. »Natürlich!«, sagt sie. »Wir wollten schließlich keine Mäuse! Quintus. Und Elli-Pfote. Ich kann mich gar nicht mehr an alle erinnern.«

Martha nickt. Was sie hier alles über Mama erfährt! Dass sie merkwürdige Bücher gelesen hat und dass sie eine Katze hatte. Dabei sagt Mama zu Hause immer, Haustiere sind unhygienisch.

»Du sollst meins angucken!«, brüllt Mats. »Mein lieber Herr Gesangverein! Du sollst gefälligst …«

»Oh, das ist aber schön geworden, Mats!«, sagt Martha schnell. Sie hat keine Ahnung, was Mats da gezeichnet hat. »Da freut Mama sich bestimmt ganz doll. Ist das auch eine Katze?«

Mats starrt sie wütend an. »Das ist doch ein Hubschrauber!«, brüllt er. »Siehst du das nicht?« Dabei schlägt er mit der flachen Hand immerzu auf sein Papier, bis es am Rand einreißt.

»Oh, klar, seh ich sofort!«, sagt Martha. Wenn Mats erst mal richtig wütend ist, bedeutet das nur Ärger. »Klar ist das ein Hubschrauber. Soll ich das mal dazuschreiben? Ein Hubschrauber von Mats für Mama?«

Einen Augenblick guckt Mats noch böse, dann schüttelt er den Kopf. »Noch nicht«, sagt er entschieden. »Vielleicht behalt ich das selber.«

Na bitte, wieder Frieden, denkt Martha. »Kann ich dich mal was fragen, Oma?« Sie hat vorher nicht darüber nachgedacht, dass sie das jetzt fragen will, sie ist selbst ganz überrascht. Aber wenn sie es irgendwann erfahren will – und natürlich will sie das! –, dann ist jetzt vielleicht genau der richtige Zeitpunkt dafür. Hier in der heimeligen, altmodischen Küche mit der altmodischen Musik im Hintergrund.

Die Oma murmelt leise etwas vor sich hin und tippt mit der Spitze ihres Kugelschreibers im Heft auf Zahlenkolonnen. Dann macht sie wieder ein Häkchen. »Was denn?«, fragt sie. Das klingt nicht besonders ermutigend.

»Nur, warum wir dich nie …«, sagt Martha. Eigentlich dürfte es doch nicht schwierig sein, so eine selbstverständliche Frage zu stellen! So was will doch jeder wissen! »Wo es doch hier so schön ist! Warum wir dich eigentlich nie besuchen. Und du uns ja auch nicht.«

Martha wartet. Sie spürt, dass sie rot geworden ist. Weil es eben doch keine selbstverständliche Frage ist. Sonst wüsste sie ja längst die Antwort. Dahinter steckt irgendein Geheimnis. Und vielleicht will die Oma das Geheimnis nicht verraten.

Jetzt hebt sie langsam den Kopf und sieht Martha forschend an. Dann greift sie wieder nach ihrem Kugelschreiber. »Das frag mal lieber deine Eltern«, sagt sie.

Da versucht Martha gar nicht erst, auch noch herauszufinden, warum von dem Haus kein Weg nach Sommerby führt.

»Es hat aufgehört zu regnen«, sagt die Oma, als sie später den Kopf ins Wohnzimmer steckt. »Ich glaube, das hast du noch gar nicht gemerkt. Die Jungs sind schon wieder draußen.«

»Mhm«, murmelt Martha. Eigentlich müsste sie jetzt hinterher, die Oma hat wohl immer noch nicht begriffen, dass es für Mats bei dem vielen Wasser zu gefährlich ist, alleine draußen zu spielen. Aber diese Désirée ist wirklich ziemlich clever für eine, die vor über zweihundert Jahren gelebt hat. Und gut aussehen muss sie auch – was sie *damals* gut gefunden haben, jedenfalls. Nur dass sie sich in so einen Zwerg wie diesen Bonaparte verliebt hat, findet Martha unrealistisch. Allerdings ist er sehr romantisch. Verfolgt und heimatlos. »Ich komm gleich.«

Aber die Oma ist schon wieder in der Küche verschwunden. Wahrscheinlich ist das Tagebuch sowieso nicht echt und die Geschichte nur ausgedacht, obwohl es diesen Napoleon Bonaparte natürlich wirklich gegeben hat. Aber hat er auch wirklich diese Désirée geliebt? Für die Geschichte ist es natürlich ganz egal. Martha will wissen, ob er sie heiratet. Einen Antrag gemacht hat er ihr jedenfalls.

23.

Wenn es doch aufgehört hat zu regnen, kann Mikkel ja eigentlich wieder nach Eiern suchen wie am Abend vorher. Hühner legen doch jeden Tag, oder? Da ist Mikkel sich nicht sicher. Aber gucken kann er mal.

Im Flur stehen auf einer doppelten Lage Zeitungspapier Gummistiefel, die sind dunkelgrün und alt und leider riesengroß. Von Mama sind wohl keine Gummistiefel mehr da. Dass sie hier ein Kind war, ist ja auch schon lange her.

»Für Ganz-kurz-Gucken geht auch zu groß!«, murmelt Mikkel und steckt vorsichtig einen Fuß in den ersten Stiefel. Bei so großen Stiefeln kann man nicht wissen, ob innen drin, ganz vorne versteckt, nicht vielleicht eine tote Maus liegt. Oder sonst irgendwas.

Aber in dem Stiefel ist nichts, er fühlt sich nur kalt, kalt, kalt an Mikkels Fuß an. Da schnappt er sich auch noch den zweiten, und dann stapft er mit den Riesenstiefeln durch die Küche zur Tür.

»Mach mir das hier nicht alles schietig!«, sagt die Oma streng und guckt kurz von ihren Zahlen auf.

Mats kniet noch immer auf dem Küchensofa und hat die Zunge in den Mundwinkel geklemmt. Er soll jetzt bloß nicht fragen, wo Mikkel hinwill. Und sagen, dass er dann aber mitkommt. Manchmal muss Mikkel alleine sein.

»Ich bin gleich wieder da!«, sagt Mikkel und öffnet die Tür. »Ich hol bloß die Eier!«

Und dann guckt die Sonne mit so einem verzauberten Licht zwischen langen gelben Wolkenstreifen hervor, die sich gerade immer weiter auflösen, und die kleine Stadt jenseits des Wassers und der Steg und der Schuppen und der Hühnerstall und sogar der flache runde Stein sehen aus wie frisch geduscht und bereit für neue Abenteuer; und da fühlt Mikkel sich plötzlich auch ganz abenteuerlustig. Die Eier können warten, die laufen ja nicht weg. Und schließlich ist sein zweiter Tag bei der Oma beinahe vorbei, und er hat noch fast gar nichts erkundet.

Als Erstes geht er zu den Gänsen, die ihm in ihrem Gehege wütend entgegenschnattern.

»Das ist nur, weil ihr mich noch nicht richtig kennt!«, sagt Mikkel beruhigend und bleibt vorsichtshalber ein paar Schritte vom Zaun entfernt stehen. »Ich wohn jetzt hier. Mich müsst ihr nicht verscheuchen.«

Aber die Gänse wollen ihm nicht glauben. Bisher war hier immer nur die Oma, und sie bleiben wachsam.

Darum geht Mikkel als Nächstes zum Schuppen, das ist schon ein bisschen weiter weg. Vor der Tür hängt ein altmodisches Vorhängeschloss. Mikkel rüttelt ein bisschen daran, aber das Schloss gibt nicht nach. Das ist ja auch gut. Sonst könnte womöglich noch jeder kommen und der Oma alles, was sie darin abgestellt hat, aus dem Schuppen klauen.

Mikkel dreht sich einmal um sich selbst. Ganz egal, wie abenteuerlustig ihm zumute ist, viel Abenteuerliches gibt es hier nicht zu entdecken. Das einzige Abenteuerliche sind vielleicht die Kühe. Mikkel hat es nicht gesagt, aber er findet Martha ziemlich mutig, wenn sie immer so einfach über die Weide zum Zaun geht, um Sachen mit dem Handy zu machen. Allerdings bedeutet das doch wohl auch, dass die Kühe ihr nichts tun. Und Mikkel werden sie wohl auch nichts tun, wenn er sich jetzt auf ihre Wiese traut.

Die Kühe stehen alle zusammen auf der anderen Seite. Bestimmt freuen sie sich, dass es jetzt nicht mehr regnet und sie wieder fressen können. Es muss langweilig sein, eine Kuh zu sein, immer nur fressen und zur Abwechslung höchstens mal wiederkäuen. Aber vielleicht finden die Kühe das nicht? Jedenfalls nutzen sie nicht ihre Chance auf ein bisschen Aufregung, als da jetzt ein Junge in viel zu großen Gummistiefeln an ihnen vorbei in Richtung Sommerby stapft, und sie heben nicht mal die Köpfe.

Wie mutig ich bin!, denkt Mikkel. Wie diese Männer in Afrika, die auf Safari gehen. Aber die schießen auf die Tiere, das ist gemein. Ich lass die Kühe in Frieden. Ich erkunde nur mal kurz die Gegend.

Die Gummistiefel sind wirklich riesengroß und schwer an seinen Füßen, und Mikkel zieht sie lieber aus und trägt sie in der Hand. Das Gras ist immer noch nass und kalt, aber Mikkel ist ja nicht zimperlich. Man kann denken, *nass und kalt*, und man kann denken, *erfrischend*. Mikkel denkt lieber, *erfrischend*.

Am Zaun bleibt er einen Augenblick stehen. Niemand hat ihm verboten, über den Zaun zu klettern. Eigentlich hat die Oma ihm gar nichts verboten. Und hinter dem Zaun liegt ja auch nur das Dorf, da gibt es keinen Grund, warum Mikkel das nicht erkunden sollte.

Auch der Asphalt der kleinen Straße ist kalt, und ab und zu bohrt sich ein winziger Stein in seine bloßen Fußsohlen. Mikkel geht schließlich nicht so oft barfuß, da kennen seine Füße das nicht. Manchmal muss er ein bisschen hüpfen. Aber die riesengroßen Gummistiefel sind noch unbequemer. Und außerdem fühlt sich barfuß nach Sommerferien an und als ob er ein echter Landjunge wäre. Das ist er jetzt ja auch.

Gleich aus dem zweiten Haus der kleinen Sackgasse kommt ein merkwürdiges Geräusch. Wie ein Rasenmäher, denkt Mikkel. Oder vielleicht wie eine Bohrmaschine.

Die Dielentür steht weit offen, haben die Leute mit dem Bohrer denn gar keine Angst vor einem Einbrecher? Mikkel macht vorsichtig einen Schritt in die große Diele und bleibt verblüfft stehen. Was ist denn das für ein Raum? An allen Wänden gibt es Regale, und niedrige Tische in der Mitte, und darauf steht Spielzeug über Spielzeug. Und alles Spielzeug ist aus Holz.

Wie im Kindergarten!, denkt Mikkel und tritt vorsichtig an den ersten Tisch. Aber ein Kindergarten ist das nicht. Hier sind ja keine Kinder.

Auf einem grün gestrichenen Brett stehen Kühe und Pferde und Schweine und Hühner und Gänse zusammen wie auf einem großen Bauernhof, und ein Holzjunge hält eine Peitsche in der Hand. Der Holzjunge sieht ein bisschen bescheuert aus, und Peitsche ist sowieso nicht nett, aber die Tiere kann man alle genau erkennen.

Mikkel stellt die Gummistiefel ab und greift nach einem Pferd. Es hat sogar eine echte Mähne, und das Holz fühlt sich glatt und gut und fast ein bisschen warm an.

»Na, mein Junge?«, sagt da eine Männerstimme hinter ihm.

Mikkel zuckt zusammen. Er hat gar nicht gemerkt, dass das merkwürdige Geräusch aufgehört hat. Ein alter Mann ist zu ihm in die Diele gekommen und wischt sich die Hände an einem großen, schmutzigen Tuch ab. »Möchtest du was kaufen?«

Mikkel schüttelt erschrocken den Kopf. »Ich hab kein Geld«, sagt er. Hoffentlich wird der Mann jetzt nicht wütend und fragt, warum er denn dann überhaupt gekommen ist! Wenn das hier so eine Art Laden sein soll. »Machen Sie die selber?«

Der Mann nickt. »Ich hoffe, sie gefallen dir?«, fragt er.

Mikkel guckt auf die Regale und die kleinen Tische, auf denen nicht nur Tiere stehen, sondern auch Lastwagen und Traktoren und Schiffe und Leiterwagen. »Das ist bestimmt viel Arbeit!«, sagt er.

Der Mann lacht. »Wenn die Arbeit Freude macht!«, sagt er. »Davon hab ich früher immer geträumt, weißt du? Als ich noch nicht in Rente war. Dass ich wieder zurück nach Hause nach Sommerby komme und dass ich von da an mein

Geld mit Schnitzen verdiene. Das hab ich als Junge immer so gerne gemacht, schnitzen. Schnitzt du auch?«

Mikkel schüttelt den Kopf. Das würde Mama ja niemals erlauben! Schnitzmesser sind scharf, noch viel schärfer als Brotmesser. Da könnte er sich glatt mal einen ganzen Finger abschneiden. »Verdienen Sie viel Geld?«

Danach fragt man natürlich eigentlich nicht, Mikkel weiß das. Aber der Mann hat ja selbst davon angefangen. Dass er sein Geld mit Schnitzen verdient.

»Willst du die Wahrheit hören?«, sagt der Mann. »Eher nicht! Es macht mir so viel Freude, die Sachen zu machen, und mir fällt auch immer was Neues ein, und ich suche immer wieder besondere Hölzer aus! Aber verkaufen tu ich fast nichts. Ich weiß gar nicht, ob ich trotzdem weitermachen soll oder nicht.«

Mikkel denkt einen Augenblick nach. Der Mann spricht mit ihm wie mit einem Erwachsenen, das ist doch komisch. Natürlich kennt der Mann Mikkel nicht, aber dass Mikkel ein Kind ist, sieht er ja wohl trotzdem.

»Weitermachen«, sagt Mikkel dann. Wenn der Mann so ernsthaft mit ihm redet, muss er ihm auch ernsthaft antworten. »Weil das so schön ist. Wie diese Malerfrauen! Mama kennt ganz viele Freundinnen, die malen immer Bilder, die will auch keiner kaufen. Aber die malen immer weiter.«

Der Mann guckt ihn nachdenklich an. »So ähnlich hatte ich mir das auch schon gedacht«, sagt er. »Ich glaube, du hast recht, Junge. Solange das Geld reicht, mach ich weiter.«

Dann greift er nach einem Elefanten, der zwischen Löwen und Nashörnern und Nilpferden auf einem Regal steht. »Da, schenk ich dir!«, sagt er.

Und Mikkel sagt nicht, dass er viel zu alt ist für Holzspielzeug und dass außerdem nicht mal Babys wie Mats noch mit Holzsachen spielen. »Oh, vielen Dank!«, sagt er stattdessen. »Der ist toll.« Irgendwie ist das auch nicht gelogen.

»Macht ihr hier Urlaub?«, fragt der Schnitzer.

Mikkel überlegt, ob man das, was sie hier tun, Urlaub machen nennen kann. »Wir sind bei meiner Oma«, sagt er. »Die wohnt hier. Ich muss nur über die Weide, aber die Kühe sind zahm.«

Der Mann stutzt. »Inge ist deine Oma?«, fragt er.

Mikkel nickt. »Kennen Sie die?« Dann merkt er, dass das eine blöde Frage ist. Der alte Mann und seine Oma sind ja praktisch Nachbarn. Auch wenn dazwischen eine Riesenweide liegt, ohne Weg.

»Ich hab sie mal gekannt!«, sagt der Schnitzer. Dann tippt er sich mit zwei Fingern an die Schläfe, wie Männer das zum Gruß in altmodischen Filmen tun. »Leider hab ich jetzt noch zu tun. Aber du kannst jederzeit gerne wiederkommen! Ich freu mich über Besuch.«

Mikkel versteht, dass das eine Verabschiedung ist. »Ich komm bestimmt!«, sagt er und meint es auch so.

24.

Vielleicht bildet Mikkel sich das nur ein, aber auf dem Rückweg fühlt sich das Gras unter seinen Sohlen schon ein bisschen wärmer an, jetzt, wo die Abendsonne scheint. Und es sieht sogar aus, als ob es dampft, dabei kann das ja wohl gar nicht sein. Wasser muss erst kochen, bevor es Dampf wird, das lernt man schon im Kindergarten. Und die Regentropfen auf dem Gras haben nicht gekocht. Er muss die Oma mal fragen, warum sie dann trotzdem dampfen.

Mikkel geht vorsichtig um die Kuhfladen herum und um die Maulwurfshügel. Wenn man in einen Kuhfladen tritt, ist das bestimmt auch mit Schuhen eklig. Aber wie es ist, wenn einem das barfuß passiert, will Mikkel sich überhaupt nicht vorstellen. Maulwurfshügel wäre nicht so schlimm.

Und gerade, als ihm plötzlich auffällt, dass er die Gummistiefel bei dem netten Mann vergessen hat, die Riesengummistiefel, die doch der Oma gehören, und bestimmt wird sie schimpfen!, gerade da sieht er neben einem Maulwurfshügel etwas liegen. Gleich daneben liegt es auf dem Rücken, ein kleines schwarzes Tier mit glänzendem Fell, und streckt seine kurzen Beinchen in die Luft wie ein Hund, wenn man ihn am Bauch kraulen soll.

Mikkel lässt sich in die Hocke fallen. »Was bist du denn für eine niedliche schwarze Maus?«, flüstert er mit einer ganz hohen, vorsichtigen Stimme. Schließlich will er das Tier nicht erschrecken. »Du bist ja viel zu klein zum Kraulen!«

Und dann sieht er es, und da ist es, als ob in ihm drin eine Wolke vor die Sonne zieht. »Du bist ja tot!«, flüstert Mikkel. Das kleine schwarze Tier liegt da mit zum Himmel gereckten Beinchen und rührt sich nicht. »Arme kleine Maus!«

Als er mal mit Heinrich und Jakob und ihrer Mama zu Fuß zur Schule gehen durfte, weil es für gesundes Zu-Fuß-zur-Schule-Kommen in dem Monat einen Stempel in so ein blaues Heft gab, haben sie im Park einen toten kleinen Vogel gefunden. Leider wollte die Mama nicht, dass sie ihn beerdigen, weil man nie wissen kann, ob man nicht krank wird, wenn man so einen toten Vogel anfasst. Aber als sie dann am Nachmittag von der Schule zurückgegangen sind, war der Vogel sowieso nicht mehr da. Vielleicht hatte ihn jemand anders beerdigt.

Mikkel weiß natürlich längst, dass auch Tiere sterben können wie Menschen, und eigentlich sollte ihn diese tote Maus mit der langen Nase darum nicht traurig machen. Aber das tut sie.

Er zieht sein T-Shirt aus und fasst die Maus behutsam damit an. Jetzt ist ja keine Mama dabei, die es ihm verbieten könnte. Aber ein bisschen vorsichtig ist er lieber trotzdem.

»So, kleine Maus!«, flüstert Mikkel. »Jetzt kriegst du eine schöne Beerdigung!«

Murkel ist ihm wieder eingefallen, sein Hamster, und wie

feierlich es war, als sie ihn zu Hause im Hof begraben haben. Und die Oma hat doch hier draußen sogar viel mehr Platz! Da kann er sich für die Maus ein richtig schönes Grab aussuchen.

Mikkel wird wieder ganz froh. Vielleicht machen die Leute deshalb Beerdigungen. Damit sie wieder froh werden.

»Martha!«, brüllt er, als er in die Küche stürmt. Die Oma steht am Herd, vor sich den großen Topf wie gestern Abend, und da weiß er schon, dass es bestimmt wieder Bratkartoffeln gibt. »Martha, wir müssen einen beerdigen!« Und er hebt sein T-Shirt in die Höhe.

Martha sieht blitzschnell auf von ihrem Buch. »Wen müssen wir beerdigen?«, ruft sie erschrocken aus dem Wohnzimmer. Dann läuft sie in die Küche. Mama geht es gut.

Mats ist vom Tisch aufgesprungen, auf dem inzwischen mindestens zehn Blatt feines liniertes Schreibpapier mit Gekritzel darauf liegen, dabei hatte die Oma doch gesagt, heute sollte es nur ein Blatt für jedes Kind geben. Vielleicht sind das alles Hubschrauber. Vielleicht auch Katzen oder Außerirdische.

»Zeig mal, Mikkel, zeig mal!«, brüllt Mats.

Martha starrt auf das T-Shirt und atmet auf. Niemand Echtes ist gestorben, kein Mensch. Mikkel sollte mal nachdenken, bevor er hier so rumbrüllt.

Die Oma ist jetzt auch vom Herd gekommen. Sie wischt sich ihre Hände an der Schürze ab. Beim Kochen bindet die Oma sich immer eine Schürze um, das tut sonst niemand, den Martha kennt, wenn er keine Gäste hat. Nur die Mama von Isolde und Friedrich, wenn sie in ihrem Landhaus sind. Eine hübsche bestickte.

»Guck an, ein Maulwurf!«, sagt die Oma, nachdem sie einen kurzen Blick auf das Tier im T-Shirt geworfen hast. »Leg neben die Haustür, dann freut sich Tiger!«

Mikkel starrt sie an. Kann sie wirklich so grausam sein? Kann sie wirklich meinen, was sie da sagt? Dass sie das arme kleine Tier nicht beerdigen sollen, sondern dem Kater zum Spielen geben?

Das Tier, von dem sie sagt, dass es ein Maulwurf ist, aber das kann Mikkel gar nicht glauben. Einen Maulwurf kennt er aus seinem alten Bilderbuch, das schon längst bei Mats im Bücherregal steht. Da hat der gesucht, wer ihm auf den Kopf gemacht hat. Der Maulwurf im Bilderbuch war bestimmt mindestens zehnmal so groß wie Mikkels kleiner Toter, sonst hätte das mit dem Auf-den-Kopf-Machen ja gar nicht klappen können.

Wie grausam ist diese Oma denn? Aber Tiger würde bestimmt sowieso niemals mit dem armen kleinen Maulwurf spielen. Tiger ist ein netter Kater.

»Hast du irgendwo einen Spaten?«, fragt Martha. Auf den Vorschlag mit Tiger geht sie gar nicht ein, da ist Mikkel froh.

»Im Schuppen!«, sagt die Oma und zeigt auf einen Schlüssel am Haken neben der Tür. »Aber macht fix, die Kartoffeln sind gleich fertig. Und hinterher gründlich die Hände waschen!«

Das hatten sie ja sowieso vor.

25.

So feierlich wie bei Murkel zu Hause wird die Beerdigung nicht, aber doch ziemlich schön. Die Sonne hat gerade beschlossen, groß und rot zu werden, bevor sie untergeht, und das Licht ist freundlich und golden. Vom Wasser wehen Stimmen herüber von den Segelbooten, die für diesen Tag von der Ostsee zurückgekehrt sind und sich vorsichtig auf ihre schmalen Liegeplätze im Hafen der kleinen Stadt manövrieren. Ab und zu schreit eine Möwe. Sonst ist es abendstill.

Das Vorhängeschloss am Schuppen lässt sich ganz leicht aufschließen. Im Dämmerlicht lehnen zwei Leitern an einer Wand, und auf dem Boden in der Mitte steht der Rasenmäher, alt, aber nach dem letzten Mähen blitzblank gewischt. Auf einer hölzernen Werkbank türmen sich kleine Kästen mit Schrauben und Nägeln, und an einem Brett an der Wand hängen Werkzeuge, deren Namen Mikkel längst nicht alle kennt.

»Da ist der Spaten!«, sagt Martha. »Wollen wir gleich hier?«

Aber dann finden sie alle drei, dass der Platz neben dem Schuppen kein schöner Platz ist, ein richtiges Grab wie auf einem richtigen Friedhof muss Blumen haben. Darum gehen sie zurück zum Ufer, wo die Herbstanemonen blühen wie verrückt, und graben daneben, da ist der Boden auch schön weich. Nur als Mats auch mal graben will, sagt Martha, dass er das noch nicht hinkriegt mit dem großen Spaten, und Mats schreit: »Du doofe Kacke-Scheiße!«, und als er dann doch darf, klappt es natürlich nicht gut, da kriegt Mats gleich noch schlechtere Laune.

»Das reicht!«, sagt Martha und guckt abwechselnd auf das Loch in der Erde und auf Mikkels T-Shirt. »Du kannst ihn vielleicht einfach reinkullern lassen. Dann musst du ihn nicht anfassen.«

»Wo ist die Schachtel?«, fragt Mats. An die feierliche Beerdigung zu Hause im Hof kann er sich noch gut erinnern.

»Oh ja, Martha!«, sagt Mikkel bittend. »Sag der Oma, dass wir einen Sarg wollen!«

Aber Martha hat so ein Gefühl, dass die Oma nichts von Särgen für Maulwürfe hält. Vielleicht hat sie auch gar keine Schachtel.

»Das ist heute eine muslimische Beerdigung!«, sagt sie. Solche Dinge weiß sie aus dem Ethikunterricht. »Da beerdigt man die Menschen auch nicht im Sarg, da beerdigt man sie in Tüchern.«

Mikkel starrt sie an. »Echt jetzt?«, fragt er. »Ganz ohne Sarg?«

»Das ist aber doch kein Tuch, du Dumme!«, sagt Mats. »Das ist aber doch ein T-Shirt!«

»Egal!«, sagt Martha. »Leg rein!«

Hinter sich hören die Kinder, wie die Haustür geöffnet

wird. »Dauert es noch lange?«, ruft die Oma. »Die Kartoffeln sind fertig! Da brauch ich tüchtige Arbeitsleute!«

»Gleich!«, ruft Martha über die Schulter zurück. »Wir kommen!«

Dann fasst sie Mikkel an der rechten Hand und Mats an der linken und senkt den Kopf. »Ruhe in Frieden, kleiner Maulwurf!«, sagt Martha feierlich und guckt auf das T-Shirt, das jetzt zerkrumpelt unten im Grab liegt. »Amen.«

»Amen!«, sagen auch Mikkel und Mats, und dann fragt Mikkel noch mal vorsichtig: »Aber singen tun wir heute nicht, Martha?«

Mats reißt seine Hand aus Marthas Hand und tippt sich an die Stirn. »Du bist aber dumm, Mikkel, piep, piep!«, ruft er. »Das kann der doch gar nicht hören! Der ist doch ein Maulwurf! Der ist doch blind.«

Martha überlegt, ob sie da jetzt mal einiges erklären sollte, aber dann greift sie lieber wieder nach dem Spaten und lässt behutsam ein wenig Erde auf den Maulwurf rieseln. »Immer abwechselnd«, sagt sie. So lange wird die Oma schon noch warten können mit ihrer Sklavenarbeit. Und am Ende klopfen sie die Erde mit dem flachen Spaten fest, und Mikkel legt oben noch eine Blüte auf das kleine Grab, Mädchenauge.

»Jetzt ist der zufrieden«, sagt Mats. »So macht man das.«

Und dann rennen sie alle drei, so schnell sie können, das kurze Stück bis zum Haus, damit die Oma nicht allzu ärgerlich ist.

26.

Wie gestern steht die Oma wieder am Küchentisch und pellt die Kartoffeln.

»Wollt ihr mich alles alleine machen lassen?«, fragt sie, während die Schale auf dem Zeitungspapier einen kleinen Berg bildet. Aber ihre Stimme klingt nicht böse. »Und wo ist denn dein T-Shirt, Mikkel?«

»Das muss doch der Sarg sein, weißt du das nicht?«, sagt Mats. »Das machen die sulimischen Leute so. Das sagt Martha.«

»Was?«, fragt die Oma. »Jetzt erst mal Hände waschen! Und darüber, dass man ein gutes T-Shirt nicht einfach so in der Erde verbuddelt, unterhalten wir uns dann später noch. Mein lieber Herr Gesangverein! Du kannst dir gleich dein Schlafanzugoberteil anziehen, Mikkel.«

Da gehen sie alle in das schöne Badezimmer, das viel zu modern ist für so ein altes Haus, und als sie danach in die Küche zurückkommen, sind die Kartoffeln längst alle gepellt und klein geschnitten und gebraten, und auf dem Tisch duftet es abendlich aus der Pfanne.

»Da ist ja gar kein Ei dabei!«, sagt Mats. »So ess ich das aber nicht, Frau Oma! Bauernfrühstück hat Eier!«

Genau, denkt Martha. Außerdem ist es ein Glück, dass Mama nicht weiß, was wir hier essen. Jeden Tag das Gleiche. Und viel zu fett und viel zu viele Kohlehydrate. Und heute ohne die Eier nicht mal das winzigste bisschen gesundes Eiweiß.

»Woher sollten die Eier denn kommen?«, fragt die Oma und füllt sich schon ihren Teller voll. »Noch jemand? Glaubst du, die Hühner sind so freundlich und kommen zu mir in die Küche gelaufen und legen ihre Eier gleich in die Pfanne?«

Mats kichert.

»Ich dachte, du wärst vorhin losgegangen, um die Eier einzusammeln, Mikkel? Wenn ich keine Eier habe, kann ich auch kein Bauernfrühstück machen, so ist das. Dann gibt es eben nur Bratkartoffeln schier.«

Aber hoffentlich nicht jeden Tag, denkt Martha und stellt sich vor, wie sie den Knopf an ihrer Jeans nicht mehr zukriegt.

Mikkel füllt sich auch Bratkartoffeln auf seinen Teller. »Entschuldigung bitte, Oma, ich hab das leider vergessen!«, sagt er. »Mit den Eiern! Ich musste was anderes machen. Ich mach das aber morgen wieder.« Und es ist doch komisch, dass er sich dabei auf einmal beinahe glücklich fühlt.

Wenn ich mich nicht um die Eier kümmere, haben wir nichts Gutes zu essen, denkt Mikkel. Ich bin ein wichtiger Mensch. So ist das.

27.

Es ist doch komisch, dass nach dem Abwaschen niemand nörgelt, als die Oma sagt, es ist jetzt aber langsam Zeit, ins Bett zu gehen. Dabei ist es ja noch lange nicht dunkel. Aber Mats ist eben trotzdem fast ein Teller aus der Hand gefallen, als er ihn abtrocknen wollte, Martha konnte ihn gerade noch auffangen. Für eine winzige Sekunde war Mats tatsächlich eingeschlafen.

Eingeschlafen! Beim Geschirrabtrocknen nach dem Abendessen! Aber es war ein langer Tag, und irgendwie ist auch viel passiert, und Mats ist noch klein.

»Du geh schon mal hoch, Bengel«, sagt die Oma und nimmt ihm vorsichtig das Küchenhandtuch aus der Hand. »Aber vorher Zähne putzen! Ich glaube, dein Schlafengel hat eben schon vorbeigeguckt.«

»Ich bin ja gar nicht müde!«, murmelt Mats, aber weil er dabei den Daumen in den Mund steckt, weiß Martha, dass das nicht stimmt. Und auch weil er sich ohne weiteren Protest und ein bisschen schwankend auf den Weg zum Badezimmer macht.

»Schlafengel?«, fragt Mikkel und lässt sein Trockentuch sinken. »Wer ist das denn?«

»Kommt der bei euch zu Hause nicht?«, fragt die Oma. »Komm, mach weiter, Mikkel, gleich hast du es geschafft.«

»Das ist ja Quatsch«, sagt Mikkel unsicher. »Schlafengel gibt es nicht.« Aber er sagt es so, als ob er eigentlich auf Widerspruch hofft.

»Gibt es nicht?«, fragt die Oma und öffnet die Küchenschranktür. »Bei euch in der Stadt vielleicht nicht, da ist es denen vielleicht zu gefährlich mit all den vielen Autos und dem Krach. Aber bei deiner Mutter ist er immer gekommen, als sie ein Kind war, ihr Schlafengel. Und hat sie die ganze Nacht beschützt.«

»Das ist ja Quatsch!«, sagt Mikkel wieder, aber seine Stimme klingt, als ob es schön wäre, wenn die Oma ihm noch mal widersprechen würde.

Martha denkt, dass sie sich am besten raushält. Schlafengel! So ein Blödsinn! Aber sie kennt schließlich Mikkel. Mikkel würde sich über einen Engel freuen, bestimmt, auch wenn er nicht so ganz richtig an ihn glauben könnte.

Mikkel träumt so gerne. Mikkel wünscht sich so sehr eine schöne, freundliche Welt.

Aber vielleicht ist selbst Mikkel jetzt schon zu groß, um einfach zu glauben, was er sich wünscht? »Du meinst den Sandmann, was?«, fragt Mikkel die Oma. »Die Geschichte kenn ich. Die kommt im Fernsehen. Aber der ist logisch ausgedacht.«

Die Oma nickt nachdenklich. »Ja, der ist logisch ausgedacht«, sagt sie. »Der ist was für kleine Kinder. Außerdem streut der ja nur Sand in die Augen und beschützt die Kinder nicht in der Nacht. Dafür ist dein Schlafengel da. Aber das musst du natürlich nicht glauben.« Und sie nimmt jetzt auch ihm das Küchenhandtuch aus der Hand und gibt es zusammen mit ihrem eigenen an Martha weiter. »Hängst du die wieder draußen auf die Leine? Heute Nacht regnet es nicht.«

Martha nickt, und Mikkel sagt nichts mehr. Aus dem Badezimmer hören sie Mats so laut mit Zahncremeschaum gurgeln, dass er jetzt bestimmt wieder ganz wach ist.

Als Martha ins Haus zurückkommt, sind beide schon auf dem Schlafboden verschwunden.

28.

Glaubst du, so was gibt es wirklich, Schlafengel?«, fragt Mikkel leise, als auch Martha über die Treppenleiter nach oben in ihr Schlafzimmer steigt. Jetzt fühlt es sich schon fast wie ein Zuhause an. »Das ist doch Quatsch, nicht, Martha?«

Martha zuckt die Achseln. Das muss Mikkel schon selbst entscheiden. Was er glauben möchte. Und was ihn vielleicht glücklich macht.

»Ich les noch ein bisschen!«, sagt sie, als sie die Bettdecke ganz fest um Mats gestopft hat. Obwohl er so laut Zähne geputzt hat, ist er schon wieder eingeschlafen, mit Schröderson unter seinem Kopf und Wilde Dreizehn neben der Matratze. Nur als Martha die Decke auch unter seine Füße klemmen will, zuckt er zusammen. »Nicht kitzeln«, murmelt er, aber als Martha »Psssst! Schlaf schön, kleiner Mats!« flüstert, gibt er keine Antwort mehr und atmet tief und gleichmäßig.

»Wenn man die Engel sowieso nicht sehen kann, ist es vielleicht egal«, flüstert Mikkel bittend. Er hat sich seine Decke bis zum Hals hochgezogen und sieht nachdenklich aus. »Aber wenn man sie sowieso nicht sehen kann, kann es sie ja auch geben. So unsichtbar.«

Jetzt stopft Martha auch um ihn die Decke ganz fest. Nicht

dass es nötig wäre. Aber irgendwer muss sich schließlich um die beiden Kleinen kümmern, wenn die Oma es nicht tut.

»Ich kenn mich nicht aus«, flüstert Martha. »Aber vielleicht siehst du ihn ja im Traum? Dann wissen wir Bescheid.«

Mikkel schließt die Augen und lächelt. »Dann wissen wir Bescheid«, murmelt er.

Martha wartet noch einen Augenblick, dann steht sie ganz, ganz leise auf. Heute sagt diese Oma ihnen offenbar noch nicht mal von der Treppe aus Gute Nacht, auch gut. Sie würde die beiden Kleinen sonst nur wieder aufwecken.

Und Martha legt sich sowieso noch nicht auf ihre Matratze. Sie weiß überhaupt nicht, ob sie schon müde ist. Draußen vor dem Fenster erleuchtet immer noch ein wunderbares warmes Abendlicht das Wasser und die kleine Stadt, und auf der Weide grasen die Kühe so gemächlich, als ob sie noch lange nicht ans Schlafengehen denken; und ganz hinten am Zaun äsen wieder die beiden Rehkitze, die sie schon gestern Abend gesehen hat.

Im Hafen der kleinen Stadt liegen die Boote jetzt dicht an dicht. Da sitzen die Leute bestimmt an Deck und essen zu Abend, und manche trinken ein Glas Wein, und manche spielen Karten. Wenn Martha nach draußen horcht, kann sie sich sogar einbilden, dass sie durch das geöffnete Fenster Stimmen hört, Lachen vielleicht, und den Abendwind in den Wanten.

Aus der Küche kommt wieder dieser Obstkuchenduft, von dem Martha inzwischen weiß, dass es in Wirklichkeit Marmeladenduft ist und dass sie die Beeren dafür heute Morgen selbst gepflückt hat. Das ist ein gutes Gefühl.

Sie überlegt, ob sie noch mal zum Zaun gehen soll, um zu gucken, ob Isolde ihr eine WhatsApp geschickt hat, aber das kann auch bis morgen warten. Und bei Papa in New York ist es erst früher Nachmittag, also ist er bestimmt gerade bei Mama im Krankenhaus. Mama wird wieder gesund, da kann sie auf die nächste Nachricht von Papa auch noch ein bisschen warten.

Martha gähnt. Sie setzt sich in ihren Sessel neben der Matratze und schlägt das dicke alte Buch auf. Dieser Bonaparte hat tatsächlich eine Geliebte, obwohl er doch mit Désirée verlobt war! Dabei ist Désirée extra nach Paris gefahren, um ihn zu treffen, und da hat sie es gesehen. Es war so schrecklich, Martha konnte es kaum aushalten. Auch noch auf einer Feier mit so vielen Leuten, die alle beobachtet haben, was los war! Und Désirée war so verzweifelt, wie Martha es bestimmt auch sein würde, wenn sie verliebt wäre und ihr Freund würde auf einem Fest eine andere küssen. Aber Martha ist ja nicht verliebt. Und in so einen blöden Zwerg wie diesen Bonaparte würde sie sich auch sowieso niemals verlieben. Sie weiß darum gar nicht, warum sie beim Lesen fast weinen muss. Und warum das Weinen sich noch dazu beinahe glücklich anfühlt.

DER DRITTE TAG

29.

Am nächsten Morgen wacht Martha auf, weil sie durch das geöffnete Fenster Stimmen hört. Neben ihr liegen Mikkel und Mats und schlafen immer noch, und Mats hat sogar seinen Daumen im Mund, aber Martha fühlt sich plötzlich ganz wach.

Dabei hat sie gestern Abend noch so lange gelesen, bis es zu dunkel dafür war. Sie hat die ganze Zeit gehofft, dass diese Désirée wieder glücklich wird. Sie könnte sich zum Beispiel neu verlieben. Aber so schnell geht so was eben nicht. Das Buch ist ja auch noch lange nicht zu Ende.

Martha zieht sich ihr Sweatshirt über das Nachthemd und läuft barfuß nach draußen. Unter dem Fenster hat sie die Oma mit einem Mann im Anzug gesehen, das ist doch komisch. Wo kommt der denn plötzlich her? Ein Handwerker ist der nicht, und die Post ist er auch nicht, und im Anzug klettert man außerdem normalerweise nicht über einen Zaun. »Guten Morgen, Oma!«, sagt sie und bleibt in der Haustür stehen.

Der Mann dreht sich zu ihr um. »Ah, das ist dann wohl Ihre Enkeltochter?«, sagt er zur Oma, aber er lächelt dabei Martha an. »Ja, wie gesagt, mein Klient …«

»Zieh dir was Ordentliches an, Martha!«, sagt die Oma streng. »Und hier wird nicht gelauscht.«

Dann wendet sie sich wieder dem Mann zu. »Ich hab Ihnen doch gesagt, das Haus ist nicht zu verkaufen, da gibt es nichts zu diskutieren! Und wieso kommen Sie überhaupt so einfach her? Hab ich Ihnen das erlaubt?«

Martha wirft einen Blick zum Steg. Da liegt ein schnittiges Motorboot, weiß und sogar mit Kajüte, und sieht ganz fremd aus und passt ganz sicher nicht hierher. Damit ist der Mann also gekommen. Das geht natürlich auch im Anzug.

»Nun, da Sie telefonisch nicht zu erreichen waren …«, sagt der Mann und zuckt die Achseln. »Und da dieses Angebot ja ganz sicher in Ihrem allerbesten Interesse sein dürfte …«

»Was wissen Sie von meinem besten Interesse?«, schnauzt die Oma. Dann dreht sie sich blitzschnell noch einmal um. »Martha, du hast mich gehört!«

Martha zieht sich einen Schritt zurück in die Küche, weg von der Tür. So kann die Oma sie nicht mehr sehen. Aber sie hat ganz bestimmt nicht vor, jetzt zu verschwinden. Will dieser Mann der Oma das Haus abkaufen? Vielleicht wäre das gar nicht so schlecht. Dann hätte die Oma auf einen Schlag viel Geld und müsste nicht mehr immerzu Marmelade kochen und Gänse umbringen.

Obwohl das Haus bestimmt nicht viel wert ist. So alt, wie es ist.

Martha wundert sich, dass sie fast erleichtert ist bei dem

Gedanken. Für wenig Geld würde es sich dann vielleicht gar nicht lohnen, es wegzugeben.

»Mein Klient denkt siebenstellig«, sagt der Mann jetzt. »Die Lage, verstehen Sie? Obwohl die Lage natürlich auch ein Risiko ist! Das Haus liegt ja so einsam! Was da alles passieren kann! Da wäre nicht jeder so mutig wie Sie.«

»Nun reicht es aber langsam!«, ruft die Oma. Sie hat den Mann ausreden lassen, jetzt ist es genug. »Wenn ich sage, mein Haus ist nicht zu verkaufen, dann ist es nicht zu verkaufen! Und wenn Sie das nicht verstehen, wenn ich es Ihnen freundlich erkläre, dann verstehen Sie es vielleicht, wenn ich jetzt meine Flinte hole!« Und sie dreht sich tatsächlich um, als ob sie ins Haus verschwinden will.

»Nein, warten Sie, warten Sie!«, ruft der Mann. »Ich geh ja schon! Ich wollte nur zu bedenken geben …«

Martha war schon fast im Badezimmer verschwunden, als sie gesehen hat, dass die Oma sich auf den Weg ins Haus gemacht hat, aber als sie jetzt wieder stehen bleibt, geht Martha doch nicht. Sie will wissen, wie es ausgeht.

»… dass Sie hier sehr, sehr einsam leben! Abgelegen! Eine alte Dame wie Sie, ganz allein und ohne Telefon!« Er seufzt. »Wie leicht kann da mal etwas passieren! Einbrecher! Diebe in der Nacht! Sogar Schlimmeres? Und niemand, der Ihnen dann helfen könnte. Finden Sie wirklich, dass dies der geeignete Ort für eine alte Frau ist, die ganz allein lebt?« Er spricht ruhig und höflich, aber irgendwas in seiner Stimme ist Martha unheimlich. Obwohl sie doch ihr Sweatshirt übergezogen hat, bekommt sie eine Gänsehaut.

»Das lassen Sie mal gefälligst meine Sorge sein!«, sagt die Oma grimmig und ist schon wieder auf dem Weg ins Haus. »Ich komm schon klar, ich hab doch gesagt, ich hab eine Flinte!«

Da weiß Martha, dass sie jetzt wirklich besser schnell im Badezimmer verschwinden sollte, sonst gibt es Ärger. Als sie die Dusche aufdreht, hört sie, wie draußen das Motorboot vom Steg ablegt.

30.

Zum Frühstück hat es wieder nur Kohlehydrate gegeben, aber wenigstens leckere Kohlehydrate. Martha hat ordentlich bei der Stachelbeermarmelade zugelangt, und bei Johannisbeere. Solange ihr Jeansknopf keine Probleme macht, will sie nicht weiter darüber nachdenken.

»Ich muss heute zur Steuermannsinsel«, sagt die Oma. »Marmelade abliefern.« Dabei stapelt sie die bunten Gläser behutsam in zwei flachen Transportkisten. »Wer kommt mit? Wer bleibt lieber hier?«

Fragt sie uns wirklich, ob wir alleine hierbleiben wollen?, denkt Martha. Nein, oder? Wenn Mama das hören könnte, die würde in Ohnmacht fallen. Diese Oma würde wahrscheinlich sogar den kleinen Mats alleine zurücklassen und sagen, dass er ja wohl gefälligst selbst auf sich aufpassen kann.

Aber Mats will sowieso mitkommen. »Zur Steuermannsinsel?«, fragt Mats mit vollem Mund. »Sind da Piraten?«

Die Oma lacht ein bisschen. »Kann man das wissen?«, sagt sie. »Also, kommst du mit, Bengel?«

Mats nickt so heftig wie die chinesische Katze, die Isolde Martha aus einem Urlaub mitgebracht und die Mama von der Fensterbank verbannt hat, weil sie kitschig ist. »Du musst dein Gewehr mitnehmen«, sagt er.

»Ich komm auch«, sagt Mikkel. »Und du, Martha?«

Die Oma nickt und trägt die erste Kiste nach draußen. Passen wir überhaupt alle in ihr kleines, altes Boot?, denkt Martha. Drei Kinder, eine alte Frau und so viel Marmelade?

Als die Oma durch die Küchentür nach draußen verschwunden ist, beugt Mikkel sich über den Tisch zu Martha. »Ich glaub, er war da!«, flüstert er. »Im Traum! Glaubst du, das gildet? Kann der mich von da beschützen, im Traum?«

Martha überlegt, ob sie noch ein winziges Stück Brot essen soll. »Warum nicht?«, sagt sie. »Wenn der ein Engel ist? Engel können alles.« Dann greift sie zum Brotmesser.

»Wer war bei Mikkel?«, fragt Mats. Schon wieder mit vollem Mund. Wenn sie noch lange hierbleiben, vergisst er komplett seine Manieren. Aber Martha hat keineswegs vor, ihn zu erziehen. Alles kann sie dieser Oma schließlich nicht abnehmen.

»Mikkels Schlafengel«, sagt Martha. »Und ein Mann.«

Mats taucht blitzschnell einen Teelöffel in ein Marmeladenglas und wirft einen Blick zur Küchentür. Keine Oma. Er leckt den Löffel ab. »Die hat gar keine Naschis!«, sagt er empört, und nicht mal als der Löffel zum zweiten Mal in der Marmelade verschwindet, der Löffel, den er doch vorher schon im Mund hatte, das Ferkel!, schimpft Martha mit ihm.

»Was für ein Mann?«, fragt Mikkel.

Martha zuckt die Achseln. Vielleicht hat sie das ja alles

missverstanden. Und außerdem fragt Mikkel sonst noch die Oma, und dann weiß sie, dass Martha gelauscht hat, obwohl sie eigentlich im Badezimmer verschwunden sein sollte.

»Gestern war auch ein Mann da«, sagt Mats, und schon wieder tunkt er den Löffel in die Marmelade. »Der war vielleicht ein Indianer.«

»Ja, war ein Indianer hier?«, fragt Martha. Es ist noch gar nicht lange her, da hatte Mats ein paar Wochen lang einen unsichtbaren Löwen, der hieß auch Schröderson, aber mit Vornamen Löwi, und für den mussten sie sogar beim Essen immer einen Stuhl frei halten. »Ich flitz noch mal schnell zum Zaun! Vielleicht hab ich eine Nachricht von Papa.«

Isolde hat ihr nicht nur *eine* WhatsApp geschickt, sondern drei. In den letzten beiden fragt sie, warum Martha ihr nicht auf die erste geantwortet hat.

Martha schreibt, dass es nicht so einfach ist mit dem Netz und dass es kein WLAN gibt und dass sie Angst hat, ihr Datenvolumen ist bald aufgebraucht. Dann schreibt sie, dass Isoldes Fotos sehr cool sind, die waren in der ersten Nachricht.

Isolde ist immer noch auf den Malediven, und das Wetter ist EIN TRAUM, und sie ist schon ganz braun, ohne Sonnenbrand und *ÜBERALL*. Nach »überall« hat sie einen Smiley gesetzt. Und sie hat einen Jungen kennengelernt, der kommt auch aus Deutschland, und sie sind zusammen im Surfkurs, und heute machen sie Paragliding, und abends wird es so früh dunkel, das ist romantisch bei Kerzenlicht.

Danach kommt wieder ein Smiley, und Martha spürt, wie sie wütend wird.

Und sie hat hier nicht mal WLAN! Das ganze Leben ist gegen sie.

Martha macht ein Foto von einer großen Segeljacht, die auf dem Wasser gerade majestätisch vorübergleitet. **Wir fahren gleich zu einer einsamen Insel**, schreibt sie. **Mit unserem eigenen Boot. Muss mich beeilen!**

»Mit einem Boot voll Marmelade« schreibt sie nicht. Auch nicht, dass ihr Boot keineswegs so ein Segelboot ist wie das auf dem Foto. Es reicht, wenn sie Isolde das alles erzählt, wenn sie wieder in der Schule sind.

Von Papa ist auch eine Nachricht da. Er schreibt, dass es Mama schon wieder ganz gut geht, aber dass sie viel, viel schläft. Und vielleicht muss ihr rechtes Bein noch mal operiert werden, aber das ist erst möglich, wenn die Schwellung ein bisschen zurückgegangen ist. **Das kann hier leider alles noch dauern**, schreibt er, und obwohl sie das überhaupt nicht findet, simst ihm Martha, dass es nichts ausmacht. **Es ist richtig schön hier**, schreibt sie. Und irgendwie stimmt das ja auch.

31.

Sie passen tatsächlich auch mit ihrer Last alle in das kleine Holzboot mit dem Außenbordmotor, aber nur weil Martha und Mikkel beide eine Transportkiste auf den Knien halten.

»Und Rettungswesten an!«, hat die Oma gesagt und ihnen drei ein bisschen schmuddelige orange Teile hingehalten. »Ohne geht mir hier keiner aufs Wasser!«

Mikkel dreht seine Weste skeptisch in den Händen. »Das ist ja peinlich!«, murmelt er. »Als ob ich nicht schwimmen könnte!«

»Anziehen!«, sagt die Oma. »Musste eure Mutter früher auch immer, was glaubt ihr wohl, wo ich die herhab? Oder möchtest du lieber hierbleiben?«

Mikkel schüttelt den Kopf, und Mats hat sich seine Weste sowieso schon übergestreift. »Voll cool!«, sagt er zufrieden. »Wie echte Leute!«

Martha hilft ihm beim Zumachen, dann guckt sie ihre Weste an. Es ist doch komisch, dass diese Oma die Jungs die ganze Zeit machen lässt, was sie wollen, und kein bisschen auf sie aufpasst; aber hier ist sie plötzlich beinhart.

»Fertig!«, sagt Martha und guckt an sich herunter. Zum Glück kann wenigstens Isolde sie nicht sehen.

Die Oma sitzt im Heck und wartet. Dann lässt sie den Motor an.

Sie hat eben nicht geschimpft, dass Martha so lange am Zaun war. Sie ist ja bestimmt auch froh, dass sie nun weiß, wie es ihrer Tochter geht. Vielleicht begreift sie jetzt mal langsam, wie wichtig ein Telefon und WLAN wären.

»*Schrecken der Meere*«, sagt Mikkel und hält seine Marmelade ganz fest. »Das ist ein schöner Name für ein Boot, du.«

»Hat eure Mutter sich ausgedacht, damals«, sagt die Oma. »Da hat sie grade die *Schatzinsel* gelesen, glaube ich.« Sie manövriert das Boot ein bisschen nach Steuerbord. Jetzt fahren sie neben unzähligen Segelbooten, die um diese Zeit alle auf die Ostsee wollen und von ihrem kleinen Boot aus plötzlich groß und beinahe bedrohlich aussehen. Martha ist froh, dass die Oma sich nicht dazwischenquetscht. Sie bleibt mit der *Schrecken der Meere* dicht neben der Fahrrinne, die durch grüne und rote Tonnen markiert ist. Mit einem winzigen Boot ohne großen Tiefgang geht das ja.

»Das hatten wir damals neu!«, sagt die Oma und lässt den Motor aufheulen. Die *Schrecken der Meere* macht einen Satz vorwärts. »Vorher hatten wir nur das alte Ruderboot. Aber dann mit dem Motor, das war praktisch.«

Schrecken der Meere!, denkt Martha. So was hat Mama sich ausgedacht? Wenn sie wieder gesund ist und zurück zu Hause, muss Martha ihr eine ganze Menge Fragen stellen.

Plötzlich springt Mats auf, mitten während der Fahrt. »Anhalten!«, schreit er. Das Boot schwankt ein bisschen, und Mats schwankt auch. Darum lässt er sich gleich wieder auf die Bank plumpsen. »Ich hab doch Schröderson vergessen!«

Die Oma macht keinerlei Anstalten, umzudrehen. »Der läuft dir schon nicht weg«, sagt sie. »Der wartet auf dich.«

»Nein!«, brüllt Mats. »Tut der nicht! Der hat Angst ganz alleine! Du musst ihn holen!«

Aber die Oma hat kein Herz. Sie denkt nicht daran, zurückzufahren. An der Mündung in die Ostsee fahren die Boote inzwischen dicht an dicht. Zwischen zwei schmalen Landzungen führt nur eine enge Durchfahrt ins offene Meer, und es gibt fast ein Gedrängel.

»Wo hast du ihn denn vergessen, Matsi?«, fragt Martha. Mats sieht eher wütend aus als verzweifelt, und Martha weiß, wie Mats toben kann, wenn er erst mal *richtig* wütend ist. Hier im Boot wäre das bestimmt nicht schön.

»Als ich das Kaugummi wegkratzen wollte!«, schreit Mats. »Von dem Indianer! Umdrehen, sofort! Hörst du nicht, Frau Oma!«

»Ach, von dem Indianer!«, sagt Martha. »Und wo war das Kaugummi denn, Matsi?« Wenn sie ihn jetzt in ein Gespräch verwickeln kann, beruhigt er sich vielleicht, das ist auch immer Mamas Trick.

»Auf dem Steg doch, du Dumme!«, sagt Mats. »Da soll kein Kaugummi sein, Kaugummi ist nicht schön! Das wollte ich wegmachen!«

»Das war aber lieb von dir, Matsi!«, sagt Martha. Glaubt sie das nur, oder hat sich Mats wirklich schon ein bisschen beruhigt? Wenigstens weiß sie jetzt, wie er auf die Idee mit dem Indianer gekommen ist. Er hat ein Kaugummi auf dem Steg entdeckt und sich dazu seine Geschichte ausgedacht. Wieso Mats glaubt, dass ausgerechnet Indianer Kaugummis auf Bootsstege spucken, fragt sie lieber nicht. Nachher wird er doch wieder wütend.

Plötzlich schlägt die Oma das Ruder ein und versucht, sich mitten zwischen die anderen Boote auf ihrem Weg zur Ostsee zu fädeln.

»Was machst du denn?«, schreit Martha, und fast hätte sie die Marmelade losgelassen, um sich an der Reling festzuhalten.

Aber die Oma lacht und nutzt jede kleine Lücke. »Wir müssen rüber nach Backbord!«, ruft sie. »Da ist schon die Steuermannsinsel!«

32.

Einen Augenblick ist Martha fast enttäuscht. Die Steuermannsinsel? Auf der linken Seite der Mündung gibt es nur die Landzunge, und ganz an ihrer Spitze ragt ein Leuchtturm in die Luft, geringelt wie die Leuchttürme in Filmen, weiß und grün, und an einem Anleger liegt der Raddampfer mit der Krone am Schornstein, aber jetzt ist auf seinem Oberdeck niemand mehr zu sehen. Die Passagiere strömen alle zum Leuchtturm und zu dem kleinen Haus, das nur ein paar Schritte vom Anleger entfernt steht, sonst gibt es nichts auf der Steuermannsinsel. *Schnasselbude* steht auf einem Holzschild über der Haustür, und hinter einem niedrigen Zaun mit Blumenkübeln stehen Klappstühle und Tische, um die sich jetzt die Dampfer-Passagiere drängeln wie die Boote in der engen Durchfahrt.

»Und wo ist die Insel?«, fragt Mikkel, als die Oma mit dem Boot auf einen zweiten Steg zuhält, an dem schon zwei weitere kleine Boote vertäut sind.

»Hier«, sagt die Oma nur, und dabei müsste sie doch selber sehen, dass das hier die Spitze einer Landzunge ist und keineswegs eine Insel. »Man darf nur hier vorne rumlaufen, dahinter ist alles Naturschutzgebiet. Darum kommt man nur mit dem Boot her. Darum heißt es Steuermannsinsel«, und inzwischen hat sie das Tau in der Hand, um festzumachen.

Auf dem Steg erscheint jetzt ein Junge. Er trägt ein Fischerhemd und hat wunderbare dunkle Haare und dunkle Augen und lächelt die Oma an. »Giff mi dat man, ick mook dat schon för di«, sagt er.

»Joa, mook eer man fass!«, sagt die Oma, und da vertäut der Junge das Boot mit einem von diesen komplizierten Seemannsknoten an einem Poller.

Die Oma hat sich schon Mikkels Marmeladenkiste geschnappt, und jetzt schnappt sie sich auch noch Marthas Marmeladenkiste und stellt sie auf den Steg. Dann hilft der Junge ihr mit einem Ruck aus dem Boot. »Schass ok Dank hemm, Enes«, sagt die Oma. »Un nu de Lütten.«

Wie die beiden reden! Der Junge nickt und lächelt und tippt sich mit zwei Fingern an die Stirn. Dann hebt er zuerst Mats auf den Steg und hilft dann Mikkel, und ganz zuletzt hilft er auch noch Martha. Dabei hätte sie das bestimmt auch alleine geschafft. Und als seine Hand ihre Hand ganz fest packt und ein wenig zieht, schießt plötzlich etwas durch Marthas ganzen Körper wie ein Stromschlag, und sie spürt, wie sie knallrot wird. »Ich kann das auch alleine!«, sagt sie unfreundlich. »Danke.«

Aber der Junge hört sie gar nicht. Er hat sich schon eine der Marmeladenkisten geschnappt und geht hinter der Oma her auf das kleine Haus zu. »Gern geschehen!«, sagt er und lacht.

Wie alt er wohl ist? Enes. Fünfzehn vielleicht. Oder erst vierzehn? In dem Fischerhemd sieht er so erwachsen aus. Vielleicht fährt er jeden Morgen mit seinem Vater auf die Ostsee, um zu fischen. Oder sogar nachts, ja klar, die Fischer fahren nachts. Das ist harte Arbeit. Darum hat er auch so kräftige Muskeln und lacht nur darüber, wenn er ihnen allen aus dem Boot auf den Steg helfen soll.

»Da hab ich mir ja eine schlechte Zeit ausgesucht, Aylin!«, sagt die Oma zu der Frau, die gerade eilig ein Tablett mit Gläsern und Flaschen nach draußen zu den Klapptischen trägt. »Mach keinen Stress, ich kann warten.« Und sie geht mit ihrer Marmeladenkiste einfach in die *Schnasselbude* und stellt sie auf dem Tresen ab.

Natürlich, die *Schnasselbude* ist eine Gastwirtschaft, das hätte man sich ja denken können. Und noch dazu die winzigste Gastwirtschaft, die Martha jemals gesehen hat. Was machen die Gäste denn bloß im Winter, wenn sie nicht draußen sitzen können? Oder bei Regen? Vielleicht drängeln sie sich dann im Stehen in dem kleinen Schankraum.

Jetzt drängeln sich hier die Oma und Mikkel und Mats und Martha. Der Junge hat nur schnell seine Marmeladenkiste abgesetzt und ist wieder nach draußen verschwunden. Aber die Oma ist auch schon wieder auf dem Weg an die frische Luft.

Dafür kommt hinter dem Tresen jetzt ein Mädchen hervor, das ist ungefähr so groß wie Mats, und Martha sieht auf den ersten Blick, dass es ganz sicher mit dem Jungen verwandt ist. Sie haben die gleichen Haare und die gleichen Augen und überhaupt fast das gleiche Gesicht. »Na?«, sagt das Mädchen und starrt Mats an.

»Na, Dilara?«, sagt die Oma von der Tür her. »Das sind Mikkel und Mats, die sind bei mir zu Besuch. Zeig ihnen doch mal alles, oder musst du helfen?«

Dilara schüttelt den Kopf, ohne ein Wort zu sagen.

Dann dreht sie sich um. »Komm mal mit«, sagt sie und verschwindet nach draußen. Ob sie Mikkel oder Mats gemeint hat, kann man nicht wissen. Darum gehen sie beide.

33.

Dilara dreht sich nicht um und macht auch keine Anstalten zu warten, als sie eilig vor Mikkel und Mats herläuft und hinter der *Schnasselbude* auf den steinigen Strand zugeht. Hier ist es plötzlich ganz ruhig. Die Dampfer-Passagiere drängen sich alle auf der Gästeterrasse oder machen Fotos beim Leuchtturm.

»Möwennest!«, sagt Dilara und zeigt auf den Boden. »Nix mehr drin. Hab ich gefunden.«

Mats guckt auf den Sand und in eine flache Kuhle mit vertrocknetem Gras. »Das ist doch kein Nest!«, sagt er empört. »Die haben Zweige! Auf einem Baum! Weißt du das nicht?« Das Mädchen soll mal nicht so angeben.

Aber sie widerspricht ihm nicht mal. »Wie alt bist du?«, fragt sie streng.

Sie ist nicht größer als er, aber sie spricht mit ihm, als ob sie der Chef wäre. Darum darf sie auf keinen Fall Sieger sein. Mats hält vier Finger in die Luft, dann klappt er auch noch den Daumen aus. »Ich bin schon so!«, sagt er.

»Du schwindelst doch, Matsi!«, sagt Mikkel. »Das ist einer zu viel! Ich bin sieben.«

Das Mädchen nickt. Vielleicht hat sie gar nicht verstanden,

was Mikkel da eben verpetzt hat. »Ich bin schon sechs«, sagt sie ungerührt. »Das dahinten ist die NABU-Hütte. Da darf man nicht hin. Das ist alles Naturschutz dazwischen.«

»Wohnst du hier?«, fragt Mikkel. Er spürt ein kleines bisschen Neid, das ist nicht schön. Man soll nicht neidisch sein. Und außerdem ist es doch bei der Oma auch gut. Aber eine Insel ist vielleicht noch besser, selbst wenn sie keine richtige Insel ist.

»Nur wenn Ferien sind«, sagt das Mädchen. »Ich komm ja in die Schule.«

Mikkel nickt väterlich. »Da bin ich schon«, sagt er. Wenn sie nur in den Ferien hier wohnt, ist das ja wie bei ihm und der Oma. Dann muss er nicht neidisch sein.

»Man kann nicht auf den Leuchtturm«, sagt das Mädchen. »Der ist abgeschlossen.« Und sie scharrt mit ihrer Fußspitze im Sand. »Meine Mama hat den Schlüssel. Aber die lässt keinen.«

Da wird Mikkel ganz aufgeregt. Wenn man auf den Leuchtturm steigen könnte! Und ganz von oben aufs Meer gucken! Wie ein echter Leuchtturmwärter! Die gibt es sonst nur in Filmen und Büchern. »Aber vielleicht doch?«, fragt er hoffnungsvoll. »Freunde lässt sie vielleicht? Meine Oma kennt sie ja!«

Das Mädchen schüttelt den Kopf. »Die lässt keinen«, sagt sie und dreht sich zum Gehen. »Ich muss jetzt helfen.«

Da spürt Mikkel, wie er wieder ein kleines bisschen neidisch wird. Wenn man hier wohnen könnte und würde den Gästen ihre Gläser bringen und hätte den Schlüssel zum Leuchtturm! Dann wäre man wirklich ein wichtiger Mensch.

»Komm, Matsi«, sagt er.

»Die ist blöde«, sagt Mats.

34.

Die Schiffssirene heult einmal kurz auf, und Martha sieht, wie die Gäste plötzlich alle hektisch werden. *Noch fünf Minuten bis zum Ablegen!*, das bedeutet die Sirene vielleicht, oder: *Noch zehn Minuten!* Da machen die Passagiere ihre letzten Fotos vor dem Leuchtturm und warten ungeduldig, bis niemand anders mehr davorsteht und sie die Einzigen auf ihren Bildern sind; dann stellen sich schon die Nächsten auf.

Auf der Gästeterrasse schieben sie ihre Stühle zurück. Bezahlen mussten sie alle schon gleich, als die Getränke gekommen sind, damit es jetzt vor der Rückfahrt kein Chaos gibt und niemand verschwindet, ohne gezahlt zu haben, oder womöglich sogar das Schiff verpasst, nur weil es mit dem Zahlen zu lange dauert.

»So, gleich ist wieder Ruhe!«, sagt der Junge und lehnt sich neben Martha an die Hauswand der *Schnasselbude*. Auf dem Anleger strömen die Passagiere zum Dampfer. »Wenn die gleich weg sind, ist es eigentlich ziemlich schön hier.«

Martha will nicht wieder rot werden, es gibt ja auch gar keinen Grund. Komisch, dass sie gar nichts dagegen machen kann.

»Wohnst du hier?«, fragt sie, genau wie Mikkel eben Dilara

gefragt hat. Und genau wie Dilara sagt auch der Junge, dass er das nur in den Ferien tut. »Dann ist sowieso am meisten los!«, sagt er. »Zweimal täglich der Raddampfer und einmal die *Ostseeprinzessin,* und von Eckernförde der *Wassermann.* Und die Segler natürlich, da kommen auch die meisten in der Saison. So viele Gäste sind es gar nicht, aber eben immer alle gleichzeitig.«

»Nervig«, sagt Martha und weiß nicht, ob das jetzt die richtige Antwort war.

»Meine Mutter hat die *Schnasselbude* erst vor drei Jahren übernommen«, sagt der Junge. »War ein ziemliches Risiko für sie! Aber es läuft ganz gut. Ist nur manchmal elend viel zu tun.«

Martha nickt.

»Ich helf beim Bedienen und schlepp Kisten und bring leere Flaschen zurück an Land und kauf für sie ein«, sagt er und zeigt auf das Boot, das neben der *Schrecken der Meere* am selben Steg vertäut liegt. *Kartal* steht auf dem Bug. »Ich bin sozusagen ihr Lieferservice.«

Martha lacht und hofft wieder, dass das richtig war.

Inzwischen ist der Anleger gedrängt voll mit Menschen, die zurück auf den Raddampfer wollen.

»Enes«, sagt der Junge und hält ihr seine Hand hin, als wollte er ihr ein zweites Mal an Land helfen. »Und du? Wieso kommt ihr mit Inge?«

»Die ist unsere Oma«, sagt Martha. »Wir wohnen grade bei ihr, weil meine Mutter im Krankenhaus liegt. Geht ihr aber schon wieder besser. Ich heiß Martha.« Und sie nimmt seine Hand, und wieder kriegt sie diesen elektrischen Schlag, aber wenn sie die Hand jetzt zu schnell wegzieht, merkt Enes ja erst recht was.

»Oh, Mann!«, sagt Enes. »Tut mir leid.«

»Was heißt *Kartal*?«, fragt Martha und zeigt auf sein Boot. »*Schrecken der Meere* ist ja ein ziemlich alberner Name für so ein kleines Boot wie unsers, find ich, aber das heißt wohl schon immer so.« Enes soll nicht denken, dass ihr das nicht aufgefallen ist.

»Ich find's lustig!«, sagt er. »*Kartal* heißt so was wie – Adler? Das passt auch nicht besonders zu unserem Boot, oder? Ist türkisch.«

»Echt jetzt?«, fragt Martha. Dann ist Enes also ein Türke. Das soll man nicht sagen. Man sagt »ein Mensch mit türkischem Migrationshintergrund«. Es ist natürlich dasselbe.

»Wieso kann meine Oma denn Türkisch?«, fragt sie.

Enes starrt sie an. »Hä?«, fragt er verblüfft.

»Na, habt ihr doch eben gesprochen!«, sagt Martha. »Als wir angelegt haben!«

Enes starrt immer noch, dann fängt er plötzlich an zu lachen. »Türkisch! Ich fass es ja nicht! Das war doch Plattdeutsch!«, sagt er. »Kennst du etwa kein Platt?«

Nun war das Blut gerade aus Marthas Gesicht verschwunden, aber jetzt schießt es zurück, und noch viel stärker als vorher. Nur weil sie das nicht kennt, muss dieser Enes sie doch nicht gleich auslachen!

»Was denn?! In Hamburg spricht das kein Mensch!«, sagt sie.

Enes nickt. Vielleicht hat er gemerkt, dass er sie gekränkt hat, und versucht jetzt, es wiedergutzumachen.

»Nicht schlecht, Hamburg!«, sagt er. »War ich schon drei Mal. Coole Stadt, wirklich. Würd ich auch gerne wohnen. Oder nee, aber egal.«

Martha beschließt, nicht länger beleidigt zu sein. Ihr fällt wieder ein, was sie gedacht hat, als sie Enes zuerst gesehen hat.

»Wirst du Fischer?«, fragt sie und zeigt auf sein Hemd.

Enes guckt ein bisschen verwirrt, dann lacht er schon wieder. »Nee, das ist für die Touris«, sagt er. »Damit es bei uns schön nach Seefahrt aussieht und so. Ich studier Wirtschaftsinformatik nach dem Abi. Wenn das mit dem Schnitt klappt.« Und er zieht eine Grimasse.

Wie alt ist er denn?, denkt Martha. Aber sie fragt nicht nach. Sonst müsste sie ihm auch sagen, wie alt sie ist, und dann würde er sie vielleicht für ein Baby halten. Die Taschentücher in Désirées Ausschnitt fallen ihr ein, vielleicht waren die doch keine so blöde Idee.

»Ich hasse Mathe!«, sagt sie.

Enes lacht. »Ich muss mal beim Abräumen helfen«, sagt er. »Die Touris vom Dampfer hinterlassen immer totales Chaos!«

35.

Auf der Terrasse gibt Enes' Mutter der Oma gerade einen Umschlag. »Willst du nachzählen?«, fragt sie. »Seit du die kleinen Aufkleber mit dem Leuchtturm draufmachst, kaufen die Leute wie verrückt. Und Enes hat ein neues Schild gemalt, ›Selbst gekochte Marmelade‹, so schön mit der Hand. Das sieht *Landlust*-mäßiger aus als das alte ausgedruckte, sagt er. Dann wollen die Leute die Marmelade noch lieber. Scheint zu stimmen.«

Die Oma seufzt. »Verrücktes Volk«, sagt sie.

»Ich hatte eigentlich schon vorgestern mit dir gerechnet!«, sagt Aylin. »War doch so abgemacht, oder? Wenn du heute nicht gekommen wärst, hätte ich Enes geschickt, dass er nach dir guckt. Wir haben uns ein bisschen Sorgen gemacht.«

Die Oma schüttelt den Kopf. »Ich hab unerwarteten Besuch gekriegt, siehst du ja«, sagt sie. »Leonie liegt im Krankenhaus, in New York.«

Die drei Kleinen stehen schon eine ganze Weile nur ein paar Schritte entfernt und hören zu, aber jetzt muss Dilara etwas klären. Sie stößt Mikkel in die Seite. »Das ist Amerika!«, sagt sie. »New York. Was macht deine Mama da?«

Mikkel öffnet den Mund, aber da hat Mats ihr schon geantwortet. »Sie verkauft Geld!«, sagt er. »Das heißt Börse.«

Dilara kneift böse die Brauen zusammen, als ob sie glaubt, Mats will sich über sie lustig machen. »Das geht ja gar nicht!«, sagt sie. »Geld kann man doch nicht verkaufen!«

»Kann man wohl!«, sagt Mats kämpferisch, und Mikkel sagt gleichzeitig: »Das heißt Aktien. Und Sachen.« Aber er hofft, dass Dilara nicht genauer nachfragt. So richtig hat er das auch nicht verstanden, es interessiert ihn auch nicht. Es ist einfach das, was Mama und Papa tun, das muss er nicht verstehen.

»Ha, ha, ha!«, sagt Dilara und tippt sich an die Stirn. »Wie soll das denn gehen? Da kann man doch kein Geld verdienen! Ich verkauf dir drei Euro, und du gibst mir dafür vier Euro? Das ist ja Quatsch! Da sind die Leute in New York aber dumm!« Und sie lässt Mikkel und Mats einfach stehen und fängt an, den Müll vom Boden aufzusammeln, benutzte Servietten und Eispapier. »Das ist ja ein Euro mehr! Wetten, das bezahlt dir keiner?«, ruft sie über ihre Schulter. »Ich komm in die Schule!«

Das weiß ich doch längst, denkt Mikkel. Aber ich muss mal nachfragen bei Papa. Das stimmt ja, was sie sagt. Wie kann man mit Geld Geld verdienen? Das ist doch wirklich Quatsch.

»Die soll besser auch eine *Schnasselbude* machen, du!«, sagt Dilara und wirft den Müll in einen Plastiksack. »Eure Mama. Da bezahlen die Leute richtig viel Geld. Kannst du sehen.« Und sie beginnt ihre zweite Sammelrunde.

»Kinder!«, ruft die Oma. »Wir müssen wieder! Tschüs ok, Aylin. Ji hebbt joa nuch to doon.« Und dann ist sie schon auf dem Weg zum Boot.

Auf der Rückfahrt denkt Martha an Enes, der Wirtschaftsinformatik studieren will. Manche wissen schon früh, was sie wollen. Aber Fischer wäre schöner gewesen. Romantischer.

Wieso will ich überhaupt, dass er romantisch ist?, denkt Martha böse. Kann mir doch egal sein. Ich kenn den doch gar nicht.

»Wann fahren wir wieder hin, Oma?«, fragt sie. »Zur Steuermannsinsel?«

Der Verkehr auf dem Wasser ist vielleicht noch dichter geworden, aber die Oma manövriert das kleine Boot sicher und geschickt quer durch die Fahrrinne.

»Spätestens in einer Woche!«, sagt sie. »Ich muss ja erst neue Marmelade kochen! Was ich jetzt noch hab, ist für Hannes, dem bringen wir das morgen.«

Eine Woche ist lang, denkt Martha.

»Verkaufen die alle deine Marmelade für dich, Frau Oma?«, fragt Mats. »Das ist aber lieb von denen!«

Die Oma lacht. »Ja, das ist lieb«, sagt sie. »Achtung, wir sind da! Das letzte Stück nimmt Martha mal die Pinne«, und als Martha sie noch ungläubig ansieht, ist sie schon zur Seite gerückt und hat Martha im Heck Platz gemacht.

Martha ist es fast ein bisschen unheimlich, dass jetzt sie das Boot steuern soll, aber es geht viel leichter, als sie gedacht hat. Sogar besser als im Opti auf der Alster, da hat sie vor zwei Jahren mal einen Kurs gemacht. Wenn sie die Pinne nur ein bisschen zur Seite bewegt, gehorcht das Boot sofort und ändert seinen Kurs.

»Und jetzt langsamer werden!«, sagt die Oma. »Fertig machen zum Anlegen!«

Das Anlegen klappt vielleicht noch nicht ganz so gut, beim ersten Mal kann man das aber wohl auch nicht erwarten. Darum kracht das Boot mit einem kleinen *Rumms* gegen den Steg, aber nur mit einem ganz kleinen, und die Oma springt auf die Planken, als ob sie keine Oma wäre, und nimmt das Tau.

»Gut gemacht, Martha«, sagt sie und macht das kleine Boot blitzschnell fest. Von den Seemannsknoten erinnert sich Martha nur noch an den Kreuzknoten und den Achterknoten. Die sind aber auch leicht. Vielleicht kann Enes ihr die anderen noch mal zeigen.

Mats ist schon an Land geklettert. »Schrödi!«, ruft er und rennt über den Steg und zwischen den Herbstanemonen durch zu dem flachen Stein, auf dem sich bei ihrer Ankunft die Katze gesonnt hat. »Schröderson! Dein Papa ist wieder da!«

Dann stößt er einen erschrockenen Schrei aus.

36.

»Nun mach hier mal nicht gleich so ein Buhei!«, sagt die Oma und packt Mats an den Schultern, der neben dem Stein steht und brüllt. Auf dem Stein liegt Tiger und sonnt sich.

»Er ist weg!«, brüllt Mats. »Schrödi! Schröderson!«

»Du findest deinen isländischen Hund schon wieder!«, sagt die Oma. »War der hier auf dem Stein? Bestimmt hast du den ganz woanders vergessen.«

»Nein!«, schreit Mats und trommelt mit seinen Fäusten gegen ihren Bauch und tritt gegen ihr Schienbein. »Der ist weg! Du doofe Kacke-Oma!«

»Nun ist aber mal gut!«, sagt die Oma und hält ihn an ihren ausgestreckten Armen ganz weit von sich weg. Es ist erstaunlich, wie stark sie ist. »Dann wollen wir das hier gleich mal klarstellen, Bengel! Hier wird nicht getreten, und hier wird nicht geboxt! Und ich habe gar nichts damit zu tun, dass dein Hund jetzt verschwunden ist! Den hast du irgendwo vergessen, und gleich findest du ihn wieder, und dann entschuldigst du dich bei mir, verstanden?«

»Hab ich nicht!«, brüllt Mats. »Tu ich nicht!« Aber er boxt nicht mehr, und treten tut er auch nicht.

»Es ist, weil du nicht zurückfahren wolltest«, sagt Martha

leise. Sie hat die beiden leeren Transportkisten mit aus dem Boot genommen. »Er denkt, deshalb ist Schröderson jetzt weg.«

Die Oma lässt Mats los. »Nun guck mal, wo du ihn vergessen hast!«, sagt sie. »Und vielleicht sind deine Geschwister nett und helfen dir suchen.«

Und das sind Martha und Mikkel tatsächlich, aber auch zu dritt können sie Schröderson nicht finden. Nirgendwo draußen und nirgendwo im Haus.

»Wo hattest du ihn denn zuletzt, Matsi?«, fragt Martha.

Inzwischen ist Mats ganz ruhig geworden.

»Weißt du doch!«, sagt er böse und wischt sich mit dem Handrücken unter der Nase entlang. Wenigstens hat er aufgehört zu weinen. »Auf dem Stein!«

»Aber das kann ja nicht sein, Matsi«, sagt Martha vorsichtig. »Da ist er nämlich nicht. Und Schröderson hat doch keine Beine, der kann ja nicht weglaufen.«

Sonst lacht Mats immer, wenn man solche Sachen sagt. Aber jetzt nicht. Martha wirft noch mal einen Blick auf den Stein, und plötzlich kommt ihr ein Verdacht. Tiger! Hat Tiger Schröderson vielleicht weggeschleppt, weil er selbst auf dem Stein liegen wollte? Und wohin?

»Vielleicht ist er dir ins Wasser gefallen«, sagt Mikkel. »Weißt du, Mats? Beim Einsteigen. Das kann passieren. Der ist dir runtergefallen, und da war unten kein Fußboden, da war unten Wasser, und da ist er reingeplumpst.«

»Nein!!!«, brüllt Mats, und Martha glaubt das auch nicht. Das hätten sie doch bemerkt! Sie kann sich nicht mehr richtig erinnern, wie es war, als Mats vorhin ins Boot geklettert ist, aber wenn er Schröderson unter dem Arm gehabt hätte und der wäre ihm plötzlich runtergefallen, dann hätte sie das doch gesehen?

Oder vielleicht auch nicht. Sie musste ja die Marmeladenkiste nehmen, und Mikkel musste das auch, und zuerst war es im Boot ein ziemliches Hin und Her. Da kann es schon sein, dass sie nicht auf Mats geachtet haben.

»Ich guck nach!«, sagt Martha.

Sie streift ihre Flipflops ab und läuft zum Ufer. Vorne neben dem Steg ist das Wasser fast so warm wie in der Badewanne. Und ganz klar. Und nirgendwo liegt Schröderson.

Wenn sie jetzt bis ins Tiefe schwimmt, ganz bis dahin, wo man nicht mehr bis zum Grund sehen kann, müsste sie nach Schröderson tauchen. Aber es ist sowieso unwahrscheinlich, dass sie ihn dort findet. Dann wäre er Mats ja erst ins Wasser gefallen, als sie schon losgefahren waren, und da hat Martha längst im Boot gesessen mit der Marmeladenkiste auf dem Schoß und hätte es bestimmt bemerkt.

»Hier ist er nicht!«, ruft Martha und watet zurück.

Mats steht am Ufer und sieht jetzt nur noch traurig aus. »Nee, ist er nicht«, murmelt er. »Armer, armer Schrödi.«

»Wir finden ihn bestimmt wieder, Matsi!«, sagt Martha und nimmt Mats fest in den Arm. »Hab ich doch gesagt, er hat keine Beine!«

Aber Tiger hat Beine, denkt sie. Nachher suche ich noch mal ein bisschen weiter weg. Wer weiß, wo Tiger ihn hingeschleppt hat.

37.

Ein paar Schritte neben der Haustür steht Mikkel und starrt ganz verzückt auf den Boden. »Die tu ich in ein Glas!«, ruft er glücklich und zeigt mit dem Finger nach unten auf etwas Kleines, Braunes, das im Gras kaum zu sehen ist. »Dann mach ich die zahm! Eine Babyschlange!«

Die Oma kommt aus dem Haus und lässt die Tür hinter sich zufallen. »Na, habt ihr ihn wieder?«, fragt sie. »Den isländischen Hund?«

Dann entdeckt sie Mikkel und guckt in die Richtung, in die sein Finger deutet. »Verdammich, schon wieder so ein Biest!«, ruft sie. »Hol mir mal den Spaten aus dem Schuppen, Martha!«

Mikkel starrt sie an. »Die darfst du nicht verbuddeln!«, ruft er. »Das ist eine Babyschlange!«

»Wer redet hier denn von Verbuddeln?«, fragt die Oma. »De mokt wi twei! Die hack ich einmal in der Mitte durch, verdammtes Aas! Dass man die aber auch niemals loswird!«

»Nein!«, brüllt jetzt Mikkel, wie eben Mats gebrüllt hat. »Die darfst du nicht kaputt hacken! Kaputt hacken ist gemein! Man muss lieb zu allen Tieren sein!«

»Wer sagt das?«, fragt die Oma und stupst das braune Tier

angeekelt mit dem Fuß an. »Zu der hier nicht! Das ist eine widerliche Nacktschnecke, die krieg ich einfach nicht los, die Äster!«

Aber jetzt hat Mikkel sich beruhigt. Es fehlt nur noch, dass er seine Hände in die Hüften stemmt, so energisch redet er jetzt auf die Oma ein. »Man muss alle Tiere lieb haben!«, sagt er. »Alle! Du kannst sie doch nicht kaputt hacken, nur weil du sie blöd findest!«

Aber so leicht lässt die Oma sich nicht überzeugen. »Wer bringt dir denn solchen Blödsinn bei? Dass man alle Tiere lieb haben muss?«

»Papa!«, sagt Mats. Vielleicht hilft der Streit um die Schnecke ihm gerade, nicht mehr dauernd an Schröderson zu denken. »Alle Tiere auf der Welt! Die blöden auch!«

Die Oma nickt. »Euer Papa, aha!«, sagt sie. »Dann soll er mal herkommen und die Nacktschnecken für mich einsammeln, richtet ihm das aus. – Martha? Wo bleibt der Spaten?«

»Vielleicht wird das aber ein Schmetterling, Frau Oma!«, ruft Mats. »Weißt du das nicht? Der zerpuppt sich, und schwups!, schon kommt ein Schmetterling raus.«

Die Oma seufzt. »Ich kann dir garantieren, aus dieser Schnecke nicht!«, sagt sie. »Martha? Wo bleibst du denn?«

Aber das muss sie gar nicht mehr fragen. Martha kommt gerade um die Ecke gestürmt, und sie sieht aus, als hätte sie ein Gespenst gesehen.

»Du musst kommen, Oma!«, ruft sie. »Da hat einer eingebrochen!«

38.

Die Schuppentür steht sperrangelweit offen, und im Gras davor ist der Rasenmäher auf die Seite gekippt. Die kleinere der beiden Leitern liegt auch auf dem Boden, daneben ein Rechen, ein Grubber, der Spaten. Und überall verstreut wie Konfetti liegen die Schrauben und Nägel, die gestern noch ordentlich in den Pappschachteln auf der Werkbank sortiert waren.

»Mein lieber Herr Gesangverein!«, murmelt die Oma.

»Ein Einbrecher!«, flüstert Mikkel, und »Ein Räuber!«, flüstert Mats.

Die Oma dreht sich mit einem Ruck zu den Kindern um. »Nun mal ehrlich!«, sagt sie grimmig. »Wer von euch ist das gewesen? Martha? Mats? Mikkel?«

Martha starrt sie an. »Aber wir würden doch nie …!«, sagt sie empört.

»Alle drei zusammen vielleicht?«, fragt die Oma. »Gestern, als ihr den Spaten geholt habt? Da konnte es euch nicht schnell genug gehen, und ihr habt alles einfach rausgeräumt? Und hinterher wart ihr zu faul …«

»Das kannst du doch nicht im Ernst glauben!«, ruft Martha. »Das haben wir natürlich nicht gemacht! Wir würden das doch immer wieder aufräumen, wenn wir das rausgeräumt hätten!«

Die Oma schnaubt. »Wer in seinem Leben noch nie abgetrocknet und Kartoffeln gepellt und im Haushalt geholfen hat, der hat vielleicht auch noch nie aufgeräumt?«, sagt sie. »Macht das zu Hause immer eure Putzfrau? Und ihr habt gedacht, hier macht das vielleicht ...«

»Nein!«, ruft Martha. Das ist so ungerecht! Sie hasst diese Oma, oh, wie sie sie hasst! Jetzt kann sie verstehen, dass Mama sie nie besucht. »Du bist so gemein!«

Die Oma nickt. »Du kannst ja selbst sehen, dass die Tür nicht aufgebrochen worden ist!«, sagt sie. »Kein Einbrecher! Und wer hatte zuletzt den Schlüssel? Kannst du mir das mal sagen?«

Martha guckt auf das Schloss. Tatsächlich. Auch drum herum gibt es keine Kratzer im Holz der Tür. Wer diese Tür geöffnet hat, hatte einen Schlüssel.

»Vielleicht hab ich ja vergessen ...«, murmelt sie. Sie denkt an gestern Abend. Wie sie den Spaten geholt haben. Wie sie zum Steg gegangen sind. Wie sie den Maulwurf beerdigt und nicht dabei gesungen haben. Und mittendrin hat die Oma nach ihnen gerufen, weil sie mit den Kartoffeln helfen sollten, da haben sie sich beeilt. Deshalb haben sie den Spaten nur einfach schnell zurück in den Schuppen gebracht und dann haben sie vergessen, die Schuppentür wieder abzuschließen.

»Kann sein, ich hab leider ...«, sagt Martha.

Dafür muss sie sich jetzt entschuldigen. Und die Oma

kann sich dann dafür entschuldigen, dass sie sie verdächtigt hat und so gemeine Dinge von ihnen glaubt. »Ich hab vergessen, wieder abzuschließen, kann sein. Weil wir doch die Kartoffeln für dich machen sollten! Da hab ich mich so beeilt.«

Die Oma starrt sie an.

»Aber das Chaos waren wir nicht, Ehrenwort!«, sagt Martha. »Und ich finde es auch nicht nett …«

»Jaja, schon gut!«, sagt die Oma grimmig. »Ist ja vielleicht auch meine Schuld, dass ich gestern Abend nicht noch mal geguckt habe, ob alles in Ordnung ist. Das muss ich dann von jetzt an wohl jeden Abend machen.«

Da findet Martha sie wieder richtig gemein, weil doch vollkommen klar ist, dass sie damit meint, wegen der Kinder muss sie gucken, ob alles in Ordnung ist, sonst müsste sie das nicht.

»Können natürlich Jugendliche gewesen sein!«, murmelt die Oma nachdenklich. »Sind gekommen, als wir auf der Steuermannsinsel waren, haben gesehen, dass niemand hier ist, und haben dann Randale gemacht. Im Sommer ist immer so viel Volk auf dem Wasser! Ihr räumt das jetzt mal schön alles wieder auf. Und ich pflück noch ein paar von den späten Erdbeeren, damit ich morgen für Hannes genug Marmelade hab. Und die Schrauben vernünftig sortieren! Da ist eine Schachtel für jede Größe!«

Und sie verschwindet in Richtung Haus.

Eine Entschuldigung war das jetzt nicht, denkt Martha. Aber wenigstens hat sie zugegeben, dass wir es nicht waren.

»Und die haben bestimmt auch Schröderson geklaut, Matsi«, sagt Mikkel.

Als sie zum Haus zurückkommen, ist die Nacktschnecke verschwunden.

39.

Es war viel Arbeit, alle Schrauben und Nägel zu sortieren, aber sie waren ja zu dritt. Danach haben sie der Oma sogar noch bei den späten Erdbeeren geholfen, und dann ist Mikkel losgegangen, um die Eier einzusammeln. Dieses Mal wirklich.

Mats hat Martha zum Zaun begleitet, weil sie gucken will, ob es eine neue Nachricht von Papa gibt. Er hat sogar nach ihrer Hand gegriffen, das tut er sonst nie.

»Schrödi soll nicht bei den Randalern sein!«, sagt er mit einer ganz kleinen Stimme. »Da hat er doch Angst! Der ist noch ein Baby, fast!«

»Vielleicht hat er es ganz schön da?«, sagt Martha. Zuerst wollte sie sagen: Vielleicht bringen sie ihn ja wieder zurück, aber sie weiß schließlich genau, dass solche Jugendlichen, die Schuppen ausräumen und Kuscheltiere klauen, das niemals tun werden. »Weißt du? Bestimmt sind die nett zu ihm.«

Aber Mats antwortet nicht und hüpft plötzlich wie wild auf einem Bein. »Ich bin in Kacke getreten!«, schreit er. »Igitt! Das ist eklig!«

Martha seufzt und guckt auf Mats' Fuß in der Sandale, die jetzt grünbraun und matschig verschmiert ist. Sie holt tief

Luft, damit es sie nicht würgt. »Das ist nicht eklig«, sagt sie. »Das ist nur Kuhfladen. Das ist einfach nur Gras, das durch eine Kuh durchgegangen ist. Siehst du doch, darum ist es grün!«

Mats ist stehen geblieben und wischt mit seinem Fuß im Gras herum. »Das ist trotzdem Kacke!«, sagt er böse, und plötzlich tut er Martha so leid, der kleine Mats, dem Jugendliche seinen Schröderson geklaut haben und der nun auch noch in einen Kuhfladen getreten ist. Heute ist einfach nicht sein Tag.

Martha kniet sich vor ihn hin und nimmt ihn in ihre Arme. »Kacke am Fuß bringt Glück!«, sagt sie und versucht, ganz begeistert zu klingen. »Wenn dir ein Vogel auf den Kopf kackt, bringt das Glück, und wenn du in einen Kuhfladen trittst, bringt das auch Glück. Freu dich doch mal, Matsi!«

Aber Mats sieht nicht so aus, als ob er sich freut. »Da treffen die ja gar nicht!«, sagt er düster, und Martha braucht einen Augenblick, um zu begreifen, dass er die Vögel meint. Sie kennt tatsächlich niemanden, dem die schon mal auf den Kopf gekackt haben.

»Nee, aber *du* hast jetzt getroffen!«, sagt sie und knuddelt Mats noch einmal ganz fest. »Mitten rein! Wollen wir weiter?«

Sie hat schon wieder vier WhatsApps von Isolde gekriegt, und massenhaft Fotos bei Instagram hochgeladen hat Isolde auch. Das Hotel sieht großartig aus, und Isolde im Surfanzug sieht auch großartig aus, und wenn der Junge neben ihr der ist, von dem Isolde gestern geschrieben hat, dann ist er wirklich toll. Und schon mindestens vierzehn. Oder fünfzehn. Enes ist das natürlich auch.

OMG!, schreibt Martha. **Hab heute einen Jungen kennengelernt!** Und dann tippt sie mindestens hundert Herzen dahinter. **Auf der Insel!!!!! Ich sterbe. Ich fahr wieder hin. Oder er kommt zu uns. Ist schon abgemacht.**

Richtig gelogen ist das nicht, denkt Martha. Das hat seine Mutter schließlich gesagt: dass sie Enes zu ihnen schickt, wenn sie sich Sorgen macht. Und wer weiß außerdem, wie viel von dem, was Isolde die ganze Zeit schreibt, wirklich stimmt.

Es dauert ewig, bis die WhatsApp raus ist, da ahnt Martha es schon. »Mist, Datenvolumen überschritten!«, sagt sie. Warum hat sie auch nur so eine blöde Datenoption? Nur weil Mama und Papa nicht wollen, dass sie ständig mit ihrem Handy spielt. Na, da ist sie hier ja richtig.

Mats ist auf den Zaun geklettert und guckt von der obersten Zaunlatte über das Wasser. Mama würde jetzt einen Anfall kriegen, denkt Martha. Weil Mats da leicht runterfallen könnte. Aber der Tag war so traurig für Mats, da will Martha ihm nun nicht auch das noch verbieten.

Papa hat ihr tatsächlich wieder eine SMS geschickt. Er schreibt, dass Mama jetzt schon viel länger wach ist und dass die Ärzte sagen, die Gehirnerschütterung spielt fast keine Rolle mehr. Nur ihr rechtes Bein macht ihnen Sorgen, da werden sie operieren müssen. Und ob Martha, Mikkel und Mats es denn noch bei der Oma aushalten können?

Wenn du wüsstest!, denkt Martha. Wenn du wüsstest, wie diese Oma uns behandelt!

Sie sucht Papas Nummer unter »Kontakte«. Dann ruft sie ihn eben an! Bestimmt ist Papa schon wach. Und bestimmt wird er wütend auf die Oma, und vielleicht sagt er, dass sie es doch mit Annika versuchen können.

Dann bleibt ihr Finger in der Luft über der Nummer schweben. Natürlich wäre es schön, wenn sie jetzt Papas Stimme hören könnte. Und ganz sicher würde Papa sie trösten. Und natürlich würde er sagen, dass Annika sie sofort abholen soll.

Aber Papa würde sich auch Sorgen machen, mehr Sorgen, als er jetzt sowieso schon hat.

Martha lässt das Handy sinken. Weil sie plötzlich spürt, dass da noch ein anderer Grund ist, warum sie nicht mit Papa telefonieren will. Möchte sie denn wirklich von Annika abgeholt werden? Möchte das Mikkel? Und Mats?

Es ist alles so kompliziert.

Sie tippt mit dem Finger auf »SMS«.

Hier ist es schön, schreibt Martha. **Mach dir keine Sorgen!**

Und sie wundert sich, dass es sich nur wie eine halbe Lüge anfühlt.

»Morgen muss ich irgendwo WLAN finden«, sagt sie, als Mats ganz alleine vom Zaun springt.

»Ich finde vielleicht Schrödi«, sagt Mats.

40.

Zum Abendessen gibt es wieder Bratkartoffeln, ohne Schinken, aber dieses Mal mit Ei. Echtes Bauernfrühstück.

»Danke schön, Mikkel«, sagt die Oma. »Schmeckt ja auch viel besser so.«

Mikkel merkt, wie er ganz zufrieden wird. Nur wegen ihm müssen sie heute keine langweiligen Bratkartoffeln ohne was essen.

Aber Mats ist trotzdem nicht zufrieden. »Bauernfrühstück und Bauernfrühstück und Bauernfrühstück!«, sagt er. »Wir sind doch kein Bauer! Und das heißt außerdem auch Abendbrot, Frau Oma! Du musst uns mal abends was anderes kochen!«

Mikkel zieht den Kopf ein. Vielleicht sagt die Oma jetzt etwas Unfreundliches wie vorhin am Schuppen, aber das tut sie nicht.

»Da hast du recht, Bengel!«, sagt sie. »Ihr seid vorgestern nur so überraschend gekommen, da war ich auf Gäste nicht eingestellt. Darum müsst ihr jetzt eben mit dem vorliebnehmen, was ich habe.«

Mats guckt nachdenklich. Dann fängt er plötzlich so an zu lachen, dass er zuerst gar nicht sprechen kann. »Ich will aber nicht vorliebnehmen!«, ruft er. »Ich will lieber vorböseneh-men!« Und dann will er sich ausschütten vor Lachen.

Und Mikkel ist froh, dass Mats wieder fröhlich ist.

»Wenn wir morgen rüber zu Hannes fahren, können wir gleich bei ihm einkaufen«, sagt die Oma. »Dann gibt es Abwechslung.«

»Ich sammel dir die Eier aber trotzdem ein, Oma«, sagt Mikkel. »Ich weiß ja, wie das geht. Ich finde die immer.«

»Tüchtige Arbeitsleute kann ich brauchen«, sagt die Oma.

Natürlich wird der Abend wie die ersten beiden Abende auch, schließlich gibt es auf der Landzunge kein Fernsehen und gar nichts. Und wirklich putzen die beiden Kleinen sich gleich ihre Zähne, nachdem sie gemeinsam abgewaschen haben, und verschwinden, ohne zu maulen, auf der Treppenleiter nach oben.

Als Martha ihnen nachkommt, liegen Mikkel und Mats schon auf ihren Matratzen, und Martha stopft wieder die Bettdecken ganz fest um sie rum, das ist nun fast schon Gewohnheit. Mats schlingt noch einmal seine Arme um ihren Hals und kuschelt sich in ihre Halsbeuge, dann legt er sich wieder auf sein Kissen und steckt den Daumen in den Mund. Armer kleiner Mats! Wie soll er denn bloß einschlafen ohne Schröderson im Arm?

Martha greift nach dem Tyrannosaurus, der unter den Sessel gerutscht ist. »Guck mal, Matsi, heute Nacht möchte Wilde Dreizehn bei dir schlafen!«, sagt sie und legt den

Dino auf seine Brust. »Die fühlt sich sonst einsam. Da kriegt sie Angst.«

»Das darf sie«, murmelt Mats.

»Aber mir sollst du noch vorlesen!«, sagt Mikkel. Er sieht fast genauso müde aus wie Mats, aber vielleicht ist ihm plötzlich eingefallen, wie Mama abends immer an seinem Bett sitzt mit einem Buch, wenn sie zu Hause ist. »Dann kann ich besser schlafen. Der Schlafengel ist ja noch nicht da.«

Martha nickt. »Das ist eine gute Idee, Mikkel«, sagt sie. »Dann kommen schöne Träume.« Schließlich kann sie sich nicht immer nur um Mats kümmern, nur weil der heute Kummer hat. Mikkel ist auch noch klein.

Im Bücherregal im Wohnzimmer sucht sie nach einem Buch, und dann nimmt sie sich das von der kleinen Hexe. Oder ist das zu gruselig für Mikkel? Das wird man sehen.

»Es war einmal eine kleine Hexe«, liest Martha, und Mikkel liegt ganz still auf seiner Matratze und guckt nach oben auf das Reet über seinem Kopf, *»die war erst einhundertsiebenundzwanzig Jahre alt, und das ist ja für eine Hexe noch gar kein Alter.«*

»Nee, ist das nicht«, murmelt Mikkel. »Die Oma ist aber noch nicht so alt. Die ist ja auch keine Hexe«, und nun erlaubt er seinen Augen zuzufallen.

»Nee, nur manchmal«, sagt Martha. *»Sie lebte in einem Hexenhaus, das stand einsam im tiefen Wald.«*

Von Mats kommen ruhige, lange Atemzüge, die ihr verraten, dass er eingeschlafen ist. Der Daumen steckt noch immer in seinem Mund, und Wilde Dreizehn liegt noch genauso auf seiner Brust, wie Martha sie hingelegt hat. Du wirst dich schon umgewöhnen, denkt Martha. Wer einen Hund mit roter Weste liebhaben kann, der kann auch mit einem Tyrannosaurus Rex einschlafen.

»*Weil es nur einer kleinen Hexe gehörte, war auch das Hexenhaus nicht besonders groß.*« Sie guckt zu Mikkel und sieht, dass auch er schon eingeschlafen ist. So schnell.

Aber Martha wird noch lange nicht schlafen. Solange es noch hell ist, kann sie herausfinden, wie es mit der armen Désirée weitergegangen ist. Da war dieser Mann in der Kutsche, der sie nach Hause gebracht hat, als sie so weinen musste, Bernadotte. Der war vielleicht ein bisschen zu alt für sie, aber zu alt macht eigentlich nichts aus. Enes ist ja auch älter.

Martha zieht sich ihren Sessel ans Fenster. Erst als es so dunkel geworden ist, dass sie nichts mehr sehen kann, knickt sie oben eine Seite um, obwohl Eselsohren doch eigentlich verboten sind, und schlägt das Buch zu.

Auf ihrer Matratze denkt sie noch an diesen Bernadotte, und es ist doch merkwürdig, dass er in ihren Gedanken ein Fischerhemd trägt. Aber natürlich ist sie da auch schon fast eingeschlafen.

DER VIERTE TAG

41.

Als Martha am nächsten Morgen aufwacht, sieht sie sofort, dass es wieder ein wunderschöner Tag werden wird. Die Sonne malt rötlich flimmernde Streifen auf die Holzdielen, und auf ihrem Weg durchs Fenster tanzen winzige Staubteilchen in der Luft.

Aus der Küche kommt der vertraute Duft nach Marmelade. Mikkel und Mats schlafen fest, und Martha schleicht sich ans Fenster. Die Kühe grasen friedlich wie an den Tagen zuvor, und tatsächlich, da sind auch die beiden Rehkitze wieder. Jetzt stehen sie ruhig zwischen den Stockrosen und knabbern friedlich an den Blüten.

Wie schön das ist! Da kann Martha Isolde ein Foto schicken, wenn sie ein Netz hat. Und schreiben, dass jeden Abend und jeden Morgen zwei Rehkitze zu ihnen in den Garten kommen, ganz ohne Angst und als ob der Garten ihnen gehört. Fehlt nur noch, dass das zwei verwunschene Prinzen sind, denkt Martha und klettert mit ihrem Handy leise die Treppenleiter nach unten. In der Küche läuft im Radio wieder leise eine altmodische Musik, und die Oma summt mit. Durch die halb geöffnete Tür zum Flur sieht Martha, wie sie kleine Etiketten auf ihre Marmeladengläser klebt.

»Oma!«, flüstert Martha. »Da sind Rehe im Garten! Rehkitze! Ganz dicht! Willst du mal gucken?«

Die Oma zuckt zusammen, dann ist sie mit einem Satz an der Küchentür nach draußen.

»Kann ja wohl nicht sein!«, brüllt sie, bevor Martha sie stoppen kann. »Sind die schon wieder da!« Und dann wedelt die Oma wild mit den Armen und stürmt auf die beiden armen Rehkitze zu, und wenn sie jetzt ihre Flinte dabeihätte, würde sie vielleicht sogar schießen. »Sch! Sch! Verschwindet, ihr Teufel!«

Martha starrt sie wütend an. Das war es jetzt wohl mit ihrem Foto. Wie kann man denn nur zu zwei armen Rehkitzen so grausam sein?

»Du machst ihnen doch Angst, Oma!«, ruft Martha und sieht enttäuscht, wie die beiden Kitze mit langen Sätzen über die Weide verschwinden. »So kommen die doch niemals wieder!«

Aber die Oma bückt sich sogar noch und greift nach einem Stein. Zum Glück sind die Kitze schon viel zu weit weg, als sie nach ihnen werfen will.

»Nicht, Oma!«, ruft Martha trotzdem. »Nicht!«

Und dann stößt die Oma auch noch einen grässlichen Schrei aus, und gerade als Martha denkt, dass sie die armen freundlichen Tiere jetzt doch wohl schon genug gequält hat, hört sie das Stöhnen. »Verdammt!«, stöhnt die Oma. Dann steht sie neben den Stockrosen, starr wie eine Statue und ganz krumm, mit dem Stein noch immer in einer Hand, und hält sich mit der anderen das Kreuz. »Verdammt, verdammt, verdammt! Ausgerechnet jetzt, verdammt!«

Martha starrt sie an. Was um Himmels willen ist denn bloß mit der Oma passiert? Sie steht gebeugt und starr und stöhnt, und jedes Mal, wenn sie versucht, sich aufzurichten, wird ihr Stöhnen lauter.

»Oma?«, ruft Martha. »Soll ich dir helfen, Oma?«

Aber die Oma winkt nur böse ab und schlurft mit winzig kleinen Schritten vollkommen verdreht auf das Haus zu. »Rühr mich ja nicht an!«, schnauzt sie. »Schon wieder so ein verdammter Hexenschuss!«

Martha muss an die kleine Hexe denken und an die Rehkitze. Da hat die nette Hexe die Oma also bestraft, weil sie so gemein zu den Rehen war, das würde Mikkel bestimmt sagen. Aber das ist natürlich Quatsch.

»Ich halt dir die Tür auf!«, sagt Martha.

In der Küche lässt die Oma sich wie in Zeitlupe auf einen der alten Stühle sinken. »Ahhhh!«, murmelt sie. Auch im Sitzen sieht sie noch schief aus. »Das war es dann wohl mit der Fahrt zu Hannes! Bring mir mal eine Wolldecke! Und im Bad ist meine Salbe!«

Auf dem Weg zum Bad kommen Martha Mikkel und Mats entgegen, und sie sieht sofort, dass Mats sich heute Wilde Dreizehn unter den Arm geklemmt hat wie sonst immer Schröderson. Gut!, denkt Martha.

Natürlich gibt es nicht nur *eine* Tube mit Salbe in dem altmodischen kleinen Spiegelschränkchen über dem Waschbecken, aber die Zahncreme wird es ja wohl kaum sein, und zum Glück ist auf einer Tube ein winziger Mann zu sehen, der hat einen roten Punkt auf dem Rücken, von dem gehen Strahlen aus wie von einer Sonne.

»Ich glaub, ich hab sie!«, ruft Martha und rennt in die Küche.

Mikkel und Mats stehen in der Tür und gucken erschrocken auf die Oma, deren Gesicht ganz bleich ist vor Schmerzen. Mats hat wieder seinen Daumen im Mund.

»Wo bleibt die Wolldecke?«, fragt die Oma, und da läuft Martha noch mal ins Wohnzimmer, und tatsächlich, auf der Sofalehne sieht sie zusammengefaltet eine karierte Decke, die lag da bestimmt schon, als Mama noch ein Kind war.

»Da!«, sagt sie und hält der Oma die Decke hin.

Aber die stützt sich jetzt mit beiden Händen auf dem Küchentisch ab und steht ganz, ganz langsam auf von ihrem Stuhl. »Alle raus!«, schnauzt sie. »Jetzt mach ich die Salbe drauf!«

Und Martha denkt, dass sie sowieso lieber nicht zugucken will, wenn sich so eine alte Frau Salbe auf den Rücken schmiert, und sie ist ganz erleichtert. Sie hatte schon gedacht, dass sie der Oma vielleicht helfen soll.

»Wir ziehen uns an!«, sagt sie zu Mikkel und Mats. »Los, los, los! Und Gesicht waschen nicht vergessen!«

Aber Mats guckt ganz ängstlich. »Was ist mit der Oma?«, flüstert er. »Muss sie jetzt ins Krankenhaus? Wie Mama?«

»Quatsch!«, sagt Martha. »Das ist nur ein Hexenschuss!«

Aber solange sie nicht versteht, was genau ein Hexenschuss ist, ist sie fast genauso erschrocken wie Mats.

42.

Als die Kinder nach dem Anziehen wieder in die Küche kommen, steht die Oma noch immer krumm wie ein Hutzelmännchen am Küchentisch. Sie hat sich in die Wolldecke gewickelt wie in einen indischen Sari, und sie atmet langsam tief ein und aus.

»Ich glaub, ich muss mich doch erst mal kurz hinlegen!«, murmelt sie. »Scheiße, Scheiße, Scheiße!«

Wenn Mama das hören würde!, denkt Martha, und da hat Mats sich auch schon ganz empört neben die Oma an den Tisch gestellt. »›Scheiße‹ sagt man nicht, du!«, sagt er streng. »Das ist kein schönes Wort!«

Die Oma ächzt ein bisschen, als sie sich halb zu ihm hindreht. »Was soll ich denn sonst sagen?«, fragt sie böse. »So ein verdammter Mist? Findest du das besser, Bengel?«

»Du bist ja ganz ungezogen, Frau Oma!«, sagt Mats streng, und jetzt sieht er wirklich erschüttert aus. »Wenn du immer Wörter sagst! Da gibt es eine Strafe vom lieben Gott, und jetzt tut es dir weh!«

»Irgendwas stimmt da wohl mit der Reihenfolge nicht!«, sagt die Oma grimmig und schlurft vorsichtig auf die Tür zum Flur zu. »Martha, ich leg mich ein paar Stunden hin.

Mach mir mal eine Wärmflasche. Vielleicht krieg ich das so noch in den Griff.«

»Klar, mach ich, Oma!«, sagt Martha und reißt schon die Küchenschranktüren auf, um nach der Wärmflasche zu suchen. »Mach dir keine Sorgen!«

Wie oft ich das in den letzten Tagen gesagt habe!, denkt sie. Immerzu zu Papa, und jetzt auch noch zur Oma. Als ob ich die ganze Welt trösten müsste. Und niemand tröstet mich.

Aber komischerweise fühlt es sich überhaupt nicht schlimm an. So ist das eben, wenn man fast erwachsen ist, denkt Martha.

Sie bringt der Oma die Wärmflasche ans Bett, und natürlich war die nicht im Küchenschrank, sondern im Bad; und dann wartet sie noch einen Augenblick.

»Soll ich vielleicht einen Arzt holen?«, fragt Martha.

Holen stimmt, denkt sie. Anrufen kann ich hier ja keinen, nur vom Zaun aus, und dann ist sie sowieso schon fast im Dorf.

Die Oma winkt ab. »Das wird auch so wieder gut!«, sagt sie. »Tut teuflisch weh, so ein Hexenschuss, aber ist nicht schlimm. Wärme hilft. Vielleicht ist es morgen schon besser.« Sie seufzt. »Diese verdammten Biester!«, sagt sie, und Martha begreift, dass sie die Rehkitze meint. »Dass die auch immer meine Blumen fressen müssen! Wenn die mal endlich bleiben würden, wo sie hingehören, dann wäre das gar nicht passiert.«

Nun gibt sie den armen Rehen auch noch die Schuld,

denkt Martha. Aber natürlich kann sie der Oma nicht widersprechen, jetzt, wo es ihr so schlecht geht.

»Wenn ich nicht aufpasse, kommen die Äster immer wieder!«, sagt die Oma. »Wehret den Anfängen! Auch wenn sie ausgewachsen sind, kommen die noch! Und dann kann ich meinen Garten vergessen, das fressen die mir alles weg. Die Herbstanemonen natürlich nicht, aber ich will schließlich nicht nur Herbstanemonen im Garten haben!«

»Aber die sind doch so ängstlich!«, sagt Martha. »Rehe! Ich glaube, da musst du dir keine Sorgen machen, Oma. Ich finde die jedenfalls süß!«

Die Oma schnaubt. »Mal sehen, ob du sie auch noch süß findest, wenn sie dir alles abgeknabbert haben!«, sagt sie. »Rosen versuch ich schon gar nicht mehr, die machen die Biester dir kaputt, da hast du keine Chance. Aber wenigstens ein paar von meinen Stockrosen will ich retten! Gegen Rehe kommst du nicht an, Martha, glaub mir das man. Rehe sind uns über.« Und sie nickt resigniert, aber ihr Gesicht ist schon nicht mehr ganz so bleich wie eben, und da fühlt sich Martha ein bisschen erleichtert.

»Dann lass ich dich jetzt mal in Ruhe«, sagt sie.

43.

»Ist Oma krank?«, fragt Mikkel ängstlich, als Martha zurück in die Küche kommt. Er hat schon einen großen Laib Brot auf den Tisch gelegt und das Brotmesser daneben, und Teller hat er auch schon hingestellt. Fehlt nur noch die Marmelade.

»Nur Hexenschuss, ist nicht gefährlich«, sagt Martha, als ob sie irgendeine Ahnung davon hätte. »Sie wollte mit einem Stein nach den Rehkitzen schmeißen, da ist das passiert.«

Mats starrt sie an. »Da hat die Hexe sie geschossen?«, fragt er ungläubig. »Zur Strafe, Martha? Aus dem Buch? Du schwindelst ja!« Aber er sieht aus, als ob er sich da nicht ganz sicher ist.

»Das heißt nur so, Matsi«, sagt Martha und stellt nun auch noch für jeden eine Tasse auf den Tisch. Jetzt muss sie wohl selbst den Früchtetee kochen, den keiner von ihnen so richtig gerne mag. »Hexenschuss. Morgen ist sie vielleicht schon wieder gesund.«

Mikkel sieht immer noch ängstlich aus. »Arme Oma!«, sagt er. »Dann gibt es heute Abend wieder Bauernfrühstück.«

Und da erinnert Martha sich an das Erste, was die Oma gesagt hat, als sie so gekrümmt in der Küche stand. Dass es das dann wohl war mit der Fahrt zu Hannes.

»Ja, dann gibt es heute Abend wieder Bauernfrühstück«, sagt Martha. »Aber wenigstens müssen wir nicht verhungern, das ist doch schon mal was.«

Mikkel schneidet sich gerade seine Scheibe Brot selbst von dem großen Laib, und Martha guckt erschrocken auf das gezahnte Messer. Aber kein Blut tropft auf den Teller, und Mikkel greift schon zur Marmelade. Mir reicht es heute auch mit den Unglücksfällen, denkt Martha. Mats soll das lieber nicht alleine machen. »Komm, Mats, ich schneide dir das.«

»Und ihre Marmelade kann sie auch nicht wegbringen«, sagt Mikkel und beißt schon in sein Brot. »Da kriegt sie kein Geld.«

»Nein, das ist blöde«, sagt Martha. Daran hat sie noch gar nicht gedacht. Sicher sollte dieser Hannes ihre Gläser mit dem Leuchtturm-Etikett doch für sie verkaufen, wenn das einer ist, bei dem man einkaufen kann. Und wenn er das nicht tut, kriegt die Oma kein Geld. Dabei ist sie bestimmt sowieso nicht so richtig reich.

»Wir können das ja für sie machen!«, sagt Mikkel, und auf einmal sieht er ganz aufgeregt aus. »Du kannst doch Boot fahren, Martha! Das ist doch nicht weit!«

Martha hat sich für Stachelbeere entschieden, aber jetzt hört sie auf, ihr Brot zu streichen. »Ich glaube, das erlaubt sie nicht«, sagt sie nachdenklich, aber dabei hat sie plötzlich so ein kribbeliges, gutes Gefühl, als ob dieser Tag, der so schlecht angefangen hat, doch noch zu einem wunderbaren Abenteuertag werden könnte. Abenteuertag, denkt Martha, kindisch. Natürlich kann ich das Boot fahren, wenn ich muss. Wenn es nötig ist, kann man ganz vieles, was man sich sonst nicht zutraut.

»Ich frag sie mal«, sagt sie.

Und die Oma ist wirklich verrückt. »Das wäre natürlich die allerbeste Lösung!«, sagt sie, als Martha nach dem Frühstück zu ihr ins Schlafzimmer geht, um ihr das mit der Bootsfahrt vorzuschlagen. Mikkel hat erklärt, die paar Teller und Tassen können Mats und er auch allein abwaschen. »Traust du dir das wirklich zu?«

»Klar!«, sagt Martha, und das ist wieder eine große Lüge. So viel wie in den letzten Tagen hat sie sonst nie gelogen. Aber schließlich hat sie es immer nur getan, weil es nötig war. Außer vielleicht in der Nachricht an Isolde. »Ich hab zu Hause einen Kurs gemacht. Sogar Segelboot!« Dass es nur ein Opti-Kurs war, muss sie ja nicht sagen.

»Gut, dann schreib ich dir einen Zettel«, sagt die Oma, als ob es gar kein großes Ding wäre, dass sie ihre drei Enkel ganz allein mit dem Boot rüber in die kleine Stadt fahren lässt. Martha bringt ihr Stift und Papier aus der Küche, und dann schreibt die Oma zuerst auf, was sie alles einkaufen sollen, und danach, welche Marmeladengläser für Hannes sind.

»Und dann fragt ihr auch noch im *Café Meeresrauschen* nach!«, sagt sie. »Ob die noch Marmelade brauchen. Und beim Handwerkermarkt hinter dem Rathaus. Und immer schön abrechnen lassen, sie sollen dir aufschreiben, was sie verkauft haben, und das Geld mitgeben. Ich prüf das dann nach.«

Martha denkt an das Schulheft, in das die Oma am ersten Abend geschrieben hat. Natürlich, auch wenn man nur selbst gekochte Marmelade verkauft, darf man sich nicht beschummeln lassen.

»Und, Martha!«, sagt die Oma und wirft einen Blick zum Fenster, durch das noch immer strahlend und warm die Sonne ins Schlafzimmer scheint. »Westen nicht vergessen! Ich verlass mich auf dich! Und guck mal den Himmel an. Das gibt heute noch ein Gewitter, ihr müsst aufpassen, dass ihr vorher zurück seid, versprichst du mir das?«

»Das sieht gar nicht so aus, finde ich!«, sagt Martha. Mist, dass sie ohne Netz nicht die Wetter-App aufrufen kann. Könnte sie ohne Datenvolumen ja sowieso nicht. »Scheint doch voll die Sonne!«

»So was seh ich doch!«, sagt die Oma. »Kann ich mich auf dich verlassen?«

Wenn sie recht hat, wird es vielleicht wirklich ein Abenteuertag!, denkt Martha. Dagegen soll Isolde mal anstinken mit ihrem Surfen und Paragliden. Kinderkram! Das macht sie ja nur, um einen Nervenkitzel zu haben. Aber was Martha jetzt tut, tut sie nicht, um einen Nervenkitzel zu haben, sondern weil es nötig und wichtig ist.

»Klar, Oma«, sagt Martha. »Du kannst dich auf mich verlassen.«

44.

Bevor sie zu dritt die Kisten mit der Marmelade zum Boot tragen, sagen sie der Oma noch mal Tschüs.

»Gute Besserung, Oma!«, sagt Mikkel und bleibt an der Schlafzimmertür stehen. »Wir machen das schon.«

Aber Mats geht sogar zu ihrem Bett und schwenkt Wilde Dreizehn ganz dicht über ihrem Gesicht. »Wilde Dreizehn will dir auch Tschüs sagen!«, sagt er und streichelt ihre Wange mit dem kurzen Saurier-Arm. »Tschüs, Frau Oma! Da bist du aber froh, dass du uns hast, was?«

»Und wie!«, sagt die Oma, und jetzt huscht sogar ein Lächeln über ihr Gesicht. »Und immer schön auf Martha hören! Die ist der Skipper, und was der Skipper sagt, gilt. Verstanden?«

Mikkel und Mats nicken beide. Sie sehen ein bisschen skeptisch aus, wahrscheinlich überlegen sie, was ein Skipper ist.

»Du kriegst das schon hin, Martha«, sagt die Oma. »Du musst nur aufpassen, wenn du das Hauptfahrwasser querst, hörst du? Und an der grün-roten Ansteuerungstonne haltet ihr euch backbord. Nicht in die Marina fahren! Ihr legt da nicht an. Auch nicht im Fischereihafen. Ihr haltet euch so lange backbord, bis ihr zu den Kahnstellen kommt, da macht ihr fest. Und wenn einer meckert, richtet ihr einen schönen Gruß von Inge aus und erklärt, was los ist und dass ihr nicht lange bleibt. Könnt ihr euch das merken?«

»Wilde Dreizehn kann das«, sagt Mats, und Martha denkt, dass er Schröderson vielleicht schon fast vergessen hat, das ist gut.

»Ich kann das auch!«, sagt sie und zwinkert der Oma zu. Und tatsächlich, die zwinkert zurück.

»Denn man los!«, sagt sie.

Sie haben die Marmeladenkisten auf den Bodenbrettern der *Schrecken der Meere* verstaut, und eine hat Mikkel auf den Schoß genommen. Jetzt gibt Martha ihm auch noch ihr Handy.

»Mach mal Fotos von mir!«, sagt sie. »Mit Hintergrund! Die schick ich Isolde!«

Dann sieht Isolde natürlich, dass das hier keine Segeljacht ist, denkt Martha. Aber Isolde würde ja sowieso nicht glauben, dass ich alleine eine Segeljacht steuern kann. Wir haben bei der Oma eben eine Segeljacht, mit der fahren wir immer alle zusammen, und auch noch dieses kleine Boot, und mit dem kleinen darf ich alleine fahren.

Mikkel hält sich mit beiden Händen am Steg fest, damit die *Schrecken der Meere* nicht abtreibt, als Martha sie losmacht. Dann schmeißt sie das Tau auf die Marmeladenkisten und klettert selbst schnell hinterher.

Der Motor springt ohne Probleme an, und Martha erschrickt beinahe, wie schnell das Boot ihr gehorcht und wie es nach vorne schießt. »Festhalten, Mannschaft!«, ruft sie. »Die See ist rau und stürmisch!«

»Aye, aye, Käpt'n!«, sagt Mikkel und lacht, und Mats guckt ärgerlich und sagt: »Das ist doch gar kein See!«

Wie gut es sich anfühlt, selbst so ein Boot zu fahren! Das Wasser ist heute blau, weil der Himmel blau ist, und plusterige weiße Wolken spiegeln sich darin. Segelboote verlassen die Marina der kleinen Stadt für ihren Törn auf der Ostsee, und am Kai sieht Martha bunte Fischkisten und aufgerollte Taue. Das ist der Fischereihafen.

Und sie ist mittendrin! Nicht weil sie eine Touristin ist, die sich die putzige kleine Fischerstadt angucken will, sondern weil sie hierhergehört. Sie ist genau wie die Fischer, die mit ihren Booten aufs Meer rausfahren, weil sie sonst kein Essen für ihre Familien kaufen könnten. Sie gehört dazu.

Martha hat ein bisschen Angst, als sie das Hauptfahrwasser erreichen mit den vielen Schiffen, die sich dort tummeln, aber jetzt hat sie keine Wahl mehr. Von links sieht sie den Raddampfer kommen auf seinem Weg zur Steuermannsinsel, mit lachenden Touristen auf dem Oberdeck; aber er ist noch weit genug entfernt und darum keine Gefahr. Und wenn sie aufpasst, sind auch die Lücken zwischen den Segelbooten groß genug. Von manchen Booten winken die Leute ihnen zu, und auf einer Motorjacht hat ein altmodischer beiger Pudel seine Pfoten auf die Reling gestützt und bellt, als ob er sich für einen Wachhund hält.

»Komm doch her, wenn du beißen willst!«, ruft Martha,

und auf einmal ist das Glücksgefühl wieder so groß, dass sie es kaum aushalten kann. Sie steuert ihr Boot sicher über das Wasser, und sie sorgt dafür, dass ihre Familie heute Abend etwas Vernünftiges zu essen hat und Geld zum Einkaufen. Sie steuert ihr Boot, als hätte sie schon immer hier am Wasser gelebt. Die Oma war überhaupt nicht verrückt, als sie es ihr erlaubt hat; die Oma wusste, was Martha alles kann. Wenn sie darf, fährt sie beim nächsten Mal auch alleine zur Steuermannsinsel und bringt die Marmelade zur *Schnasselbude*.

»Das da ist bestimmt die Ansteuerungstonne!«, ruft Mikkel.

Und das wird wohl so sein. Jedenfalls ist das Ding, das Martha früher eine Boje genannt hätte, grün und rot gestreift, wie die Oma gesagt hat, und nun muss sie sich backbord halten, um zu den Kahnstellen zu kommen, was immer das auch sein mag.

»Wo ist noch mal Backbord, verdammt?«, murmelt Martha. Da merkt man wieder, dass ihr der Kurs vor zwei Jahren keinen Spaß gemacht hat. Sonst hätte sie sich das doch richtig gemerkt! Dann wäre sie sich jetzt sicher, wo Backbord ist.

»Du musst da links dran vorbei, Martha!«, sagt Mikkel. Er sieht aus, als ob er weiß, wovon er spricht. »Backbord ist links! Weiß ich von *Checker Can*!«

Der Verkehr auf dem Wasser wird weniger dicht, sobald sie den Kurs geändert hat. Das Hauptfahrwasser liegt hinter ihnen, und rechts öffnet sich die Zufahrt zum Hafen. Nur wenige Schiffe wollen wie sie nach Backbord.

Und jetzt sieht Martha zu ihrer Überraschung, dass die kleine Stadt auch auf einer Landzunge liegt, genau wie gegenüber das Haus der Oma. Wenn man den Hafen mit dem orangefarbenen Seenotrettungskreuzer rechts, nein: *an Steuerbord* liegen lässt, wird es auf einmal ganz ruhig. Ein schmaler Fußweg führt am Wasser entlang und trennt die Gärten auf der Rückseite der Häuser vom Wasser. Stockrosen in allen Farben des Regenbogens blühen um die Wette, und auf den kleinen Rasenflächen stehen Strandkörbe und Klappliegen. Und jetzt sieht Martha auch, was die Kahnstellen sind: schmale Anlegestellen für Boote, die sich wie lauter winzige Häfen dicht an dicht aneinanderreihen, zu jedem Garten gehört eine.

»Die sind jede Wette privat!«, sagt Martha, als sie das Boot mit gedrosseltem Motor langsam in die erste freie Kahnstelle lenkt. Das hat die Oma wahrscheinlich gemeint, als sie gesagt hat, wenn jemand meckert, sollen sie von Inge grüßen. Aber natürlich ist es viel, viel einfacher, hier anzulegen, als in der Marina zwischen all den großen Schiffen.

Dann schlingt sie die Festmacherleine vom Boot um einen Pfahl und verknotet sie mit einem etwas krumpeligen Kreuznoten, so gut sie kann. Hoffentlich hält der jetzt.

45.

Na, was ist das denn?«, fragt da ein Mann mit einer Schiffermütze, der aus einem Gartentor an die Kahnstelle gekommen ist, ohne dass sie ihn bemerkt haben. Sie hatten so viel mit dem Festmachen zu tun. »Hier kann aber nicht jeder einfach sein Boot parken, wenn er lustig ist!«

Unfreundlich klingt er eigentlich gar nicht. Aber dass er sie gleich wieder wegschicken wird, ist trotzdem klar. Und dann müssen sie doch zurück in den richtigen Hafen fahren, und vielleicht ist da kein Platz frei, oder es rammt sie eins der großen Boote, weil der Skipper sie nicht sieht. Beim Gedanken an den Hafen wird Martha ganz flau im Magen.

»Aber das ist ja die *Schrecken der Meere*!«, ruft der Mann da. »Düwel ook! Habt ihr Inge ihren Kahn geklaut?«

Martha versucht, höflich zu lächeln. »Inge ist unsere Oma!«, sagt sie. »Wir sollen ihre Marmelade für sie zu Hannes bringen. Und sie hat gesagt, wir sollen an den Kahnstellen anlegen …«

»Kiek mol an!«, sagt der Mann, und auf einmal guckt er ganz freundlich. »Dann seid ihr die Gören von der kleinen Leonie, was? Na, da freu ich mich aber, dass ihr eure Oma mal besucht!«

Geht dich gar nichts an!, denkt Martha. Aber sie lächelt weiter. Schließlich möchte sie nicht, dass der Mann sie wegschickt.

»Und warum kommt Inge nicht selber?«, fragt der Mann, und jetzt schnappt er sich eine Marmeladenkiste nach der anderen und stellt sie auf den schmalen Steg. Es sind fünf Stück, und als sie ausgeladen sind, klettern auch Mikkel und Mats aus dem Boot.

»Die kleine Hexe hat sie geschossen!«, sagt Mats. »Die ist erst siebzigsiebzig Jahre alt!« Und dabei hat Martha gedacht, Mats hätte schon längst geschlafen, als sie Mikkel vorgelesen hat!

»Sie hat einen Hexenschuss!«, erklärt Martha, bevor der Mann noch sagen kann, nun erzählt mir hier aber mal keine Märchen. »Und die Marmelade muss ja weggebracht werden, da machen wir das eben für sie.«

»Tüchtig, tüchtig!«, sagt der Mann, und jetzt stapelt er drei Kisten übereinander und hebt sie hoch, als wäre das nichts. Martha nimmt auch eine, und Mikkel auch. »Na, kein Wunder bei Leonies Kindern! Die war ja auch immer so eine plietsche Deern!«

»Woher kennst du denn unsere Mama?«, fragt Mikkel. Dann korrigiert er sich schnell. »Woher kennen Sie die?«

Der Mann lacht. »Sag man ruhig Du, Bengel!«, sagt er. »Ich kenn eure Oma ja schon, seit wir zur Schule gegangen sind! Da ist sie jeden Tag hier rüber mit dem alten Ruderkahn, in Sommerby hatten sie ja keine Schule. Und eure Mama ist dann mit meiner Vivian zur Schule gegangen.

Wisst ihr denn überhaupt, wo ihr die Marmelade hinbringen sollt?«

»Zu Herrn Hannes«, sagt Mikkel, und der Mann lacht und sagt, oha!, er wusste ja noch gar nicht, dass Hannes ein Herr ist.

»Dann kommt man mit!«, sagt er und geht ihnen voraus, und das ist auch ein Glück. Wie hätten sie diesen Hannes denn sonst wohl finden sollen? Ja klar, er arbeitet im Supermarkt, aber welcher Supermarkt der richtige ist, hat die Oma ihnen nicht erklärt. Und mit den schweren Kisten durch den ganzen Ort zu laufen und bei jedem Supermarkt zu fragen, ob da ein Hannes arbeitet, wäre bestimmt anstrengend und auch ein bisschen peinlich gewesen.

»So!«, sagt der Mann, als sie in eine kleine Kopfsteinpflasterstraße einbiegen. Die Häuser sind niedrig, und über dem Erdgeschoss kommt schon gleich das Dach. Neben allen Eingangstüren blühen Rosenstöcke, als wäre der Bürgersteig nicht auch ohne sie schmal genug, und am Ende der Straße schimmert schon das Wasser, da muss der Hafen sein.

Einen Supermarkt gibt es in dieser kleinen Straße jedenfalls nicht, das sieht Martha auf den ersten Blick. Die ganze Straße würde ja leicht in den Einkaufsmarkt passen, zu dem sie samstags manchmal mit Papa fahren.

»Unsere schmucke Hauptstraße!«, sagt der Mann wie ein Touristenführer. »Hättet ihr auch alleine gefunden, was? Gibt ja nicht so viele Straßen bei uns!«

Auf der linken Seite sieht Martha das *Café Meeresrauschen*, das ist gut, da müssen sie nachher nicht danach suchen, wenn sie bei Hannes gewesen sind. Und den Handwerkermarkt am Rathaus entdeckt sie auch sofort, fünf Stände, bei denen man nicht erkennen kann, was sie verkaufen, weil die Touristen sich so darum drängeln.

Überhaupt drängeln sich überall Touristen in dieser kleinen Straße. Sie zücken ihre Handys und machen Fotos von den niedlichen Fassaden und den schön geschnitzten Haustüren mit den Rosenstöcken daneben. Wenn es die Touristen nicht gäbe, könnte man glauben, es ist eine Stadt aus einem Märchenfilm, denkt Martha, nicht aus der Wirklichkeit. Oder aus einer alten, alten Zeit. Aber da gab es natürlich noch keine Touristen mit Handys. Ein bisschen machen sie die verwunschene Stimmung kaputt.

»So, da vorne!«, sagt der Mann. »Wo der ganze Kruscht draußen steht! Könnt ihr sehen? Das ist Hannes.«

Aber wenn es die Touristen nicht gäbe, dann könnte die Oma eben auch ihre Marmelade nicht verkaufen, denkt Martha. Also sollen sie doch ruhig kommen.

»Das ist Hannes?«, fragt Mikkel. Man kann sehen, dass ihm seine Kiste allmählich zu schwer wird. Aber er hat kein einziges Mal gemault. »Das ist aber ein schöner kleiner Laden!«

Und das ist es wirklich. Ein altmodischer Laden ist es, bei dem Martha gleich das Herz aufgeht, weil sie noch nie so einen gesehen hat, außer in Filmen, und es ist natürlich überhaupt kein Supermarkt. Auf dem Gehsteig steht ein Trog mit Sandspielzeug und Bällen und ein zweiter mit Muschelkörbchen in Plastiknetzen, und schon fast auf der

Straße zwei Ständer mit Sonnenbrillen und Postkarten. Das ist alles für die Touristen.

Aber wenn man hineingeht in den putzigen Laden, dann gibt es da in einem winzigen Raum, der kleiner ist als zu Hause ihr Wohnzimmer, alles zu kaufen, was ein Mensch zum Leben braucht: Zeitungen natürlich und Fernsehzeitschriften und Brot in Körben an der Wand und Tiefkühlkost in einer Truhe und Käse an einer Theke, hinter der ein pummeliger Mann steht und sich mit einem Kunden unterhält, und neben der Kasse warten Süßigkeiten in Gläsern. Es gibt Küchenpapier und Toilettenpapier und Duschgel und Putzmittel. Sogar Töpfe und einen Wasserkessel sieht Martha hoch oben auf einem Regal und Toilettenbürsten.

»Hannes, ich bring dir große Freude!«, sagt der Mann mit der Schiffermütze und lacht. »Guck mal, was ich für dich hab!« Und er stellt die Marmeladenkisten oben auf der Käsetheke ab.

»Bist du heute der Weihnachtsengel?«, fragt der pummelige Mann, der dann ja wohl Hannes sein muss. »Nee, bring nach hinten, Lorenzen! Wieso bist du denn jetzt Inges Postillion?«

Der Mann, der Lorenzen heißt, zeigt auf die Kinder. »Können die dir erklären!«, sagt er. »Ich muss mal wieder! Ich muss zurück zu meinen Heringen, sonst denkt Kevin glatt, er soll sie alleine schuppen!« Dabei tippt er sich an seine Mütze und beugt sich noch mal zu Mikkel hinunter. »Und du richtest Inge einen schönen Gruß von mir aus, hörst du? Von Lorenzen. Und gute Besserung!«

Und damit schiebt er sich schon an den Touristen vorbei aus dem Laden.

Er hat nicht gesagt *»Und passt schön auf, wenn ihr zurückfahrt«*, denkt Martha. Dass drei Kinder allein mit einem Boot fahren, findet er wohl ganz normal.

»Vielen Dank!«, ruft Martha Lorenzen nach, aber der ist längst verschwunden.

46.

Dann hört Hannes auf, sich mit dem Kunden zu unterhalten, und kommt hinter dem Tresen vor. »Und wer seid ihr?«, fragt er.

Da erklären sie noch mal, dass sie Inges Enkel sind, und genau wie Lorenzen findet Hannes es gar nicht merkwürdig, dass sie die Marmelade ganz alleine über das Wasser gebracht haben.

»Fein!«, sagt er. »Die letzte Lieferung ist schon fast wieder weg! Das ist jetzt die beste Zeit dafür. Kaufen die Leute als Souvenir oder Mitbringsel wie verrückt. Wegen dem Leuchtturm drauf.« Er kramt ein bisschen unter der Theke, dann hat er ein kleines Heft gefunden, das sieht so ähnlich aus wie das der Oma. »Zwölfmal Erdbeere, achtzehn Johannisbeere, neun Stachelbeere. Hab ich notiert. Das macht dann neununddreißig Stück. Und jetzt kriegt ihr …« Er guckt in sein Heft, »… einhundertsechsunddreißig Euro fünfzig von mir. Ich geb euch einen Zettel mit.« Und er schreibt auf, wie viele Gläser Marmelade er verkauft hat und was die gekostet haben. »Hol ich gleich mal aus der Kasse.«

Als die Kinder den Laden verlassen, tragen sie nur noch die beiden Kisten für das *Café Meeresrauschen* und den Handwerkermarkt am Rathaus, und Marthas rechte Hosentasche fühlt sich schwer an, weil Hannes ihr das Geld nicht nur in Scheinen gegeben hat. Die Touristen drehen sich nach ihnen um, wie sie da so mit ihrer Last zielstrebig die schmale Kopfsteinpflasterstraße hochgehen, und eine Frau macht ein Foto. Die sehen, dass wir keine Touristen sind!, denkt Martha. Die sehen, dass wir hierhergehören. Und wir müssen unseren Eltern helfen, das denken die jetzt, und wie altmodisch das ist und wie in einem Film.

Sie guckt ganz starr geradeaus, aber sie sieht doch, dass manche Touristen lächeln.

Auch das *Café Meeresrauschen* braucht dringend Marmeladen-Nachschub, und die Bedienung schenkt jedem Kind einen großen rosa-weißen Keks, der heißt Hanseat. Beim Handwerkermarkt können sie sich nur mühsam zwischen den Touristen durchschlängeln, und einer nimmt sich einfach ein Glas direkt aus der einzigen Kiste, die jetzt noch übrig ist und die Martha trägt.

»Wie niedlich!«, sagt er. »Was soll das kosten?«

»Nicht!«, sagt Mats böse. Er hat seinen Hanseaten gegessen, und allmählich fängt er an sich zu langweilen. »Das gehört Oma!«

Da lacht der Mann und stellt die Marmelade zurück in die Kiste, und in dem kleinen Laden, der zum Handwerkermarkt gehört, freut sich die Frau hinter der Kasse über die Lieferung, und Marthas rechte Hosentasche wird immer schwerer.

»Jetzt nur noch einkaufen!«, sagt sie, als sie zwischen den

Scheinen und Münzen den Einkaufszettel spürt, den die Oma geschrieben hat.

Es wäre ja verrückt gewesen, das gleich zu erledigen, als sie bei Hannes ihre Gläser abgegeben haben. Dann hätten sie ihre Einkäufe ja auch noch zum Café und zum Handwerkermarkt mitschleppen müssen.

»Aber erst mal Handy gucken. Hier gibt es ja garantiert ein Netz. Vielleicht sogar freies WLAN für die Touris? Dann muss ich nachher nicht extra wieder zum Zaun.« Und sie laufen schnell die paar Schritte bis zum Hafen, weil man auf den schmalen Gehwegen unmöglich stehen bleiben und telefonieren oder schreiben kann. Dann setzt Martha sich auf den Steg neben dem Seenotrettungskreuzer *Nis Randers,* für den es heute zum Glück keinen Grund gegeben hat auszulaufen, und guckt ihre Nachrichten an.

Es ist doch nett von dieser kleinen Stadt, dass sie den Touristen am Hafen wirklich WLAN gratis gibt.

Natürlich ist es in New York noch zu früh, diese Zeitverschiebung ist wirklich unpraktisch, Papa schläft bestimmt noch. Aber er hat diesmal eine lange WhatsApp geschickt, darin steht, dass Mama morgen noch einmal operiert wird, und morgen bedeutet natürlich heute. Dass sie sich keine Sorgen machen sollen und dass er ihnen so bald wie möglich Bescheid gibt, wie die OP verlaufen ist.

»Los, wir schicken ihm ein Foto!«, sagt Martha. Sie stellen sich zu dritt vor die *Nis Randers,* und Mats hält Wilde Dreizehn vor seinen Bauch und lässt sie mit ihrer Pfote winken. Aber dann ist Marthas Arm nicht lang genug, um sie alle drei draufzukriegen, und sie müssen einen Touristen bitten, das Foto zu machen. Und der hat vielleicht noch nie mit einem Handy fotografiert, oder sein Handy funktioniert anders, jedenfalls verwackelt er alles, und da fragen sie noch eine Frau. Bei der klappt es.

»Sieht doch klasse aus!«, sagt Martha. »Das kann Papa dann Mama im Krankenhaus zeigen. Bestimmt freut die sich auch!«

Vielleicht hat die *Nis Randers* hier auch schon gelegen, als Mama noch jeden Morgen mit der *Schrecken der Meere* zur Schule gefahren ist! Dann erkennt sie den Seenotrettungskreuzer auf dem Foto wieder. Vielleicht bekommt Mama dann Heimweh, sie war ja so lange nicht mehr hier.

Danach gehen sie einkaufen. Marthas Hosentasche ist so schwer von all dem Marmeladengeld, da müssen sie nicht lange überlegen und können nehmen, worauf sie Lust haben.

»Na, schon wieder da?«, fragt Hannes. »Euch muss es ja bannig gefallen bei mir, dass ihr schon gleich wiederkommt!« Und er zwinkert den beiden Kleinen zu und gibt jedem einen Kirschlolli.

Mikkel erklärt ihm, dass sie doch auch Essen für die Oma kaufen müssen, und Hannes will sie beraten, was die Oma sonst immer kauft; aber das sind mehr so langweilige Sachen, und sie suchen lieber selbst aus, was ihnen schmeckt. Trotzdem nehmen sie zum Schluss noch einen Blumenkohl mit und zwei Kilo Möhren, aber sie kaufen auch Pommes, und Mikkel und Mats wollen Fischstäbchen und Hähnchen-Nuggets und Pizza.

»Oha!«, sagt Hannes. »Da müsst ihr euch aber beeilen! Oder habt ihr eine Kühltasche dabei?«

Das haben sie natürlich nicht, aber Hannes wickelt ihnen alles schön dick in Zeitungspapier ein und leiht ihnen zwei Kühltaschen von sich. »Wiedersehen macht Freude!«, sagt er. »Aber nun mal los, los, los! Wenn ihr nicht trödelt, schafft ihr es noch vor dem Gewitter. Ist ja nicht weit.«

Gewitter!, denkt Martha, was ihr hier immer glaubt! Aber als sie aus dem Laden auf die Straße treten, ist die Sonne hinter schwarzen Wolken verschwunden, und der Himmel hat plötzlich eine Farbe wie reife Pflaumen. Wie konnte die Oma das am Morgen bloß schon wissen?

»Ja, macht mal schnell, Mikkel und Mats!«, sagt Martha und gibt jedem eine Kühltasche. Ihr ist plötzlich eingefallen, dass ein Gewitter auf dem Wasser so ungefähr das Gefährlichste ist, was einem passieren kann. Weil Wasser die Blitze anzieht, und die schlagen dann in den höchsten Punkt, und der höchste Punkt auf dem Wasser ist immer ein Boot. Und dieses Boot soll möglichst nicht die *Schrecken der Meere* sein.

Aber wenn Hannes gesagt hat, sie schaffen es noch vor dem Gewitter, dann schaffen sie es auch.

»Alles gut verstaut?«, fragt Martha, als sie ihre Kahnstelle erreicht haben, und dann müht sie sich ab mit dem Knoten. Weil das Boot in der Strömung daran gezerrt hat, ist er so fest geworden, dass sie ihn überhaupt nicht mehr aufgeknotet kriegt. Oder gab es da einen Trick?

»Nun hilf mir doch mal!«, sagt Martha böse zu Mikkel, und dann wechseln sie sich eine Weile ab, und schließlich wird der Knoten ein bisschen lockerer, und sie können ihn lösen. »Puh, jetzt zackizacki! Nicht dass uns noch unsere Gefriersachen auftauen!«

Aber das wird gleich ihre geringste Sorge sein.

47.

Es ist ein bisschen schwierig, rückwärts aus der Kahnstelle zu manövrieren, ohne ständig anzustoßen, aber dann sind sie endlich frei, und Martha hält ihren Steuerbord-Kurs und lässt den Hafen und die Stadt an Backbord liegen. Die Ansteuerungstonne ist gerade an ihnen vorbeigezogen, da beginnt der Regen.

»Mist!«, murmelt Martha und versucht, schneller zu fahren. Es ist kein freundlicher Sommerregen, der da auf einen Schlag einsetzt, als hätte irgendwer oben im Himmel einen Schalter umgelegt. Es ist ein Regenguss, so heftig, dass die kleine Stadt hinter dem Wasservorhang fast nicht mehr zu sehen ist, und gleichzeitig kommt von irgendwo der gruselige Ton eines Nebelhorns. Dann hört sie schon ein dunkles Grollen. »Mist, Mist, Mist!«

Wie lange sind sie vorhin gefahren, bis sie auf der anderen Seite waren? Fünf Minuten? Zehn? Länger doch ganz bestimmt nicht. Sie müssen es schaffen, bevor aus dem Grollen ein richtiger Donner wird.

»Wilde mag das nicht. Ich will nach Hause!«, sagt Mats, und Martha hört die Angst in seiner Stimme. Dabei weiß Mats doch bestimmt noch nicht einmal, wie gefährlich ein

Gewitter auf dem Wasser ist. Aber das muss man auch nicht wissen. Wer jetzt im strömenden Regen unter dem blauschwarzen Himmel in einem Boot auf dem kabbeligen Wasser unterwegs ist, der spürt die Gefahr.

Mikkel klammert sich an die Kühltasche auf seinen Knien. »Martha macht ganz schnell!«, sagt er tröstend zu Mats, und Martha begreift, dass er damit sich selbst mindestens genauso zu beruhigen versucht. Aber seine Stimme ist in dem pladdernden Regen und bei dem Grollen am Himmel kaum zu hören. »Das ist ja nicht weit! Und guck mal, Matsi, da sind ja auch gar keine großen Schiffe mehr, das geht jetzt bestimmt viel schneller!«

Tatsächlich muss Martha nicht mehr ständig darauf achten, wie sie den anderen Booten ausweichen kann, nicht mal im Hauptfahrwasser. Die anderen Skipper haben alle zugesehen, dass sie noch rechtzeitig vor dem Gewitter in einen Hafen eingelaufen sind. Nur Martha wollte nicht an das Gewitter glauben.

Egal, egal, egal!, denkt sie. Gleich haben wir es ja geschafft. Bei diesem Regen kann man den Steg zwar nicht so gut erkennen, aber dass er da drüben liegt, weiß ich doch.

In diesem Augenblick zerteilt ein grellweißer Blitz den Himmel über dem Wasser, und für den Bruchteil einer Sekunde sieht Martha im kalkigen Licht das Haus der Oma, den Steg und die Blumen am Ufer, die im Sturm fast waagerecht liegen. Dann dröhnt ein Donner so laut, dass der Regen nicht mehr zu hören ist und nicht der Motor, und es klingt, als wäre das Gewitter genau über ihnen.

»Mama!«, schreit Mats. »Hilfe, Mama, Hilfe!«

Martha würde ihn gerne beruhigen, aber sie muss sich jetzt aufs Fahren konzentrieren. Fünf Minuten, denkt sie und starrt geradeaus. Fünf Minuten höchstens. Gleich haben wir es geschafft, auch wenn das Wasser auf einmal so aufgepeitscht ist und der Wind so stark.

Der nächste Blitz kommt ihr noch greller vor und der Donner noch lauter und näher. Darum bemerkt Martha zuerst gar nicht, dass der Motor keinen Ton mehr von sich gibt. Aber dann spürt sie, wie das Boot langsamer wird, und als sie versucht, es wieder anzulassen, reagiert es nicht, und als sie auf die Heckwelle blickt, die sie bisher hinter sich hergezogen haben, ist davon nichts mehr zu sehen.

Ruhig jetzt, ganz ruhig, denkt Martha. Sie wundert sich, dass sie das überhaupt denken kann. Sie hat bisher ja noch nie so eine gefährliche Situation erlebt, darum wusste sie bis jetzt auch nicht, ob sie vor lauter Panik anfangen würde zu weinen oder ob sie damit klarkommt. Und sie kommt damit klar. Irgendwie müssen sie zum Steg, auch wenn der Motor ausgefallen ist, und sie muss das hinkriegen. Sie ist die Älteste.

»Gib mir mal die Ruder, Mikkel!«, brüllt sie, aber gerade dröhnt wieder ein Donner, weiter entfernt dieses Mal, und da begreift Martha, dass sie es nicht nur mit *einem* Gewitter zu tun haben, sondern mindestens mit zweien, ganz nah beieinander, und dann kommt auch schon der nächste Blitz. »Beeil dich!«

Mikkel guckt sie erschrocken an, aber er protestiert nicht.

Martha ist der Skipper, und er gehorcht. Vielleicht hat er noch gar nicht bemerkt, dass der Motor ausgefallen ist?

»Die sind so komisch festgemacht!«, ruft er verzweifelt und rüttelt und ruckelt, um die Ruder loszukriegen. Aber die Oma ist eine ordentliche Frau, darum liegen die Ruder für den Notfall nicht einfach so lose im Boot herum, sondern sind sorgfältig festgemacht. Die Oma konnte nicht ahnen, dass man sie mal so furchtbar dringend brauchen würde.

»Schaffst du das?«, brüllt Martha in den Donner und in den Sturm hinein. Sie sieht, wie der Steg sich von ihnen entfernt, nein, *sie* entfernen sich vom Steg!, und mit einer schrecklichen Klarsicht begreift sie, was gerade passiert. Jetzt, wo der Motor das Boot nicht mehr auf Kurs hält, treibt die Strömung sie ab. Es ist keine starke Strömung, aber für so ein kleines Boot ist sie stark genug, und die *Schrecken der Meere* schaukelt und schwankt auf den Wellen, die vorhin überhaupt noch nicht da waren und die jetzt unheimliche weiße Gischtkronen tragen; es schaukelt und schwankt auf die Ostsee zu, und wenn sie Glück haben und der Blitz sie nicht erwischt, dann erwischt sie bestimmt die Dünung an der Stelle, wo in der Mündung Meeresarm und Ostsee zusammentreffen. Da sind die Wellen jetzt im Sturm ja viel zu stark für ein kleines Boot, das längst im sicheren Hafen liegen sollte! »Komm, Mikkel, ich helf dir!«

Aber sie hat Angst, in dem kippeligen Boot aufzustehen, um nach vorne zu Mikkel zu kommen, und darum versucht sie nur wieder und wieder, den Motor anzulassen. Natürlich bleibt er stumm.

»Mikkel!«, brüllt Martha.

Da hat Mikkel endlich das erste Ruder befreit, und das zweite gleich hinterher. Ich muss nur versuchen, gegen die Strömung anzurudern, denkt Martha. Damit wir nicht aufs Meer getrieben werden in diesem Sturm. Alles andere ist jetzt egal. Nicht an die Blitze denken, nicht auf den Donner hören, rudern, rudern.

Sie legt die Ruder in die Dollen, aber sie spürt sofort, dass sie gegen die Strömung keine Chance hat. Vielleicht würde die Oma es schaffen, vielleicht hätte auch Mama es geschafft, sogar als kleines Mädchen, weil sie doch jeden Tag zur Schule gerudert ist; aber Martha rudert zum ersten Mal in ihrem Leben, nur gepaddelt ist sie schon ein paarmal in einem Kanu, das ging ganz anders und war leicht. Es gelingt ihr einfach nicht, die Ruder gleichzeitig einzutauchen und gleich tief einzutauchen, und die Blitze zerreißen den Himmel, und der Donner übertönt alle Gedanken, nur nicht ihre Angst; und Mats stößt die ganze Zeit einen lauten Heulton aus und presst sein Gesicht in Wildes plüschiges Fell; und Mikkel starrt sie mit aufgerissenen Augen an und braucht all seine Kraft, um nicht loszuheulen wie Mats.

»Wir schaffen das, Mikkel!«, ruft Martha, aber sie merkt, wie sinnlos ihr verzweifeltes Rudern ist. Und als der Blitz die Landschaft das nächste Mal in ein unheimliches weißes Licht taucht, sieht sie an Backbord schon die Steuermannsinsel und die *Schnasselbude* und den Leuchtturm neben der Mündung ins Meer, aber sie sind viel zu weit entfernt, um sie zu erreichen.

Längst spürt Martha, wie die Wellen mit jeder Sekunde stärker werden, von der Ostsee her drücken sie mit aller Kraft in die Mündung, und ihr Boot ist so klein.

Die Wellen werden uns umschmeißen, denkt Martha, als schon wieder Blitz und Donner fast zusammenfallen. Und wir sind auch noch mitten im Gewitter! Diese Oma hätte uns niemals fahren lassen dürfen!

Aber natürlich hat sie Martha gewarnt.

Dann fällt ihr das rechte Ruder ins Wasser.

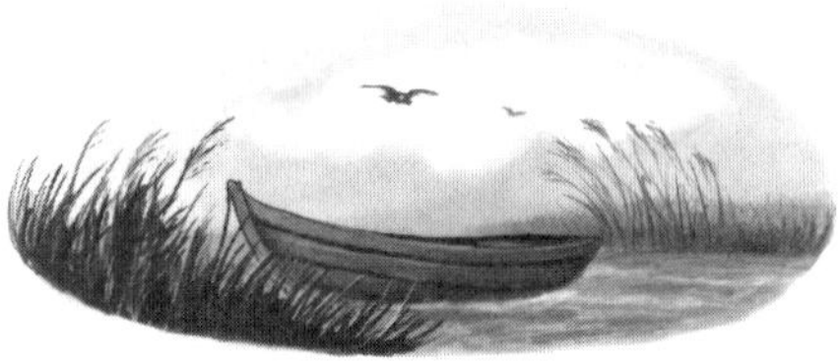

48.

Die ganze Zeit hat Martha auf die Mündung gestarrt, von wo ihr jetzt die Wellen so stark und wild entgegenschlagen, dass es nur noch eine Frage der Zeit sein kann, wann sie die *Schrecken der Meere* endlich umwerfen. Darum hört sie den Motor erst, als das Boot sie fast erreicht hat.

»Fang das Tau!«, ruft eine Stimme mitten in eine Donnerpause hinein, und dann kommt von Backbord ein Tampen angeflogen, in den hat jemand am äußeren Ende einen großen Knoten gemacht, damit er schwerer ist; aber der Tampen landet kurz vor dem Boot im Wasser, und während er mit einer Hand an der Pinne versucht, die *Kartal* auf gleicher Höhe wie die *Schrecken der Meere* zu halten, packt Enes mit der anderen den Tampen und wirft ihn noch einmal.

Ja, es ist Enes, der zu ihrer Rettung gekommen ist! Enes mit dem Fischerhemd, der jetzt das Tau zum dritten Mal wirft, und diesmal schafft Martha es, den Knoten zu packen.

»Festhalten!«, brüllt Enes. »Nicht loslassen!«, und dann fährt er einen weiten Bogen und zieht ihr kleines Boot hinter sich her auf die *Schnasselbude* und auf den Leuchtturm zu. Und es macht überhaupt gar nichts aus, dass Martha das andere Ruder auch noch ins Wasser gefallen ist, als sie nach dem Tau gegriffen hat, und es macht nichts aus, dass das Gewitter über ihnen tobt, als wollte es nie mehr aufhören. Auf einmal weiß Martha, dass jetzt alles gut werden wird. Enes hat sie gerettet.

Als Enes am Steg anlegt und danach die *Schrecken der Meere* nachholt, ist das Erste, was Martha auffällt, wie viele andere Boote noch an der Steuermannsinsel festgemacht haben.

Lange kann sie sich nicht darüber wundern. »Seid ihr verrückt geworden?«, brüllt Enes sie an. »Wer ist denn so dämlich und fährt bei solchem Wetter raus?« Er zieht sie nacheinander vom Boot auf den Steg. »Ihr hättet tot sein können, ist euch das klar?«

Mats' Zähne klappern, und er klammert sich ganz fest an Martha. Martha spürt, wie es aus ihren Haaren tropft. Jetzt ist alles wieder gut.

»Scheiße, ihr seid ja total durchgeweicht!«, sagt Enes.

»›Scheiße‹ sagt man nicht«, sagt Mats, aber es klingt nicht so empört wie sonst.

»Du aber auch!«, sagt Martha, und ihre Stimme klingt ein bisschen zittrig. Blitz und Donner sind nicht weniger geworden, trotzdem fühlt es sich auf einmal an, als ob sie ihnen gar nichts anhaben könnten. »Wenn unser Motor nicht ausgefallen wäre, hätten wir es bestimmt bis nach Hause geschafft!«, sagt Martha. »Und du hast uns ja noch rechtzeitig gerettet.«

»Ja, genau!«, sagt Enes böse, aber obwohl er offenbar wütend auf sie ist, holt er beide Kühltaschen aus dem Boot und trägt sie für sie zur *Schnasselbude.* »Darum hätte ich genauso gut tot sein können wie ihr, kapierst du das nicht? Im Leben wäre ich bei solchem Wetter nicht rausgefahren, aber ich konnte euch ja wohl kaum absaufen lassen, nachdem ich euch da draußen entdeckt hatte!«

Natürlich! Auch für Enes war es lebensgefährlich, als er losgefahren ist, um sie zu retten. Darüber hat Martha vorher gar nicht nachgedacht. Den Blitz kümmert es nicht, dass Enes ein Fischerhemd trägt und weiß, wie man sich bei einem Unwetter auf dem Wasser verhalten muss, der Blitz hätte auch ihn erschlagen können. Enes hat sein eigenes Leben riskiert, um sie zu retten.

»Danke!«, murmelt Martha. »Tut mir leid!«

Aber da hat Enes schon die Tür zur *Schnasselbude* aufgerissen. Warme Luft schlägt ihnen entgegen, und Martha spürt erst jetzt, wie sehr sie vor Kälte zittert. Dass so viele Menschen in diesen kleinen Raum passen! Dicht an dicht stehen die Leute aus den Booten mit einem Becher Kaffee in der Hand oder einem Glas Grog oder Bier, und die Luft riecht nach feuchten Regenjacken.

»Mama, wir brauchen mal trockene Kleidung!«, ruft Enes, dann bemerkt er Marthas verblüfften Blick. »Wir sind ein Nothafen, da kommen vor dem Gewitter immer ordentlich Segler rein von der Ostsee.«

Enes' Mutter taucht mit einem Tablett hinter dem Tresen auf. Sie reicht zwei Männern ihre Teller mit Würstchen und Senf. »Kriegt ihr das hin im Stehen, oder wollt ihr warten, bis der Tisch frei wird?«, fragt sie, aber die Männer winken ab und unterhalten sich weiter und zwischendurch beißen sie in ihre Bockwürste.

»Wo kommt *ihr* denn her?«, fragt Aylin und starrt die drei Kinder an. »Wieso lässt Inge euch bei solchem Wetter fahren?« Aber sie wartet die Antwort gar nicht ab, sondern verschwindet in der Küche, und als sie wiederkommt, ist auch Dilara dabei, und beide tragen sie Wolldecken und trockene Kleidung.

»Ihr müsst gucken, was euch passt!«, sagt Aylin. »Umziehen, aber schnell, ihr holt euch ja sonst den Tod! Und was ist da in euren Taschen?«

»Wir haben eingekauft«, sagt Martha leise, und Aylin schüttelt den Kopf.

»Bei diesem Wetter?«, fragt sie. »Hätte das nicht Zeit gehabt bis nach dem Gewitter? Dann wollen wir mal sehen, was da noch zu retten ist. Ist das Tiefkühlkost?«

»Frau Wirtin!«, ruft von irgendwo in der Menge ein Mann, den man im Gedränge nicht sehen kann, und schwenkt ein leeres Bierglas über seinem Kopf. »Dreimal Nachschub!«

»Kommt sofort!«, ruft Aylin, dann winkt sie Dilara zu sich. »Du hilfst denen jetzt mal, verstanden? Packt die Sachen in meine Truhe. Wer weiß, wann ihr hier wieder wegkönnt.«

Da nickt Dilara und geht stumm vor Martha, Mikkel und Mats her in die Küche. Sie dreht sich nicht zu ihnen um, und sie gibt ihnen auch kein Zeichen, dass sie ihr folgen sollen. Es ist genau wie bei ihrem ersten Besuch auf der Steuermannsinsel, als sie ihnen das Möwennest gezeigt hat. *Ihr könnt mir folgen oder auch nicht,* scheint sie sagen zu wollen. Entscheidet euch. Mir ist es egal, was ihr macht.

Neben der Gefriertruhe öffnet Martha die erste der beiden Taschen. Das Zeitungspapier darin ist durch den Regen längst zu einem grauen Matsch geworden.

»Pappmaschee?!«, sagt Dilara verblüfft, aber sie stemmt den Deckel der Gefriertruhe hoch, und dann können sie ihre Pommes und die Fischstäbchen und die Hähnchen-Nuggets und die Pizza auf Riesenbeutel mit tiefgefrorenen Würstchen und Aylins Pommes legen. Dem Blumenkohl und den Karotten scheint es ganz gut zu gehen.

Jetzt steckt auch Enes seinen Kopf durch die Küchentür. »Alles okay?«, fragt er. »Heiß duschen könnt ihr im Waschraum für die Segler, hinter der Tür rechts. Da könnt ihr euch dann auch gleich die trockenen Sachen anziehen.«

Und du?, hätte Martha ihn fast gefragt. Du bist doch genauso nass wie wir.

Aber sie fragt ihn natürlich nicht.

»Alles klar!«, sagt sie und schiebt die beiden Kleinen durch die Tür ins Bad.

49.

Noch niemals hat eine heiße Dusche sich so gut angefühlt, und es ist Martha auch ganz egal, dass die trockene Hose, die sie hinterher anzieht, viel zu lang ist und sie die Hosenbeine umkrempeln muss. Und das Sweatshirt ist ihr viel zu weit. Bestimmt gehören die Sachen Enes. Bei Mikkel und Mats sieht es noch schlimmer aus, und Mats sagt, das zieht er aber nicht an, das sind ja Mädchensachen; aber Martha sagt, er ist jetzt ein echter Schiffbrüchiger, und echte Schiffbrüchige müssen eben nehmen, was sie kriegen können.

»Die müssen *vorliebnehmen*, Matsi!«, sagt Mikkel. Das Wort hat Mats ja schon bei der Oma so gut gefallen. »Pink ist doch immer noch besser als nackig!«

»Nackig, nackig, nackig!«, ruft Mats und hüpft auf und ab und lacht. Er hat den Schrecken von vorhin wohl schon ganz vergessen.

»Alles okay?«, fragt Enes, als sie zurück in die Gaststube kommen.

Martha sieht sofort, dass der Raum nur noch halb gefüllt ist, aber ein Blick aus dem Fenster zum Leuchtturm zeigt ihr einen immer noch finster grauen Himmel. Gefährlich pflaumenfarben ist er wenigstens nicht mehr.

»Ja, vielen Dank!«, sagt sie und denkt: Sieht so aus, als hätte er sich gestern nicht mal meinen Namen gemerkt. Vielleicht ist das kein gutes Zeichen. Aber heute hat er sogar sein Leben für mich gewagt und mich gerettet. Das bedeutet doch sicher auch was.

Aylin sammelt die leeren Gläser und Becher ein, die die Gäste überall abgestellt haben, als sie alle gleichzeitig und wie verabredet aus der *Schnasselbude* zurück auf ihre Boote gestürmt sind.

»Na, was für ein Glück, dass ihr es in dem Gewitter heil hierhergeschafft habt!«, sagt Aylin und wischt mit einem feuchten Lappen die Bier- und Kaffeereste von der Fensterbank und dem Tisch. Ihre Bewegungen sind schnell und zielstrebig. »Aber wieso seid ihr mit euren Taschen denn nach dem Einkaufen nicht rüber zu eurer Oma gefahren? Wieso wolltet ihr denn unbedingt zur Steuermannsinsel?«

»Das wollten wir ja gar nicht!«, sagt Mats. Er hockt mit Dilara auf dem Boden in der Ecke neben der Tür, die jetzt frei geworden ist, und pappt Legosteine aufeinander. »Das Schiff war kaputt!«

»Was?«, fragt Aylin und hält mit dem Wischen inne. »Soll das heißen, ihr seid abgetrieben?«

Martha nickt. »Unser Motor ist ausgefallen«, sagt sie. »Und mit den Rudern konnte ich das nicht schaffen gegen die Strömung.«

Aylin starrt sie an. »Dann war es aber ein riesengroßes Glück, dass ihr noch hier anlegen konntet!«, sagt sie. »Meine Güte, da wird mir ja nachträglich ganz übel!«

Martha guckt zu Enes, der sich an der Theke mit einer Gruppe von Männern unterhält. Jetzt schüttelt er den Kopf und wirft ihr einen warnenden Blick zu, und Martha begreift: Seine Mutter soll nicht wissen, dass er im Gewitter losgefahren ist, um sie zu retten. Wahrscheinlich hat Aylin ihm verboten, bei solchem Wetter rauszufahren. Dann wäre sie jetzt zwar vielleicht stolz, weil ihr Sohn drei Kinder gerettet hat, aber hinterher würde er bestimmt einen Riesenärger bekommen. Alle Mütter sind gleich.

»Kann ich vielleicht auch noch Ihre WLAN-PIN haben?«, fragt Martha. »Mein Datenvolumen ist aufgebraucht, und ich kann keine WhatsApp mehr verschicken. Darf ich mal kurz Ihr WLAN benutzen?«

»Warum hast du dir denn bei Hannes kein Guthaben gekauft?«, fragt Enes von der Theke her.

Martha starrt ihn an. »Ach so!«, sagt sie verblüfft. Wer kommt denn auf den Gedanken, dass es in so einem altmodischen Laden Handy-Guthaben zu kaufen gibt?

Aylin lacht. »WLAN hab ich hier nicht extra!«, sagt sie. »Mir reicht meine Handy-Flatrate. Aber ich seh schon, wie Enes dir viel zu begeistert zunickt! Der sagt schon lange, ich soll mir das legen lassen.«

»Macht nichts!«, sagt Martha, obwohl das natürlich gar nicht stimmt. »Nur wegen meiner Oma mach ich mir Sorgen! Die ist doch bestimmt schon ganz verrückt vor Angst! Aber sie hat ja nicht mal Telefon!«

»Jetzt kannst du uns doch deine Nummer hierlassen«, sagt Enes. »Schreib mal auf.«

Er hat mich nach meiner Telefonnummer gefragt!, denkt Martha. Aber natürlich muss das nichts bedeuten.

»Ach, Inge vermisst euch schon nicht, die kennt das!«, sagt Aylin, während Martha ihre Nummer auf einen Bierdeckel schreibt. »Inge denkt bestimmt, ihr habt bis nach dem Gewitter in der Stadt abgewartet. Oder glaubst du, sie war grade draußen, als das Unwetter losgegangen ist, und hat gesehen, wie ihr abgetrieben seid?«

»Die liegt doch im Bett!«, sagt Mikkel. »Mit ihrem Hexenschuss!«

»Na, seht ihr«, sagt Aylin. »Aber nun solltet ihr dann auch fahren.«

Martha nickt. Allerdings werden sie es ohne Motor und Ruder wohl kaum zurück zur Oma schaffen. Und sie möchte Enes nicht fragen, ob er sie noch mal abschleppt.

»Ich hab nachgeguckt, ihr hattet keinen Diesel mehr!«, sagt Enes da. »Ich hab aufgetankt. Zahlen kann Inge, wenn sie das nächste Mal kommt.«

»Ist das Schiff wieder heil?«, fragt Mats interessiert. »Hast du das gemacht?« Und er sieht Enes bewundernd an.

»Hast du doch gehört!«, sagt Dilara. »Gib mein Lego wieder!«

Da holen sie auch noch die Sachen aus der Gefriertruhe und packen sie zurück in die immer noch pitschnassen Kühltaschen, und dann klettern sie in ihr Boot. Martha spürt, wie schnell ihr Herz schlägt, als sie sich auf die Ruderbank setzt. Aber jetzt läuft der Motor ja wieder. Sie muss keine Angst haben.

»Macht's gut!«, ruft Enes, nachdem er die *Schrecken der Meere* losgemacht und Mikkel die Leine ins Boot gereicht hat. »Wir sehen uns!«

Auf dem Wasser sind schon die ersten Boote in Richtung Ostsee unterwegs, und dieses Mal geht es mit dem Rückwärtsfahren beim Ablegen schon viel besser. Der Motor brummt gleichmäßig und beruhigend.

»Ich heiß übrigens Martha!«, brüllt Martha, während sie auf das Hauptfahrwasser zuhält. Aber Enes ist schon fast in der *Schnasselbude* verschwunden.

50.

Als sie sich ihrer Landzunge nähern, sehen die Kinder schon von Weitem, dass die Oma auf dem Steg auf sie wartet. Sie ist immer noch krumm, aber vielleicht nicht mehr ganz so krumm wie am Morgen. Und sie ist immer noch in ihre Wolldecke gewickelt.

Auch dabei, das Boot festzumachen, hilft sie ihnen nicht. Daran merkt Martha, dass sie sich noch nicht gut bücken kann.

»Meine Güte, jetzt hab ich aber doch langsam angefangen, mir Gedanken zu machen!«, sagt die Oma, als alle drei Kinder aus dem Boot gestiegen sind und auch die Taschen ausgeladen haben. »Wieso kommt ihr denn von der Steuermannsinsel? Aylin hat doch gar keine Marmelade mehr gebraucht!«

Da erzählt Martha ihr auf dem Weg zum Haus, was passiert ist, und Mikkel und Mats fallen ihr die ganze Zeit ins Wort, und dann guckt die Oma auf Marthas viel zu lange Hose und auf Mats' pinkes T-Shirt.

»Na, das war dann ja mal ein echtes Abenteuer!«, sagt sie. »Aber ich muss mich wohl bei euch entschuldigen, was? Das mit dem Diesel hätte ich wissen müssen! Dass ich so schusselig bin! Daran ist nur dieser vermaledeite Hexenschuss schuld!« Und sie stützt sich auf dem Küchentisch ab. »Das hätte ich mir ja nie verziehen, wenn euch was passiert wäre!«

»Ja, du bist dumm, Frau Oma!«, sagt Mats mit Überzeugung. »Ich erzähl das nicht Mama. Mama schimpft sonst mit dir.«

»Dazu hätte sie in diesem Fall auch allen Grund!«, sagt die Oma, und sie sieht aus, als ob sie noch immer erschüttert ist über ihre gefährliche Nachlässigkeit. »Übrigens, wegen der Jugendlichen gestern? Die den Schuppen verwüstet haben? Die haben nicht nur den isländischen Hund geklaut. Meine Gummistiefel kann ich auch nirgendwo mehr finden!« Und sie guckt auf ihre vollkommen durchgeweichten Schuhe. »Die wären heute mal nützlich gewesen!«

Mikkel guckt erschrocken auf den Küchenfußboden. »Das waren die nicht, Oma!«, murmelt er. »Die Jugendlichen. Da bin ich auch schusselig gewesen! Ich hab die doch angehabt zum Eierholen. Und dann hab ich sie vergessen.«

»Im Hühnerstall?«, fragt die Oma verblüfft. Sie hat angefangen, die Kühltaschen auszupacken. »Ja, sagt mal, was ist das denn alles? Wieso denn Pommes frites? Ich dachte, ihr wolltet keine Kartoffeln mehr?«

»Pommes sind doch keine Kartoffeln, Frau Oma!«, sagt Mats. »Siehst du das nicht? Kartoffeln sind doch rund!«

»Na, mir soll es recht sein«, sagt die Oma und seufzt. »Und krieg ich meine Gummistiefel dann auch mal irgendwann wieder, Mikkel?«

»Ich hol sie dir!«, sagt Mikkel.

»Ich komm mit!«, sagt Martha. »Ich geh zum Zaun und versuch, Papa anzurufen. Abendbrot mach ich hinterher.«

Die Oma lächelt. »Ja, das tu man«, sagt sie. »Ruf an. Dann wissen wir auch, wie es eurer Mama geht.«

»Soll ich Grüße von dir ausrichten?«, fragt Martha, aber die Oma hat sie vielleicht gar nicht gehört. Jedenfalls antwortet sie nicht auf die Frage.

»Und Mats bleibt ja bei mir, was, junger Mann? Dann hab ich ja einen tüchtigen Hilfsmann, mehr brauch ich nicht.«

»Nee, mehr brauchst du nicht!«, sagt Mats. »Ich bin ein sehr tüchtiger Hilfsmann. Und Wilde Dreizehn auch.«

Draußen hat sich inzwischen die Abendsonne durch die Wolken gezwängt, und das Gras dampft nach dem heftigen Regen. Hoch über ihren Köpfen fliegt ein Schwarm Stare auf der Suche nach einem Kirschbaum, den er leer räubern kann, und Martha hält Ausschau nach den beiden Rehkitzen. Aber die kommen wohl erst später.

»Wenn die Vögel hoch fliegen, wird das Wetter gut«, sagt Martha. Das hat Mama ihr irgendwann mal erklärt. »Wieso kommst du denn mit zum Zaun, Mikkel? Ich dachte, du wolltest zum Hühnerstall? Gummistiefel holen?«

Mikkel schüttelt den Kopf. »Die sind da gar nicht, Martha!«, flüstert er. »Ich war doch bei diesem Schnitzer! Bei dem hab ich sie ausgezogen. Und dann hat er mich weggeschickt, weil er was zu tun hatte, und ich hab vergessen, sie wieder mitzunehmen. Aber nicht verpetzen!«

Martha schüttelt den Kopf. »Mach ich nicht!«, sagt sie. »Aber vielleicht hat dieser Schnitzer WLAN? Glaubst du, der erlaubt mir, ins Internet zu gehen?«

Mikkel denkt nach. »Der war ziemlich nett«, sagt er dann. Und da ist es entschieden.

51.

Die große Tür zur Diele steht wieder offen, und von drinnen kommt das Geräusch einer Motorsäge.

»Oh, die sind aber schön!«, sagt Martha und guckt die Tiere an, die überall auf den Regalen stehen. Natürlich, sie ist seit hundert Jahren zu alt für so was, und sie weiß auch gar nicht, ob kleine Kinder nicht lieber diese Plastiktiere wollen; aber wie sie da in Gruppen zusammenstehen, die Elefantenherde und die Schweine im Koben und die Rehe unter geschnitzten Bäumen, die aussehen wie Tannen auf Kinderzeichnungen, da denkt sie plötzlich, dass bestimmt sogar Erwachsene diese Tiere noch schön finden können. »Und die haben Sie alle selbst geschnitzt?«

Weil inzwischen nämlich das Sägegeräusch aufgehört hat und ein alter, dünner Mann zu ihnen in die Diele gekommen ist, der trägt eine blaue Schürze und ist überall mit Sägemehl bestäubt.

»Ach, da bist du ja wieder!«, sagt er zu Mikkel, anstatt Marthas Frage zu beantworten. »Und deine Freundin hast du auch noch mitgebracht?«

»Meine Schwester!«, sagt Mikkel. »Die wollte fragen, ob sie von Ihnen mal WLAN kriegen kann.«

Der Mann lacht. »Das hat Inge nicht, da in ihrer Einsiedelei, was?«, fragt er. »Na komm, ich geb dir mein WLAN-Passwort.«

Da kann Martha endlich wieder in Ruhe WhatsApps verschicken, und als Erstes schickt sie Papa eine Sprachnachricht für Mama und erzählt ihr von den Rehkitzen und dass sie selbst Boot fahren kann und dass sie ein Buch liest, das mochte Mama früher bestimmt ziemlich gerne. Sie erzählt vom Hexenschuss und von Hannes und von den Kahnstellen, nur vom Gewitter und dem ausgefallenen Motor erzählt sie nichts. Mama soll sich ja keine Sorgen machen. »Hab dich lieb!«, sagt sie am Schluss.

Papa schickt sie die beiden Fotos, die Mikkel auf der Hinfahrt in die kleine Stadt von ihr an der Pinne der *Schrecken der Meere* gemacht hat, und schreibt dazu, wie schön das Bootfahren ist und überhaupt nicht gefährlich, und hoffentlich ist die OP gut verlaufen.

Und auf Annikas ängstliche Frage, ob alles in Ordnung ist oder ob sie die Kinder nicht lieber doch wieder abholen soll, schreibt Martha, dass sie es gut noch eine Weile aushalten können.

Aber als sie Isolde schreiben will, zögert sie plötzlich. Isolde hat ihr ein Foto vom Paragliding geschickt. **Keine Angst vor der Gefahr!!!!!!**, schreibt sie. **Geiles Gefühl!**

Da merkt Martha, dass sie Isolde nichts von heute Vormittag erzählen kann. Nichts vom Gewitter auf dem Wasser und vom ausgefallenen Motor. Nichts von der echten Gefahr, die sie sich nicht ausgesucht hat, und von der echten Todesangst.

Isolde würde nur glauben, dass sie mit ihr wetteifern will, wer die spannendsten Dinge erlebt hat. Dabei hätte Martha auf ihr spannendes Abenteuer gut verzichten können.

Sie wirft noch mal einen Blick auf Isoldes Foto. **Sieht krass aus!**, schreibt sie.

Dann schaltet sie ihr Handy aus. »Vielen Dank! Darf ich vielleicht mal wiederkommen?«

»Natürlich!«, sagt der Schnitzer. »Lass mir mal deine Nummer hier, dann kann ich euch erreichen, solange ihr bei Inge seid. Und ihr kriegt meine. Falls was ist. Wie geht es Inge denn so?«

Martha wundert sich. Er müsste doch nur über die Weide gehen und sie selbst fragen, denkt sie. Na gut, einen Weg gibt es nicht, aber Stunden würde es ja trotzdem nicht dauern. Und er sieht auch nicht aus, als ob er nicht mehr über den Zaun klettern könnte, wenn er sich ein bisschen Mühe gibt.

»Bei meiner Oma ist leider kein Empfang«, sagt sie, aber sie schreibt ihre Nummer trotzdem mit einem dicken Zimmermannsbleistift auf den Zettel, den der Schnitzer ihr reicht. »Und ihr geht es gut. Außer, dass sie grade einen Hexenschuss hat. Soll ich sie von Ihnen grüßen?«

Der Mann denkt einen Augenblick nach, dabei ist das doch nun wirklich keine schwierige Frage. »Ich weiß nicht so recht!«, sagt er. »Weiß sie, dass ihr hier seid?«

Martha schüttelt den Kopf.

»Sie denkt, wir sind im Hühnerstall!«, sagt Mikkel.

Der Mann lacht. »Dann wartet lieber noch mal mit den

Grüßen!«, sagt er. »Du hast übrigens neulich deine Gummistiefel bei mir vergessen.«

Mikkel nickt.

Während Martha langsam einmal an allen Regalen in der Diele vorbeigeht, biept ihr Handy.

»Jetzt hast du meine Nummer auch«, sagt der Schnitzer, bevor sie nachgucken kann. »Ich hab dir eine Nachricht geschickt.«

»Welcher Name?«, fragt Martha.

Der Schnitzer greift sich an die Stirn. »Klar, kannst du ja nicht wissen!«, sagt er. »Boysen. Christian Boysen.«

»Ihre Tiere sind so schön!«, sagt Martha, während sie den Namen eintippt. Sie denkt, wie begeistert die Eltern bei ihnen im Stadtteil wären. Die würden in den teuren kleinen Läden bestimmt ganze Bauernhöfe zusammenkaufen, als Geburtsgeschenk für ein neugeborenes Baby. Oder Elefanten- und Löwen- und Giraffenherden zum ersten Geburtstag. Aber wer soll die Tiere hier wohl kaufen? Hier kommt doch keiner her.

»Haben Sie denn genug Kundschaft?«, fragt Martha vorsichtig. »Ich meine, hier in Sommerby – das ist ja ziemlich abgelegen.«

Der alte Mann nickt. »Das hab ich neulich schon mit deinem Bruder besprochen«, sagt er. »Nein, reich werde ich durchs Schnitzen wohl nicht!«

Aber Martha ist schon die Lösung eingefallen. Wenn man nicht hundert Jahre alt ist oder auf einer Landzunge lebt wie im Mittelalter, dann weiß man so was doch!

»Im Internet!«, ruft sie. »Da gibt es so Seiten, da können Leute ihre selbst gemachten Sachen anbieten! Ich geh jede Wette ein, da könnten Sie Ihre Tiere supergut verkaufen!«

Der Mann guckt sie an und sagt nichts, und plötzlich begreift Martha, dass er bestimmt keine Ahnung hat, wovon sie überhaupt spricht und wie so etwas geht, und dass er vielleicht sogar Angst davor hat. Er ist doch schon alt! E-Mails kriegen alte Leute manchmal noch hin, aber wenn es schwieriger wird, dann sagen sie, so einen Firlefanz brauchen sie nicht.

»Ich kann Ihnen das erklären!«, sagt Martha eifrig. »Wir können einen Deal machen! Ich darf Ihr Netz nutzen für WhatsApp, und dafür helfe ich Ihnen, Ihre Sachen im Internet zu verkaufen! Das ist nicht so schwierig! Das kann ich Ihnen zeigen!«

Der Mann guckt sie immer noch an, und dann breitet sich ganz langsam ein Lächeln über sein Gesicht, das wird breiter und breiter, bis es schließlich zu einem Lachen geworden ist; und der Mann lacht und lacht, und am Ende muss er sich sogar mit einem schmuddeligen Stofftaschentuch die Lachtränen aus den Augen wischen.

»Das ist so nett von dir, Kind, dass du mir helfen willst!«, sagt er, und nun schnäuzt er sich auch noch, in haargenau dasselbe Tuch. Er ist wirklich ein richtiges Land-Ei, das kein Benehmen hat. »Aber ich denke …« Dann schüttelt ihn wieder sein Lachen.

Mikkel sieht ganz erschrocken aus. »Martha kann das wirklich!«, sagt er. »Die will Sie nicht reinlegen!«

Jetzt hat der Mann sich wohl beruhigt.

»Ich denk drüber nach!«, sagt er. »Versprochen. Aber wartet Inge nicht so langsam auf euch?«

Da nimmt Mikkel einen Gummistiefel in jede Hand, und Martha bedankt sich noch mal fürs Internet.

Am liebsten würde sie ihn fragen, warum sie die Oma nicht grüßen sollen und warum es keinen Weg von ihrem Haus hierher nach Sommerby gibt. Vielleicht fragt sie ihn beim nächsten Mal.

»Kommt gerne wieder!«, ruft der Mann. Dann hören sie schon wieder die Säge.

52.

An diesem Abend schmeckt das Abendbrot richtig gut. Ketchup für die Pommes und die Fischstäbchen hat die Oma nicht und Mayo auch nicht, aber sie hat Tomatenmark in einer kleinen Dose, das rührt sie mit ein bisschen Wasser und Apfelmus zusammen, und da geht es auch.

»Was ich von euch alles lerne!«, sagt die Oma. »Bratkartoffeln sind mir natürlich lieber, aber schlecht schmecken diese Pommes frites auch nicht.«

Martha kann sich nicht vorstellen, dass die Oma vorher noch nie Pommes gegessen hat, nicht mal früher, als Mama klein war. Aber es ist ja nett, dass sie so tut, als ob.

Auf dem Dachboden liest Martha den Jungs weiter von der kleinen Hexe vor, die ständig Ärger kriegt, nur weil sie so nett und so lieb ist. Es ist natürlich eine altmodische Geschichte aus einer alten Zeit. Arme Mädchen, die auf dem Markt Papierblumen verkaufen, gibt es heute ja nicht mehr.

»›Ach‹, sprach das Mädchen. ›Wer kauft schon im Sommer Papierblumen! Mutter wird wieder weinen. Wenn ich am Abend kein Geld bringe, kann sie kein Brot für uns kaufen. Ich habe noch sieben Geschwister. Und Vater ist vorigen Winter gestor-

ben. Nun machen wir solche Papierblumen. Aber es mag sie ja niemand.‹«

»Du sollst das nicht vorlesen!«, ruft Mats. »Das ist traurig! Du sollst das nicht!«

»Das ist doch nur eine Geschichte, Matsi!«, sagt Martha. Und sie denkt, dass es trotzdem ein bisschen ist wie in ihrer neuen Wirklichkeit. Wenn sie nicht die Marmelade zu Hannes gebracht hätten, hätte die Oma auch kein Brot kaufen können. Und genau wie die Papierblumen des kleinen Mädchens will auch niemand die geschnitzten Tiere in Sommerby haben. Die Geschichte ist natürlich ein Märchen, aber ein bisschen ist sie auch wie das echte Leben.

»Wetten, gleich hilft die kleine Hexe ihr?«, sagt Mikkel. »Das ist doch nur eine Geschichte, Mats, das weißt du doch! Da wird immer alles gut. Hilft sie ihr, Martha?«

Und Martha liest vor, wie die kleine Hexe macht, dass die Papierblumen duften, und wie alle Leute plötzlich die duftenden Papierblumen kaufen wollen, und Mats nickt und nickt.

»Siehst du!«, sagt Mikkel zufrieden. »Du darfst nicht immer gleich rumjammern!«

»Ich schlaf ja schon!«, sagt Mats.

Dann setzt Martha sich ans Fenster und sieht über die Weide, auf der die Kühe im rötlichen Abendlicht gemächlich und zufrieden grasen, als ob es kein Gewitter gegeben hätte und keinen Sturm und keinen Regen. Die Kühe nehmen das Wetter, wie es kommt, für sie ist jeder Tag gleich, und solange es nur genug Gras gibt zum Fressen und zum

Wiederkäuen mit ihren sieben Mägen, ist ihr Leben in Ordnung.

Bestimmt kann es nirgendwo auf der Welt ein friedlicheres Abendgefühl geben als genau hier, denkt Martha. Und sie liest weiter, was mit dieser Désirée passiert. Sie hofft ja sehr, dass es was wird mit dem netten Mann aus der Kutsche, diesem Bernadotte. In Geschichten wird immer alles gut, da hat Mikkel recht, denkt Martha. Und manchmal sind sie außerdem trotzdem wie das echte Leben.

DER FÜNFTE UND DER SECHSTE TAG

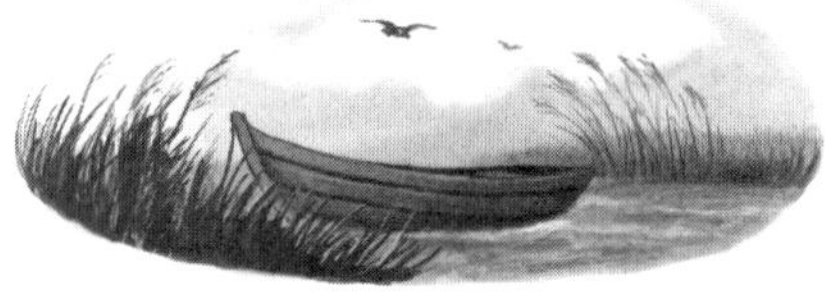

53.

Am nächsten Morgen hängt der Nebel tief über dem Wasser, und die Boote sind im Dunst kaum zu erkennen. Nebelhörner senden ihre dunklen Warnungen aus, und manchmal klingt ein tiefer Ton ganz nah.

Aber der Oma geht es besser, darum fängt sie schon früh an mit dem Pflücken. Viele Früchte sind nach dem Unwetter natürlich nicht mehr zu gebrauchen.

Mikkel und Mats haben für Tiger ein Stück Zeitungspapier an ein Band geknotet und ziehen es jetzt hinter sich her oder schleudern es durch die Luft. Und Tiger jagt dem Papier in wilden Sprüngen nach, um es zu erlegen. Das Spiel hat ihnen die Oma gezeigt. »Der denkt, das ist eine Maus«, hat sie gesagt.

Mats hat den Kopf geschüttelt. »Der ist ja dumm«, hat er gesagt und misstrauisch zu Tiger hingeguckt. Aber jetzt quietscht er vor Vergnügen, wenn Tiger sich das Papier schnappt und die Maus zwischen seinen Zähnen schüttelt wie verrückt.

Und weil sie alle so beschäftigt sind, bemerken sie zuerst auch das Motorboot nicht, das allmählich aus dem Nebel auftaucht und wie schon vor zwei Tagen am Steg anlegt, und auch nicht den Mann im grauen Anzug. Dann steht er plötzlich neben der Oma.

»Bitte nicht schießen!«, sagt er und hält lachend die Hände hoch wie in einem Film. »Ich hab mir gemerkt, was Sie gesagt haben!«

»Und wieso tauchen Sie dann trotzdem wieder hier auf?«, fragt die Oma böse und wirft drei Stachelbeeren in ihre Schüssel. »Haben Sie was vergessen?« Sie wischt die Hände an ihrer Schürze ab.

»Ich dachte nur, vielleicht hätten Sie es sich noch mal überlegt!«, sagt der Mann. »Sie hatten jetzt ja ein paar Tage Zeit, nachzudenken. Manchmal geht einem ein Angebot ja noch im Kopf herum, und plötzlich überlegt man es sich anders. Vielleicht war Ihnen nicht klar, was ich mit ›siebenstellig‹ gemeint habe? Mein Klient denkt an etwas in der Größenordnung von zwei Millionen. Die Koppel eingeschlossen.«

»Weide«, sagt die Oma. »Ich weiß, was ›siebenstellig‹ bedeutet, grüßen Sie Ihren *Klienten*« – sie betont das Wort, als wäre es ein Schimpfwort – »von mir. Er braucht es gar nicht weiter zu versuchen. Und jetzt ab!« Und sie macht eine Handbewegung, als wollte sie ihre Gänseherde verscheuchen.

Aber der Mann ist nicht beleidigt. »Wie schade!«, sagt er. »Das Angebot steht. Falls Sie doch noch zur Vernunft kommen sollten. Wer weiß – hier so ganz allein und ohne Telefon! Es ist ja schon sehr einsam hier. Mich wundert, dass da noch keine Einbrecher drauf gekommen sind. Wie leicht man Sie hier ausrauben kann …« Dann hebt er die Hand zum Gruß und geht zu seinem Boot.

Martha sieht ihm nach. »Zwei Millionen!«, sagt sie und starrt die Oma an. »Zwei Millionen, Oma! Willst du nicht wenigstens darüber nachdenken?«

Da dreht die Oma sich so blitzschnell zu ihr um, dass Martha denkt, vielleicht kriegt sie gleich wieder einen Hexenschuss.

»Will ich *was*?«, ruft sie. »So ist das, was? Wie die Eltern, so das Kind! Geld, Geld, Geld! Was glaubst du denn, was ich mit einer Million machen könnte, das mich glücklicher macht als mein Leben hier?«

Zwei Millionen, denkt Martha. »Du könntest Reisen machen«, schlägt sie vorsichtig vor. »Irgendwohin, wo es ganz toll und ganz teuer ist. Thailand. Amerika.« Sie denkt an Isolde. »Malediven.«

»Besten Dank!«, schnauzt die Oma. »Die Äpfel in Nachbars Garten sind immer süßer als die im eigenen, so ein Unfug! Nur Dummköpfe glauben, dass es woanders immer besser ist als zu Hause! Da bist du wohl noch zu jung, um das zu verstehen.«

Martha denkt, wie schön sie Verreisen immer findet, die Wärme meistens und die Sonne und das Gefühl, ganz woanders zu sein, wo auch das Leben ganz anders ist. Aber das sagt sie jetzt lieber nicht.

»Oder ein Auto?«, fragt Martha. »Eine ganz teure Marke. Zum Beispiel.«

Aber sie merkt selbst, wie unsinnig das klingt. Doch

nicht für diese Oma! Zu der führt ja noch nicht mal eine Straße.

»Hier kriegt ihr mich nicht weg!«, sagt die Oma grimmig. »Hier müsst ihr mich mit den Füßen zuerst raustragen! Das kannst du auch deinem Herrn Vater noch mal sagen, falls der wieder dahintersteckt! Mit besten Grüßen!«

Als ob Papa etwas von dem Mann im grauen Anzug wüsste, denkt Martha. Aber sie will nicht widersprechen. Die Oma ist auch so schon wütend genug.

»Geld, mein liebes Kind«, sagt die Oma, und dabei pflückt sie jetzt mit so wilden Bewegungen, dass der arme Stachelbeerenstrauch Martha beinahe leidtut, »Geld ist großartig. Und Geld ist nötig. Ohne Geld kann kein Mensch leben, und Punkt. Aber kann mir eine siebenstellige Summe«, sie lacht, »ein Leben kaufen? Ein Leben wie dieses hier? Denk mal drüber nach!« Dann pflückt sie zum Glück wieder weiter.

Sie ist alt, denkt Martha. Alte Leute mögen keine Veränderungen. Vom Steg her hört sie, wie das Motorboot ablegt.

Als sie ein bisschen trödelig zu den Jungs verschwindet (bei der Oma will sie gerade nicht mehr so gerne bleiben, solange die so ärgerlich ist), steht Mats ganz still und guckt dem Boot hinterher.

»Der Indianer war wieder da!«, sagt er. »Vielleicht ist sein Indianerboot kaputt.«

Martha lacht. Man darf ihn nicht zu viel *Yakari* gucken lassen und ihm auch nicht zu viele Geschichten vorlesen, denkt sie. Als Nächstes hält er noch jede Frau für eine Hexe.

54.

Nachdem der Mann mit seinem Boot im Nebel verschwunden ist, trägt die Oma ihre Stachelbeeren ins Haus. »Will jemand mit zu Hannes?«, fragt sie.

»Da waren wir doch gestern grade!«, sagt Martha.

Die Oma steckt ihre Geldbörse in eine Einkaufstasche, die aussieht, als wäre sie so alt wie die Welt.

»Ihr habt ja auch schöne, eckige Kartoffeln mitgebracht«, sagt sie, und tatsächlich, ein bisschen lächelt sie dabei. »Aber was habt ihr vergessen? Na?«

Jetzt hatte ich gedacht, wir haben endlich mal alles richtig gemacht, denkt Martha. »Keine Ahnung!«, sagt sie.

»Wollt ihr eure Kartoffeln morgen etwa auch zum Frühstück essen?«, fragt die Oma. »Und was ist mit Brot?«

»Oh, Mist!«, sagt Martha erschrocken und schlägt sich mit der Hand gegen die Stirn. Brot stand auf dem Zettel, den die Oma ihr mitgegeben hat, das weiß sie noch genau. Aber gekauft haben sie es nicht.

Dann fällt ihr ihr Handy ein und dass Enes gesagt hat, Guthaben kann man bei Hannes auch kriegen.

»Du musst nicht fahren, Oma!«, sagt sie. »Ich mach das alleine. Ich brauch sowieso noch was aus der Stadt.«

Aber die Oma ist schon aus der Tür und dreht den Schlüssel im Schloss. »Nee, lass man«, sagt sie. »Ich will auch noch zur Apotheke, Salbe kaufen. Für meinen Rücken. Und ab und zu bin ich ja ganz gerne mal draußen in der großen, weiten Welt.«

»Ach so«, sagt Martha. Sie sagt nicht, dass die kleine Stadt nun ganz bestimmt nicht die große, weite Welt ist. »Mikkel! Mats! Wir fahren zu Hannes!«

Irgendwo hinter dem Schuppen hört sie die Jungs rufen und lachen, dann kommen sie barfuß angerannt. »Darf ich heute auch mal fahren?«, ruft Mikkel.

Aber wenn die Jungs nicht gewollt hätten, hätte diese Oma sie glatt allein zurückgelassen, denkt Martha. Wie gut, dass Mama in New York keine Ahnung davon hat, was hier vorgeht. Sonst würde sie bestimmt vor lauter Sorgen nicht so schnell wieder gesund werden.

Als die Oma die *Schrecken der Meere* im Hafen zwischen den Segelbooten festmacht, liegt die kleine Stadt ruhig im Grau. Der Nebel schluckt die Geräusche, die vom Wasser herüberwehen, und zu hören ist nur das Klingen, wenn der Wind durch die Wanten fährt. Im Hafen und auf der kleinen Hauptstraße tummeln sich viel weniger Touristen als am Tag zuvor.

Hannes lacht, als die Türglocke läutet und die Kinder in den Laden treten. »Na, schon wieder da?«, sagt er. Dann entdeckt er die Oma. »Ist der Hexenschuss besser? Du willst mir doch nicht erzählen, dass deine drei tüchtigen Helfer gestern irgendwas vergessen haben, Inge?«

»Meine Helfer vergessen nichts!«, sagt die Oma. »Aber drei Brote hätte ich gerne. Die gleichen wie immer, wenn du noch hast.«

Hannes nimmt drei schwere schwarze Laibe aus einem Korb an der Wand. »Da, bitte sehr!«, sagt er. »Ich hab übrigens noch zwei neue Bestellungen für Martinsgänse, Inge. Du hast doch genügend Biester, was?«

Die Oma sieht aus, als ob sie im Kopf die Zahl ihrer Gänse überschlägt. »Zwei gehen noch!«, sagt sie. »Aber dann ist auch gut, Hannes. Wenn dann noch mal einer bestellen will …« Sie legt das Geld für das Brot auf den Tresen.

»Und ich hätte gerne Guthaben für meine Handykarte!«, sagt Martha und sagt, wie viel.

»Dann lass mir auch gleich deine Nummer da, junge Dame!«, sagt Hannes. »Dann kann ich die Inge zur Not auch mal am Telefon erreichen, falls es was zu klären gibt. Dann muss ich nicht immer extra rüberschippern.«

Martha sagt nicht, dass *sie* natürlich immer extra zum Zaun gehen muss.

»Macht es dir was aus?«, fragt die Oma böse. »Rüberschippern? Musst du mir nur sagen, Hannes! Ich hab das nie von dir verlangt!«

»Nee, nee, und ist ja auch nicht oft!«, sagt Hannes beruhigend. »Und für dich, Inge, mach ich das sowieso gerne! Jeder hier!« Dann wirft er einen Blick zu den Kindern. »Ihr wisst doch hoffentlich, was wir alle hier eurer Oma verdanken, was? Dafür setz ich mich doch gerne in meinen kleinen Kahn und fahr zu ihr rüber!«

»Sei still, Hannes!«, sagt die Oma unfreundlich. »Ist ja schon gut.«

Martha würde gerne fragen, was Hannes der Oma verdankt und überhaupt alle im Ort, aber wenn die Oma nicht will, dass er darüber spricht, muss sie wohl noch warten. Sie kriegt das schon irgendwie raus.

»Wir wollen noch zur Apotheke!«, sagt die Oma. »Alle fertig hier?«

»Du kannst uns ja vielleicht ein Eis kaufen, Frau Oma!«, sagt Mats. »Wenn du das möchtest, vielleicht. Aber nur ein ganz kleines, sonst ist das ungesund.«

Da guckt die Oma Mats an und dann Mikkel und zum Schluss Martha.

»Ich bin eine schlechte Oma, was?«, sagt sie und seufzt. »Denk nicht mal von alleine an Eis, dabei wollte Leonie das früher auch immer. Hannes, mach mal deine Truhe auf.«

»Du bist keine schlechte Oma, Oma«, sagt Mikkel und streichelt ihr über den Arm. »Das ist schön bei dir.«

»Na!«, sagt die Oma, und wenn Martha das bei so einer alten Frau für möglich halten könnte, dann würde sie glauben, dass die Oma ein bisschen verlegen aussieht.

55.

Der Nebel lichtet sich erst, als sie zurück zu ihrer Landzunge fahren. Wie anders alles aussieht, wenn die Sonne scheint! Schon jetzt drängen sich wieder die Segelboote auf dem Wasser, und bestimmt werden sich in der kleinen Stadt gleich auch die Touristen wieder drängen.

Martha springt als Erste an Land. Sie trägt die Tasche mit den Broten. Mikkel und Mats verschwinden hinter dem Schuppen, und noch bevor Martha die Haustür erreicht hat, hört sie Mats schon lachen.

»Oma?«, ruft Martha zum Steg zurück, wo die Oma das Boot vertäut. Hätte ich auch gekonnt, denkt sie, und wieder ist da dieses Glücksgefühl. »Schließt du mal auf?«

Dann erst sieht sie ihn. Er liegt auf dem Boden, fast wäre sie auf ihn getreten. Auf der in vielen Jahrzehnten blank gewetzten Schwelle vor der Haustür liegt er mit seitlich ausgestreckten Armen und Beinen, und seiner roten Weste fehlt ein Knopf. Und darüber ist gar nichts mehr. Aber der Stoff ist zerfetzt und ausgefranst, als wäre es nicht leicht gewesen, den Kopf abzureißen.

»Schröderson!«, flüstert Martha. Sie stellt die Tasche mit den Broten ab und geht in die Knie. Dann hebt sie den armen Schröderson auf und starrt auf seinen schrecklichen Hals, aus dem die Füllung quillt. Ihr fällt wieder ein, wie Tiger heute Morgen die Papiermaus zwischen seinen Zähnen hin und her geschleudert hat. Mats darf das hier nicht sehen. Gerade trägt er immerzu Wilde mit sich herum, und Schröderson hat er bestimmt fast vergessen. Aber wenn Mats seinen armen Hund so sieht …

»Verdammt, das isländische Tier!«, sagt die Oma da hinter Martha. Ihr Schlüsselbund klirrt. »Wo hast du den denn gefunden? Und was hast du mit seinem Kopf gemacht?«

»Ich doch nicht!«, ruft Martha. »Das war Tiger! Das hab ich doch gleich gedacht, als Schröderson neulich nicht mehr auf dem Stein gelegen hat!«

»Tiger?«, fragt die Oma und kraust die Stirn, aber in diesem Augenblick kommt Mikkel um die Ecke gestürmt, einen alten, eingedellten Ball im Arm.

»Oma«, ruft er. »Dürfen Mats und ich …«

Dann bleibt er wie angewurzelt stehen.

»Oh!«, flüstert Mikkel. »Oh!«

Martha hat noch versucht, Schröderson hinter ihrem Rücken zu verstecken. Aber sie war zu langsam.

»Wehe, du erzählst das Mats!«, sagt sie drohend. »Wehe, Mikkel! Das war diese verdammte Katze!«

»Tiger?«, protestiert Mikkel und starrt immer noch auf den armen, versehrten Hund. »Der war das nicht! So was macht Tiger nicht! Tiger ist eine nette Katze!«

»Ha. Ha«, sagt Martha und verschwindet im Dämmerlicht der Küche. »Hast du eine Idee, wo ich Schröderson verstecken kann, Oma? Vielleicht finde ich ja später noch seinen Kopf. Dann kann man den vielleicht wieder annähen.«

Die Oma hat die drei Brote in die Speisekammer gelegt. »Gib her«, sagt sie. »Nein, das muss der Kleine wirklich nicht unbedingt sehen.« Sie lächelt Mikkel an. »Das ist jetzt unser Geheimnis, Mikkel. Sonst wird Mats viel zu traurig, das weißt du ja. Schwör mal, dass du Mats das nicht erzählst.«

Mikkel hebt eine Schwurhand in die Luft. »Ich schwöre das heilig!«, sagt er.

»Dann ist gut!«, sagt die Oma. »Wollt ihr vielleicht den Gänsen was zu futtern bringen, Mats und du?«

Mikkels Gesicht leuchtet auf. »Ja, bitte, Oma!«, sagt er. »Nicht immer nur die Hühner!«

»Nee, die Gänse müssen fett werden«, sagt die Oma. »Komm, ich zeig dir, wo ich den Hafer habe. Sonst ist die Kundschaft nachher nicht zufrieden, was? Dann kaufen die nächstes Jahr ihren Martinsbraten im Supermarkt«, und sie greift schon wieder nach ihren Schlüsseln.

Aber Mikkel steht ganz starr und guckt sie an. »Du machst die doch nicht wirklich tot, Oma!«, sagt er bittend. »Du sagst das doch nur!«

Die Oma schüttelt den Kopf. »Stadtkinder!«, sagt sie. »Was glaubst du denn, woher ich sonst mein Geld nehmen soll? Und was glaubst du, was die Hähnchen-Nuggets mal waren, die du gestern mit gutem Appetit gegessen hast?«

»Du darfst das nicht machen, Oma!«, sagt Mikkel. Er sieht aus, als ob er gleich weint. »Man darf keine Tiere quälen!«

»Na, jetzt kriegen sie ja auch erst mal noch ordentlich zu futtern«, sagt die Oma besänftigend. »Willst du das machen oder nicht?«

Da geht Mikkel langsam hinter ihr her zum Schuppen.

Armer Mikkel, denkt Martha. Nun isst er bestimmt auch keine Hähnchen-Nuggets mehr.

Und armer Mats. Vielleicht finde ich ja irgendwo noch Schrödersons Kopf.

56.

Der Ärger beginnt am Abend, als die Oma die beiden Jungs zum Abendbrot ruft. Martha sitzt auf dem Dachboden und ist froh, dass Désirée den General Jean-Baptist Bernadotte jetzt doch heiraten wird. Es hat eine Weile gedauert, bis sie sich endlich richtig verliebt haben. Aber manchmal dauert so was eben eine Weile.

Was in der Küche gerade passiert, kümmert sie darum nicht, und was draußen passiert, auch nicht. Aber dann hört sie die Oma brüllen.

»Ja, seid ihr denn von allen guten Geistern …!«, brüllt die Oma, und Martha stürzt ans Fenster.

Ist den Jungs was passiert? Ist Mats jetzt doch ins Wasser gefallen? Sie hat sich überhaupt nicht mehr um ihn gekümmert, immer lässt sie ihn jetzt einfach draußen spielen, als wäre so eine Landzunge mit Wasser drum herum nicht gefährlich für einen vierjährigen Jungen. Aber sie ist gefährlich! Und wenn Mats etwas passiert, ist Martha schuld. Auf die Oma kann man sich ja nicht verlassen. Die hat doch keine Ahnung davon, wie man sich um Kinder kümmern muss.

Dann sieht Martha, dass es um Mats gar nicht geht, und die Erleichterung ist riesengroß. Um Mats geht es nicht und auch nicht um Mikkel, oder vielleicht geht es doch um die beiden. Irgendwer muss die Gänse schließlich aus ihrem Gehege gelassen haben, wenn sie jetzt plötzlich ganz nah am Ufer herumwatscheln und schnattern und Gras zupfen.

»Was habt ihr bloß gemacht?«, brüllt die Oma und scheucht die Gänse vor sich her vom Wasser weg und zurück zu ihrem Gehege, und vielleicht weil sie die Oma kennen oder vielleicht weil ihnen ihr Gehege doch besser gefällt als die unbekannte weite Welt, machen sich die Gänse aufgeregt und schnatternd auf den Weg zurück. »Die wären mir doch ausgebüxt! Gänse können schwimmen! War euch das nicht klar? Noch fünf Minuten, und die erste wäre im Wasser gewesen, und dann alle anderen hinterher! Was habt ihr euch bloß dabei gedacht?«

Noch immer wedelt sie mit den Armen und ruft: »Sch! Sch!«, und vielleicht haben die Gänse inzwischen wirklich genug gehabt von ihrem Ausflug, und vielleicht haben auch die vielen Boote auf dem Wasser sie erschreckt; jedenfalls watscheln sie jetzt friedlich im Gänsemarsch zurück in ihr Zuhause.

Schnell steckt die Oma das bewegliche Gitterteil fest.

»So!«, ruft sie und dreht sich zu den Jungs um. »Und nun mal Klartext! Was sollte das? Habt ihr nicht begriffen, dass man das Gitter nach dem Füttern immer wieder feststecken muss? Wie kann man bloß so nachlässig sein!«

Martha weiß natürlich, dass die Jungs nicht nachlässig waren.

»Die sollten das ja machen!«, ruft Mats da auch schon

böse. »Die sollen Freiheit haben! Damit du sie nicht totmachen kannst!«

»Ja, seid ihr denn …!«, ruft die Oma.

»Lass sie doch wegschwimmen in ein schönes Leben, Oma!«, sagt Mikkel bittend. »Das möchtest du doch auch nicht, dass dich einer fett füttert, und dann schlachtet er dich!«

Die Oma starrt ihn an. »Nee«, sagt sie nachdenklich. »Das möchte ich nicht.« Sie seufzt. »Aber ich bin ja auch keine Gans. Und irgendwoher muss mein Geld schließlich kommen, wenn ich jetzt auch noch drei Mäuler mehr durchzufüttern habe, was?«

»Geld, Geld, Geld!«, sagt Mats empört und stemmt seine Fäuste in die Hüften. »Das macht dir kein siebenstelliges Leben! Hast du selber gesagt, Frau Oma! Was ist ›siebenstellig‹?«

Martha steht oben am Fenster und spürt auf einmal ganz stark, wie lieb sie ihre beiden Brüder hat. Ja, sie sind noch klein und dumm und verstehen die Welt nicht so ganz. Aber sie wollen, dass alle es gut haben, Menschen und Tiere, und dafür handeln sie sich, wenn es sein muss, sogar Ärger ein.

Ich pass auf euch auf, denkt Martha.

»Rein mit euch!«, sagt die Oma. Martha hört erstaunt, dass sie gar nicht mehr so wütend klingt. »Und dann reden wir noch mal! Sonst muss ich euch zwei beiden womöglich die ganze Zeit anbinden, damit ihr so was nicht wieder macht.«

Der Abend klingt aus mit einem roten Himmel, der für den kommenden Tag schönes Wetter verspricht, und am Fenster überlegt Martha, ob sie das Buch überhaupt zu Ende lesen will. Jean-Baptiste ist jetzt König von Schweden geworden, ganz überraschend, aber Désirée ist so unglücklich in dem kalten Land.

Dabei denkt man doch, Königin wäre gut, denkt Martha.

Mats ist wieder bei der *Kleinen Hexe* eingeschlafen, aber Mikkel hat gebettelt, dass Martha weiter vorlesen soll. Dabei waren seine Augen auch schon ganz klein.

»Morgen«, hat Martha gesagt, und als sie das Buch zugeschlagen hat, hat sie überrascht gemerkt, dass sie sich schon jetzt auf den nächsten Tag freut.

Sie geht nicht noch mal zum Zaun, um zu telefonieren oder Nachrichten zu verschicken. Morgen reicht auch noch.

57.

Die Nacht ist fast schwarz, als das Kanu lautlos durch das dunkle Wasser gleitet. Der Mond versteckt sich hinter einer Wolke, aber das Licht der Sterne genügt, um die Landzunge zu erkennen und den Steg und hinter einem Dschungel aus Mädchenauge und Stockrosen und Herbstanemonen auch das schlafende Haus. Der Leuchtturm in der Mündung sendet sein Licht wie jede Nacht seit hundert Jahren, obwohl nirgendwo mehr ein Schiff unterwegs ist, und der Mann taucht die Paddel gemächlich ein. Er hat keine Eile.

Als er das Boot lautlos am Steg festmacht, wartet er eine kleine Weile, aber vom Haus kommt kein Geräusch. Er ist ja nicht zum ersten Mal hier, und dieses Mal wird er vorsichtiger sein. Er wird sich in dieser Nacht nicht zu weit vorwagen. Mit Schaudern denkt er an seinen ersten nächtlichen Besuch und an die Gänse, die plötzlich Alarm geschlagen haben. Was für einen Schrecken er bekommen hat! Noch mal will er nicht riskieren, dass die Gänse irgendwen wecken.

Vorsichtig steigt der Mann aus dem Boot und sieht sich um. Er darf sich nicht zu weit vom Steg entfernen. Was könnte der alten Hexe endlich genug Angst machen?

Der Mann zieht das Paddel aus dem Kanu und umklammert es mit beiden Händen. Er holt weit aus und ist selbst erstaunt, wie schnell es geht: Hin und her und hin und her, immer wieder, schon liegen alle Stockrosen wie gemäht, auch das Mädchenauge. Jetzt nur noch die Herbstanemonen, hin und her und hin und her! Der Mann sieht zufrieden auf sein Werk der Verwüstung, das so wenig Mühe gemacht hat. Geköpft und zerfetzt liegen die Stauden auf dem Boden, nur eine einzige Herbstanemone ist stehen geblieben. Noch einmal holt er weit aus.

Nun blüht nichts mehr in diesem Garten, alle Blumen sind tot. Wenn die alte Hexe auch dieses Zeichen nicht versteht, wird er sich an den Schuppen machen müssen oder sogar an das Haus.

Aber bestimmt genügen schon die Blumen. Wenn ihr dieses Leben hier so wichtig ist, dass selbst zwei Millionen sie nicht locken können, dann wird ihr die Zerstörung ihres Gartens sicher wehtun. Und sollte sie nicht irgendwann in Panik geraten? So schnell gibt er nicht auf.

Der Mann gleitet zurück in sein Kanu. Als er das gegenüberliegende Ufer erreicht, beginnt der Himmel am Horizont sich rötlich zu färben.

Natürlich wird sie unterschreiben. Er hat noch immer bekommen, was er wollte.

Martha wacht auf, weil die Oma Mikkel an der Schulter rüttelt.

»Was sollte das?«, ruft sie. »Trotziger kleiner Bengel!«

Mikkel braucht eine Weile, bis er aus seinen Träumen aufgetaucht ist.

»Was?«, murmelt er.

»Bist du das gewesen?«, fragt die Oma außer sich. »Was? Erst die Gänse freilassen, und dann machst du so was, weil ich mit dir geschimpft habe? Das kennst du wohl gar nicht, schimpfen, was? Scheint so, als hätte Leonie euch völlig verzogen!«

Aber als Martha sie ansieht, ist in den Augen der Oma nicht nur Zorn, da ist vor allem Verzweiflung. Was um Himmels willen hat Mikkel denn jetzt bloß wieder angestellt? Und mitten in der Nacht?

Martha läuft ans Fenster. Hinter sich hört sie Mikkels bloße Füße auf dem Holzboden.

»Nein!«, flüstert sie.

Es ist ein Morgen, wie er schöner kaum sein könnte, mit strahlendem Sonnenschein und kleinen, wattigen Wölkchen an einem postkartenblauen Himmel. Die ersten Boote haben sich schon auf den Weg zum Meer gemacht, und im Hafen der kleinen Stadt sind die Fischer dabei, ihren Fang auszuladen. Es ist ein Morgen wie im Bilderbuch oder wie in einem von diesen Filmen, in denen sich die Verliebten gleich küssen werden, und alles wird gut.

Aber hier ist gar nichts gut. Zwischen Steg und Haus sind alle Blumen abgeknickt, zerfetzt liegen sie auf dem Boden, und die ersten Blüten welken schon.

»Das war doch nicht Mikkel!«, ruft Martha und zieht den erschrockenen Mikkel an sich.

Jetzt steht auch die Oma hinter ihnen. »War er das nicht?«, fragt sie. Ein bisschen unsicher klingt sie jetzt doch. »Und wer war das dann? Wir sind schließlich die Einzigen hier! Gestern die Gänse und heute …« Die Oma geht zur Treppe. »Irgendwer muss das schließlich gewesen sein!«, sagt sie. Dann verschwindet sie nach unten.

»Mikkel!«, flüstert Martha. Sie sieht, dass er gleich anfangen wird zu weinen. Solange die Oma da war, hat er sich zusammengerissen. Aber jetzt geht es nicht mehr. »Mikkel, sie ist nur traurig! Sie ist nur erschrocken, weißt du? Da bist du ihr einfach zuerst eingefallen! Wir schwören, dass du das nicht warst! Das kann sie doch nicht wirklich glauben!«

Mikkel hat sich abgewandt, und seine Schultern zucken, so sehr muss er jetzt weinen. Er dreht sein Gesicht zur Seite, damit Martha es nicht sieht. »Blöde Oma!«, ruft er. Wegen seiner Schluchzer ist es kaum zu verstehen.

»Na komm, wir ziehen uns jetzt an, und dann frühstücken wir«, sagt Martha. »Und dann entschuldigt die Oma sich bei dir. Das tut sie bestimmt, Mikkel! Ich hab doch gesagt, sie ist nur traurig.«

Mikkel antwortet nicht, aber er klettert hinter Martha her die Treppenleiter nach unten, um ins Bad zu gehen. Sie würde ihn so gerne fest in den Arm nehmen und trösten, aber das geht jetzt nicht. Dann muss Mikkel bestimmt noch mehr weinen. Und dabei will er doch so tun, als ob er tapfer ist. Und Martha muss so tun, als ob sie es ihm glaubt.

58.

Obwohl der Frühstückstisch gedeckt ist wie an jedem Morgen und obwohl die Sonne durch das Fenster scheint, ist die Stimmung in der Küche düster. Die Oma sitzt schweigend an einem Tischende und schreibt Marmeladensorten auf die kleinen Etiketten, und am anderen Ende sitzen nur Martha und Mats. Martha wartet, dass Mikkel auch endlich kommt, und weiß nicht, wie sie das schreckliche Schweigen brechen kann, ohne dass die Oma wieder ärgerlich wird.

Aber Mats denkt darüber wohl gar nicht nach. »Du bist blöde, Frau Oma!«, sagt er böse. Vor ihren Augen traut er sich wenigstens nicht, mit dem Teelöffel Marmelade aus den Gläsern zu löffeln, einfach so. »Du sollst mit Mikkel nicht schimpfen! Das ist gemein!«

Die Oma guckt von ihren Etiketten auf. Denkt Martha das nur, oder sieht sie tatsächlich aus, als ob sie froh ist, dass endlich jemand das Schweigen gebrochen hat?

»Und du sollst zu deiner Oma nicht sagen, dass sie blöde ist!«, sagt sie. »Das tut man nicht!« Schrecklich ärgerlich klingt sie nicht.

»Das tu ich ja nur, wenn du blöde *bist*!«, sagt Mats empört. »Sonst tu ich das nicht!«

Martha denkt, dass jetzt für sie die Zeit gekommen ist, sich einzumischen.

»Ich glaube auch nicht, dass Mikkel das war, Oma!«, sagt sie vorsichtig. »Du kennst Mikkel ja noch nicht so lange, der kann Tieren überhaupt nichts tun und Blumen auch nicht, und überhaupt keinem! Ich weiß ja auch nicht, wer das war, aber Mikkel war das bestimmt nicht!«

Eigentlich müsste ich jetzt noch sagen, dass sie sich darum bei ihm entschuldigen sollte, denkt Martha. Allerdings müsste die Oma das auch selbst wissen.

»Er war das mit den Gänsen«, sagt die Oma, aber sie klingt tatsächlich ein bisschen unsicher. »Und danach war er böse auf mich …«

»Den Gänsen hat er doch nichts getan!«, ruft Martha. »Denen wollte er doch nur helfen! Das mit den Blumen ist doch ganz anders!«

Die Oma sieht sie an. »Vielleicht«, murmelt sie.

»Das sind die Blöden gewesen!«, sagt Mats mit vollem Mund. »Da darf ich aber ›blöde‹ sagen. Die blöden Randaler, Frau Oma! Verstehst du das nicht? Die waren das!«

Die Oma guckt nachdenklich. »Die auch den Schuppen ausgeräumt haben? Könnte sein«, murmelt sie. »Dann muss ich mich bei eurem Bruder wohl entschuldigen, was?« Und sie geht auf den Flur und ruft ins Bad.

»Mikkel!«, ruft sie. »Mikkel, komm zum Frühstück! Ich will mich bei dir entschuldigen!«

Aber im Bad bleibt es still.

Mikkel stapft böse über die Weide. Es ist immer so gut, wenn die Traurigkeit verschwindet und er stattdessen böse wird. Böse fühlt sich nicht so traurig an wie traurig.

»Die ist voll fies!«, murmelt er. Die Kühe glotzen ihn kurz an, als er vorbeigeht, dann senken sie wieder ihre Köpfe.

Und bei einer, die so fies und gemein ist, will Mikkel eben auch nicht bleiben. Mit einer, die glaubt, dass er ihre Blumen kaputt gemacht hat, und die ihn beschuldigt, ohne dass sie ihm zuhört, will Mikkel noch nicht mal am Frühstückstisch sitzen. Für die will er auch niemals mehr Beeren pflücken, damit sie ihre dumme Marmelade kochen kann. Soll sie sich doch ein anderes Kind suchen, das die Beeren für sie pflückt! Mikkel jedenfalls bleibt nicht bei so einer.

Als er losgegangen ist, wusste Mikkel noch überhaupt nicht, wohin er gehen wollte. Nur dass er nicht bleiben wollte, das wusste er. Aber Sommerby ist ja so weit weg von zu Hause! Da kennt er keinen Freund, bei dem er mal eben fragen könnte, ob er vielleicht kurz bei ihm wohnen kann. Und Mama liegt in Amerika im Krankenhaus, und Papa ist auch bei ihr, und die Wohnung ist abgeschlossen.

Aber Annika ist da! Er muss nur bei Annika anrufen, dann holt sie ihn bestimmt ab. Das hat Annika doch versprochen.

Mikkel klettert über den Zaun. Jetzt geht er zu diesem Schnitzer-Mann und telefoniert. Man kann im Internet Telefonnummern finden, das macht er jetzt. Dann wohnt er bei Annika und erzählt ihr alles, und dann soll diese Oma sich mal schämen! Dann wissen alle Leute, wie ungerecht sie ist. Geschieht ihr recht.

59.

Nanu, nanu?«, sagt Christian Boysen, als plötzlich Mikkel aus der Diele durch die Tür in seine kleine Werkstatt guckt. »Da bist du ja wieder! So früh am Morgen?« Und er schaltet seine elektrische Säge aus, da wird es ganz still.

»Ich muss bei dir mal telefonieren!«, sagt Mikkel. »Ich hab ja kein Telefon.«

»Oh, gerne, natürlich!«, sagt der Herr Boysen und wischt sich wieder den Holzstaub von den Händen. »Ist was passiert? Deine Schwester hat doch ein Handy? Schickt dich deine Oma?«

Mikkel schüttelt den Kopf.

»Wen möchtest du denn anrufen?«, fragt der Schnitzer und hält Mikkel sein Handy hin. »Deine Eltern?«

Mikkel schüttelt wieder den Kopf. Obwohl er Mama und Papa jetzt natürlich am liebsten anrufen würde, viel lieber als Annika. Dann würde er ihnen erzählen, wie gemein die Oma zu ihm war, und sie würden ihn trösten. Aber das geht jetzt nicht. Helfen können Mama und Papa ihm sowieso nicht, und es ist nicht gut, wenn er sie aufregt. Sonst wird Mama vielleicht nicht so schnell gesund. »Annika will ich anrufen!«, sagt er. »Aber ich weiß die Nummer nicht.«

Herr Boysen nickt nachdenklich. »Annika ist deine Freundin?«, fragt er.

»Die von Mama«, sagt Mikkel und greift nach dem Handy. »Aber ich weiß ihre Nummer nicht.«

»Aber du weißt ihren Nachnamen?«, fragt der Schnitzer. »Dann gib mir das Handy mal zurück. Dann gucken wir, ob wir ihre Nummer rauskriegen.«

Dann tippt er etwas ein, und Mikkel sagt den Namen drei Mal, und der Schnitzer sagt, er versucht verschiedene Schreibweisen. Danach lässt er das Handy sinken. »Leider nichts zu finden«, sagt er. »Manche Leute wollen nicht, dass man ihre Telefonnummer im Internet finden kann, weißt du? Die stehen dann nicht im Telefonbuch.«

Mikkel starrt ihn an. Dann kullert ganz langsam eine Träne über seine Wange.

Herr Boysen streckt seine Hand aus, um ihm durch die Haare zu strubbeln, aber er zieht sie schnell wieder zurück.

»Und diese Annika musst du unbedingt anrufen?«, fragt er. »Ich glaube, wir beide setzen uns jetzt erst mal gemütlich hin, und du erzählst mir ganz in Ruhe, was los ist.«

Da zieht Mikkel die Nase auf, wie er das zu Hause niemals tut, aber gerade hat er ja kein Taschentuch. Und dann wischt er sich noch mal mit dem Handrücken über die Augen.

Danach setzen sie sich nebeneinander auf die kleine Bank, die draußen neben der Eingangstür zur Diele steht, und der Schnitzer wartet ganz ruhig, bis Mikkel sich sicher ist, dass seine Stimme nicht mehr zittert.

»Sie glaubt, ich hab ihre Blumen kaputt gemacht!«, sagt Mikkel.

Dann erzählt er die ganze Geschichte, nicht ganz in der richtigen Reihenfolge vielleicht, weil ihm doch zwischendurch immer noch was anderes einfällt, aber der Schnitzer nickt die ganze Zeit. Von den Gänsen erzählt Mikkel und von den Blumen und sogar davon, dass Tiger Schröderson den Kopf abgerissen hat. Obwohl das ja gar nichts mit den anderen Sachen zu tun hat. Und dass schon mal Jugendliche auf der Landzunge waren, erzählt er auch. »Solche Randaler!«, sagt er. »Bestimmt haben die die Blumen kaputt gemacht. Aber meine Oma ist ja nur ungerecht und ungerecht und ungerecht! Bei der bleib ich bestimmt nicht!« Und seine Stimme fängt schon wieder an zu zittern.

»Ach, die Inge!«, sagt der Herr Boysen. »Und darum wolltest du jetzt diese Annika anrufen? Damit sie dich abholt? Bestimmt hat doch deine Schwester ihre Nummer. Soll ich die mal anrufen?«

Das geht doch nur am Zaun, will Mikkel sagen. Brauchst du gar nicht zu versuchen! Aber solche Dinge von Empfang und Netz und Technik verstehen alte Leute ja nicht.

»Dann kann deine Schwester mir die Nummer von dieser Annika durchgeben«, sagt Herr Boysen. »Und dann sind auch alle beruhigt, dass du hier bist, deine Oma macht sich doch bestimmt schon Sorgen!«

»Die macht sich nur Sorgen um ihre Blumen!«, sagt Mikkel düster. Er wird gerade wieder so schön böse. »Und um ihre Gänse!«

»Trotzdem!«, sagt der Schnitzer. »Aber ach du je, deine Schwester hat ja bei deiner Oma gar keinen Empfang, verdammich!«

Mikkel starrt über die kopfsteingepflasterte Auffahrt und den Zaun bis hin zur Weide.

»Braucht sie auch gar nicht«, sagt er.

60.

Martha will sich gleich auf den Weg machen, sobald sie begreift, dass Mikkel sich nicht im Schuppen versteckt hat und nicht im Hühnerhaus und überhaupt nirgendwo.

»Er ist weggelaufen, Oma!«, sagt sie. »Mikkel nimmt sich immer gleich alles so zu Herzen, und dass du ihn zu Unrecht beschuldigt hast …«

»Du meine Güte, so ein zartes Pflänzchen!«, sagt die Oma. »Aber wo ist er denn bloß hin von hier aus? Das Boot ist noch da.«

»Keine Ahnung!«, sagt Martha. »Ich ruf bei seinen Freunden an, und ich geh zur Polizei! Und dann such ich nach ihm! Mikkel ist doch noch klein!«

Die Oma nickt. »Von hier aus kommt er nicht so leicht weg«, sagt sie. »Nun mach dich nicht verrückt, Martha. In Sommerby fährt kein Bus. Der ist noch hier irgendwo, der Mikkel. Kein vernünftiger Erwachsener wird ja wohl ein kleines Kind allein mit dem Auto mitnehmen.«

»Und ein unvernünftiger Erwachsener?«, ruft Martha. »Ist in Sommerby eine Polizeiwache, wo ich Bescheid sagen kann?«

Die Oma schüttelt den Kopf. »Polizei ist drüben«, sagt

sie und zeigt über das Wasser auf die kleine Stadt. »Ich fahr gleich rüber. Und du kommst mit, Mats-Bengel. Damit mir heute nicht noch ein Kind verloren geht.«

Sie macht sich gar keine richtigen Sorgen, denkt Martha, als sie zu dritt zum Steg gehen. Dass Mikkel ertrunken ist, glaub ich auch nicht, aber es gibt doch Menschen, die Kinder entführen! Sogar wo es so schön ist wie hier, gibt es die. Oder Mikkel könnte einen Unfall haben. Ich verstehe nicht, dass sie so ruhig bleibt.

Dann hört sie das Boot. Der Motor heult noch einmal kurz auf, dann fährt es in einer eleganten Kurve auf den Steg zu und dümpelt auf den Wellen.

»Fang!«, ruft der Mann im grauen Anzug und wirft Martha das Tau zu.

Und Martha ist viel zu verblüfft, um es einfach auf die Planken fallen zu lassen.

»Nicht festmachen, Martha!«, ruft die Oma. »Verschwinden Sie, aber sofort! Hab ich Ihnen das jetzt nicht oft genug gesagt? Ich hol meine Flinte! Lassen Sie sich hier nicht mehr blicken!«

Vielleicht hat der Mann sie gar nicht gehört? »Oh, das sieht aber gar nicht schön aus!«, sagt er und schüttelt beunruhigt den Kopf. Dabei starrt er auf das, was einmal Omas Blumengarten war. »Ts, ts, ts! Gar nicht schön. Ich dachte, Sie hätten sich vielleicht doch noch mal Gedanken gemacht über meinen netten Vorschlag?«

Aber die Oma dreht sich schon um und läuft zurück zum Haus. »Ich hab Sie gewarnt!«, ruft sie. »Das ist Hausfriedensbruch, ich hab das Recht auf meiner Seite! Ich hol meine Flinte!«

»Sie macht das«, sagt Martha warnend und tut einen Schritt aufs Boot zu. »Sie macht das glatt. Fahren Sie besser wieder weg. Meine Oma schießt.« Sie reicht dem Mann das Tau, und der Mann lächelt sie freundlich an.

»Ich glaube fast auch, dass sie das tut!«, sagt er. »Vielleicht nicht direkt auf mich. Aber auf mein Boot jedenfalls«, und dabei klopft er auf sein Steuerrad und lässt den Motor an. »Und das wäre doch schade.« Er tippt sich mit zwei Fingern an die Stirn zum Abschiedsgruß.

Martha will sich schon abwenden, da sieht sie ihn plötzlich. Er liegt im Boot auf dem Boden, halb unter einem Lattenrost versteckt, aber es kann keinen Irrtum geben. Martha hat ihn ja viele Jahre lang jeden Tag gesehen. Da liegt ein kleiner roter Knopf.

61.

Das Motorboot ist längst verschwunden, als die Oma mit ihrer Flinte aus dem Haus gestürmt kommt. Jetzt ist nicht die Zeit, um mit ihr über kleine rote Knöpfe zu reden.

»Geil, Frau Oma, du bist ein Cowboy!«, ruft Mats und hüpft aufgeregt neben ihr her. »Schießt du gleich los, Frau Oma? Schießt du gleich los?«

Martha denkt, dass Mama sich sicher nicht freuen würde, wenn sie wüsste, dass Mats Schießen so toll findet.

»Ich geh zum Zaun und versuch die Eltern von Mikkels Freunden zu erwischen!«, ruft Martha. »Und du fährst zur Polizei!« Dann sprintet sie los.

Darum sieht Mikkel jetzt, wie Martha über die Weide gerannt kommt, gerade als Herr Boysen gesagt hat, er kann sie ja bei der Oma gar nicht erreichen, verdammich.

»Da ist sie!«, sagt Mikkel.

Herr Boysen guckt überrascht von seinem Handy auf. »Na, haben wir nicht Glück?«, sagt er und geht zur Weide, um Martha in Empfang zu nehmen. »Eben wollte ich Bescheid sagen, dass euer Junior hier bei mir ist. Und um die Nummer von einer Annika zu erfragen.«

Aber Martha hört ihm gar nicht zu. »Mikkel!«, ruft sie und wirft die Arme um ihren wiedergefundenen kleinen Bruder. »Bist du denn völlig bescheuert!«, und dabei umarmt sie ihn ganz fest, und dann rüttelt sie ihn ein kleines bisschen durch, und nicht mal Martha selbst kann sagen, ob sie nun erleichtert und glücklich ist, weil sie Mikkel wiedergefunden hat, oder wütend, weil er einfach ausgebüxt ist.

Mikkel macht sich ganz steif. »Ich geh da nicht wieder hin!«, sagt er, und Martha lässt ihn erstaunt los.

»Wie?«, fragt sie.

»Ich wohn nicht bei einer, die denkt, ich bin ein Blumenmörder!«, sagt Mikkel, und Martha sieht alarmiert, dass seine Unterlippe anfängt zu zittern. »Ich fahr zu Annika! Du kannst ja hierbleiben. Und Mats.« Jetzt zittert auch seine Stimme schon wieder ein kleines bisschen.

»Aber das denkt sie doch gar nicht mehr, Mikkel!«, sagt Martha. »Sie wollte sich grade bei dir entschuldigen, und dann warst du weg!«

Mikkel kneift die Lippen zusammen. Das ist jetzt irgendwie auch nicht gut. Wenn die Oma gar nicht so gemein ist, dann war es vielleicht dumm von ihm, abzuhauen. Dumm will Mikkel nicht so gerne sein.

Aber irgendwie ist es doch auch gut. Weil man sich glücklicher fühlt, wenn eine Oma nicht gemein ist. Und weil Mikkel dann hierbleiben kann, wo es so schön ist.

»Wollte sie ehrlich?«, fragt Mikkel.

»Ich schwöre!«, sagt Martha.

Da dreht Mikkel sich zu Herrn Boysen um. »Dann musst

du das mit Annika nicht machen«, sagt er. »Vielleicht bleib ich doch hier.«

Herr Boysen lächelt. »Das wäre also geregelt!«, sagt er.

Aber Martha fällt plötzlich ein, dass es das noch keineswegs ist. Dass diese sturköpfige Oma aber auch kein Handy hat!

»Ich muss noch mal bei der Polizeiwache anrufen!«, sagt sie. »Drüben! Da wollte meine Oma eine Vermisstenmeldung aufgeben! Wenn wir Glück haben, schaff ich das, bevor sie da alles in Gang gesetzt hat und Mikkel überall im Fernsehen gesucht wird!«

Herr Boysen lacht. »Das wäre doch mal was!«, sagt er vergnügt. »Kommt mit rein, ich hab irgendwo eine Karte von Kalle.«

Und Martha fragt gar nicht erst nach, wer genau denn dieser Kalle ist. Sie nimmt die kleine, zerknautschte Visitenkarte mit dem Stern darauf und wählt die Nummer.

62.

Dieses Mal legt auch die Oma bei den Kahnstellen an. Es kennt ja jeder ihr Boot, wird schon keiner rumblöken. Es geht schneller bei den Kahnstellen, nicht so viel Rangiererei und nicht all die großen Touristenboote.

»Kalle!«, sagt sie, als sie mit Mats im Schlepptau die Tür zu der kleinen Polizeiwache in einer der drei schmalen Seitenstraßen aufgerissen hat. »Bist du da?«

Ein dicker Polizist sitzt mit geöffneter Uniformjacke hinter dem Tresen und stochert mit einem Taschenmesser in seinen Zähnen.

»Nee, ich bin nur mein Geist«, sagt er und klappt das Messer zu. »Oder Klon, was? Hast du vorgestern auch gesehen, Inge, den Film, wo sie diese Leute geklont haben? Mann, Mann, Mann! Das war ja mal was! Wem so was immer einfällt, ohaua-haua-ha!«

Die Oma schüttelt den Kopf. »Du guckst zu viel Fernsehen, Kalle, sag ich schon immer!«, sagt sie. »Nee, Kalle, ich will ...«

»Von Berufs wegen!«, sagt der Polizist, der offenbar Kalle heißt, und steht auf. Er knöpft seine Jacke zu und zupft sie zurecht. »Nur von Berufs wegen! Fortbildung in der Freizeit nennt man so was, Inge! Meine Gertrud hat letztes Jahr mal eine Strichliste gemacht, wie viele Morde wir gesehen haben, was glaubst du? Na? Na?«

»Kalle!«, sagt die Oma. »Das ist doch jetzt egal! Ich wollte …«

»Sechshundertvierunddreißig!«, ruft der Polizist begeistert und schlägt mit seiner linken Faust in die rechte geöffnete Hand. »Und wenn ich nicht donnerstags immer zum Gesangverein wäre und dienstags zur Feuerwehr, dann hätten wir noch mehr geschafft! Und alle aufgeklärt! Da lernt man doch was als Polizist, das kannst du aber glauben!« Und er sieht die Oma triumphierend an.

»Ich bin beeindruckt, Kalle, ich bin beeindruckt!«, sagt die ungeduldig. »Aber jetzt geht es mal nicht um Mord – hoffe ich jedenfalls«, sagt sie erschrocken. »Ich bin hier, weil ich …«

»Und wer ist denn der junge Mann?«, sagt der Polizist und beugt sich ein bisschen nach unten, um Mats die Hand zu schütteln. »Ist der etwa von Leonie?«

In diesem Augenblick klingt aus der Uniformjacke der Triumphmarsch aus *Aida*.

»Moment!«, sagt der Polizist und kramt in seiner Tasche. »Das könnte dienstlich sein!« Er tippt auf sein uraltes Handy.

Dann hört er ein paar Sekunden zu.

»Nee, hast du noch rechtzeitig geschafft, mein Deern!«, sagt er dann. »Richte ich deiner Oma aus. Schönen Tag noch!« Und er drückt auf die kleine rote Taste.

»Das war für dich, Inge – wenn das kein Zufall ist!«, sagt er zufrieden. »Guck, wenn du nicht so einen verdammten Dickschädel hättest und dir auch mal ein Handy zulegen würdest, dann hättest du gar nicht herkommen müssen. Süchs woll!«

Die Oma kneift die Brauen zusammen. »Und?«, fragt sie.

»Das war deine Enkeltochter, höfliche kleine Deern!«, sagt Kalle. »Der Abgängige hat sich wieder angefunden. Bei Krischan in der Werkstatt. Deshalb bist du doch gekommen, oder? Um deinen Enkel vermisst zu melden?«

»Hab ich doch gleich gesagt«, murmelt die Oma. »Hier geht keiner verloren! Aber immer sofort so ein Trara machen! Stadtmenschen!«

»Wenn ein Kind abgängig ist, ist immer Trara!«, sagt der Polizist streng. »Dann heißt es immer, sofort die Polizei informieren! Willst du einen Kaffee?«

Die Oma nickt und lässt sich behutsam auf ein niedriges Tischchen sinken, auf dem eine vertrocknete Topfblume neben einem Aktenordner steht. »Mit Milch, ohne Zucker«, sagt sie.

Dann trinkt sie einen Kaffee, und Mats kriegt eine Cola, die gehört eigentlich dem anderen Polizisten auf der Wache, der gerade auf Streife ist. Und die Polizistenmütze darf er auch aufsetzen.

»Steht dir gut!«, sagt Kalle, der Polizist, und pustet auf die heiße Flüssigkeit in seiner Tasse, dass die Oberfläche sich kräuselt. »Guten Nachwuchs können wir immer brauchen!«

Mats guckt, ob er irgendwo einen Spiegel entdeckt. »Ich bin ein guter Nachwuchs, Herr Polizist!«, sagt er entschieden.

»Einen besseren Kaffee als du kocht keiner, Kalle!«, sagt die Oma.

63.

Martha reicht Herrn Boysen die Visitenkarte zurück. »Er hatte es noch nicht weitergemeldet«, sagt sie. »Und ich hab überlegt, ob ich ihm auch das andere erzählen soll ...« Dann ist sie still.

»Ja?«, fragt Herr Boysen.

»Ach, nichts«, sagt Martha.

Herr Boysen sieht sie lange an. »In Ordnung«, sagt er.

Martha atmet tief durch. Man soll sich nicht in das Leben von fremden Erwachsenen mischen. Aber wenn es ihnen doch vielleicht hilft?

»Wollen Sie sich das nicht doch überlegen, mit dem Verkauf im Internet?«, fragt Martha. »Ich glaub nämlich nicht, dass Sie Ihre schönen Sachen hier in Sommerby so leicht loskriegen, aber woanders gibt es so viele Leute ...« Sie zögert. »Bei uns zum Beispiel! Zu Hause in Hamburg, wo wir wohnen! Da würden bestimmt viele richtig viel Geld bezahlen für Ihre Figuren! Aber die wissen ja nicht, dass man die hier kaufen kann. Und darum könnte man ...«

Sie haben sich wieder auf die Bank vor dem Haus gesetzt, da ist auch Platz für drei. Die Kühe haben sich ganz dicht hinter dem Zaun versammelt und glotzen.

»Habt ihr noch nie einen Menschen gesehen!«, ruft Mikkel und wedelt mit den Armen.

»Ich könnte Ihnen das vielleicht einrichten!«, sagt Martha. »Dann können die Leute das online kaufen. Wissen Sie, was online ist? Bestimmt verkaufen Sie dann richtig viel!«

Da sieht sie, dass dem Mann Tränen über die Wangen laufen, so schnell kann er sein staubiges zerknittertes Tuch gar nicht ziehen, um sie wegzuwischen. Er weint!, denkt Martha erschrocken. Ich habe ihn traurig gemacht, als ich gesagt habe, hier kann er seine Sachen nicht verkaufen!

Dann begreift sie plötzlich, dass es Lachtränen sind. Alte Leute haben ja so dicht am Wasser gebaut, sagt Mama. Wenn sie traurig sind. Oder gerührt. Oder wenn sie lachen müssen.

»Ach, mein Deern!«, sagt Herr Boysen, und dann trompetet er in sein Tuch, wie ein wohlerzogener Stadtmensch es niemals tun würde. »Ich freu mich wirklich sehr, dass du dir so viel Gedanken um mich machst! Aber das mit dem Internet ...«, dann schüttelt ihn wieder das Lachen, und er muss sich noch mal schnäuzen.

Das gibt Martha Zeit zu entscheiden, ob sie beleidigt sein will, weil er ihre Idee so albern findet. Sie entscheidet sich dagegen.

»Guck mal, Deern, das ist so«, sagt Herr Boysen dann. Als ob Mikkel gar nicht mehr da wäre, aber der hört natürlich trotzdem zu. »Das Internet? Und Computer überhaupt? Da kenn ich mich aus.«

Martha nickt höflich. Das glauben alte Leute immer, sobald sie Mails lesen und abschicken können, denkt sie. Wie unser Biolehrer zum Beispiel. Der hat ja schon gedacht, er macht eine Revolution, nur weil er für unsere Klasse eine WhatsApp-Gruppe eingerichtet hat.

»Ich hab früher bei einem großen Autobauer gearbeitet, weißt du?«, sagt Herr Boysen und wischt sich mit dem schmuddeligen Tuch noch einmal kurz unter der Nase entlang. »Bis vor fünf Jahren. In Süddeutschland. Ich hab IT für die gemacht. Das war mein Beruf. Ich hab vierzig Jahre lang jeden Tag mit Computern gearbeitet – seit der Zeit, als das noch Riesenkästen waren, groß wie eine Sporthalle, die man mit Lochkarten gefüttert hat, bis heute. Ich hab Programme entwickelt, das war mein Job. Ziemlich komplizierte Programme. Darum musste ich eben so lachen. Wenn es irgendwas gibt auf der Welt, wobei ich keine Hilfe brauche, dann ist es alles, was mit IT zu tun hat.«

Martha starrt ihn an. Seine staubige Schürze, sein zerknautschtes Tuch. Sie versucht sich vorzustellen, wie er in einer Großstadt gelebt und mit Computern gearbeitet hat, in Süddeutschland. Es passt alles nicht zusammen.

»Ich hab meinen Job sehr gerne gemacht«, sagt Herr Boysen. »Aber dann ist meine Frau gestorben, und zwei Jahre später bin ich in Rente gegangen, und dann …« Er zuckt die Achseln. »Ich hab mir ein paar Kreuzfahrten gegönnt. Eine Weltreise. Alles gut. Aber dabei hab ich gemerkt …«

»Hast du Heimweh gekriegt?«, fragt Mikkel. Heimweh kennt er gut. Als sie mit der Klasse drei Tage lang im Schullandheim an der Nordsee waren, hat er das gehabt, ganz schrecklich. Erst jetzt fällt ihm auf, dass er hier gar kein Heimweh hat.

»Ja, so könnte man das sagen, mein Jung«, sagt der Schnitzer. »Heimweh. Sehnsucht. Ich hab dir ja erzählt, dass ich schon als Junge so gerne schnitzen mochte, weißt du noch? Und dann hat der Mieter gekündigt, der mein Elternhaus hier als Ferienhaus gemietet hatte. Und da bin ich zurückgekommen, so am Ende meines Lebens. So schließt sich der Kreis.«

»Du bist nicht am Ende deines Lebens!«, sagt Mikkel. »Überhaupt nicht!«

Der Schnitzer strubbelt ihm durch die Haare.

»Ich hab gedacht: Jetzt tu ich endlich das, wovon ich mein Leben lang geträumt habe. Wann denn wohl sonst? Jetzt ist meine letzte Chance. Ich gehe zurück nach Sommerby und lebe weitab von allem Trubel und schnitze und verkaufe meine Sachen in meinem Hofladen. Da war ich wohl ein bisschen romantisch.«

»Ich finde das schön!«, sagt Martha.

Herr Boysen nickt. »War auch die richtige Entscheidung!«, sagt er. »Paar Menschen leben ja noch hier, die ich von früher kenne. Und dienstags abends geh ich jetzt sogar immer zum Gesangverein. Ist schön hier, auch wenn sich vieles verändert hat. Aber manches ist auch gleich geblieben. Zum Beispiel die Inge. Was ich gar nicht glauben konnte, zuerst, das war, dass die Inge nach all den Jahren immer noch fünsch mit uns ist. Mit allen in Sommerby.«

Fünsch!, denkt Martha. Wieder so ein Wort. Die haben hier

eine ganz andere Sprache. Eine Sprache, die nach Wasser klingt und nach Wind und nach alten Zeiten.

»Und warum …«, fragt sie, aber Herr Boysen spricht schon weiter, und Martha denkt, was auch Mikkel schon gedacht hat, als er die Werkstatt das erste Mal besucht hat: Er spricht mit uns, als wären wir erwachsen.

»Ja, ein bisschen romantisch, wie gesagt!«, sagt der Schnitzer. »Ich hab wohl geglaubt, ich könnte in die Vergangenheit zurückreisen, in ein Leben ohne Internet. Nur einfach da leben, wo ich auch wirklich bin, nicht immer in Welten, die es nur auf dem Bildschirm gibt. Meine Tiere hier schnitzen und hier auch verkaufen. Aber man kann die Zeit nicht zurückdrehen, das kann man nicht.«

Mikkel hat aufmerksam zugehört.

»Nee, das geht nicht«, sagt er, und er klingt ein bisschen überrascht, dass so ein alter Mann das vorher nicht wusste. »Zeit geht nur vorwärts. Morgen und übermorgen.«

»Genau!«, sagt der Schnitzer. »Und darum, Deern, musste ich so lachen, als du das mit dem Online-Verkauf vorgeschlagen hast. Dann wär ich wieder haargenau da, wovon ich wegwollte.«

Martha schüttelt heftig den Kopf. »Kein bisschen!«, sagt sie. »Sie leben doch hier, und Sie sind im Gesangverein, und schnitzen tun Sie auch, und ob Sie die Sachen nun hier im Hofladen verkaufen oder im Internet, ist doch piepegal!«

Herr Boysen seufzt. »Halb piepegal!«, sagte er. »Aber du hast recht. Ich bin sehr zufrieden hier.«

»Ich bin auch sehr zufrieden hier«, sagt Mikkel.

Martha steht auf. »Ich glaube, wir sollten mal zurückgehen, Mikkel«, sagt sie. »Vielleicht ist Oma inzwischen aus der Stadt zurück.«

Der Schnitzer winkt ihnen nach. Vielleicht erzählt er uns beim nächsten Mal, warum die Oma immer noch *fünsch* mit Sommerby ist, denkt Martha. Und Mikkel und er haben recht. Es ist schön hier, auch wenn man nicht in die alten Zeiten zurückkann. Eigentlich ist es sogar besser, dass man das nicht kann. So, wie es ist, ist es doch gar nicht schlecht.

64.

Und ja, die Oma entschuldigt sich bei Mikkel, sogar ganz richtig. Nicht nur mal kurz »Tut mir leid«. Sie kommt aus dem Haus gelaufen, sobald sie die Kinder hört.

»Entschuldige bitte, Mikkel!«, sagt sie. »Ich hätte dich niemals so einfach beschuldigen dürfen, noch dazu, ohne dich vorher anzuhören! Aber es war so ein Schock, als ich heute Morgen die niedergemetzelten Blumen gesehen habe, ich war richtig ein bisschen verzweifelt! Kannst du das verstehen? Und das ist ja leider manchmal so bei uns Menschen, wenn wir verzweifelt sind, dann suchen wir einen Schuldigen. Als ob das die Dinge wiedergutmachen würde oder wenigstens leichter erträglich! Aber so sind wir wohl gestrickt.« Sie beugt sich hinunter, um Mikkel ins Gesicht sehen zu können. »Aber das soll keine Entschuldigung für mein Verhalten sein. Nur der Versuch einer Erklärung. Ich bitte dich um Verzeihung, Mikkel. Ich bin ein verrücktes altes Huhn, das zu lange allein gelebt hat.«

Mikkel nickt. Irgendwie stimmt das alles. Trotzdem muss er natürlich widersprechen, sonst ist die Oma vielleicht traurig. »Du bist kein verrücktes altes Huhn, Oma!«, sagt er.

Dann geht er mit ins Haus, um ihr zu helfen, egal wobei.

Enes und Dilara kommen am späten Nachmittag, als es auf dem Wasser für kurze Zeit ruhiger geworden ist und bevor der Betrieb gegen Abend in der entgegengesetzten Richtung wieder von vorne beginnt. Dilara sitzt neben Enes im Heck der *Kartal* und darf die Pinne halten bis ganz kurz vor dem Steg. Aber anlegen will Enes doch lieber selbst.

Martha hat den Motor gehört. Sie hat mit ihrem Buch auf Tigers flachem Stein in der Sonne gesessen, und Tiger ist nicht gekommen, um ihr den Platz streitig zu machen. Désirées Geschichte ist mittlerweile ziemlich traurig geworden – sie hat so gut angefangen mit Jean-Baptiste und dem Thron von Schweden, aber jetzt ist er König und kümmert sich überhaupt nicht mehr um Désiré, und sie lebt weiter in Paris und er in Stockholm, und er soll eine echte Prinzessin heiraten und sich von Désirée scheiden lassen. Martha ist sich nicht sicher, dass sie wissen will, wie es weitergeht.

Dann hört sie das Boot und kann sowieso nicht weiterlesen. Sie knickt die Seite um, damit sie wiederfindet, wo sie gerade war im Buch. An den vielen anderen Knicken oben in den Seiten sieht sie, dass Mama das früher ganz genauso gemacht hat wie sie.

»Hallo, Martha!«, ruft Enes. Er hat ihren Namen doch gehört! Und er hat ihn sogar behalten! Jetzt steht er auf dem Steg und hilft Dilara aus dem Boot. »Ich hab versucht, dich anzurufen, dass wir kommen, aber hier ist ja echt kein Empfang. Mach fest, Dilara.«

Und Dilara nimmt die Festmacherleine, und wenn Martha

sich nicht täuscht, macht sie mit Leichtigkeit einen von den schwierigeren Seemannsknoten.

»Gibt es irgendein Problem?«, fragt Martha. »Dass ihr kommt?«

Aber Enes hat ihr gar nicht zugehört. »Was ist denn hier passiert?«, fragt er. Stundenlang hat Martha mit der Sense die zerknickten Stauden abgemäht, die Oma hat sie darum gebeten.

»Dass ich das Elend nicht immerzu sehen muss«, hat sie gesagt.

Ganz vorsichtig war Martha zuerst und auch ein bisschen ängstlich, weil die Sense so unglaublich scharf ist. Und wenn man so viel Schwung nimmt, wie man das muss mit einer Sense, und so weit ausholt, dann kann schon mal etwas passieren und man schneidet sich in die Beine. Aber irgendwann wusste sie, wie es geht.

Mit einer Schubkarre hat sie die Blumen dann zum Kompost gefahren. Jetzt sieht es kahl aus da, wo früher der Ufergarten der Oma war. Kahl, aber nicht mehr verwüstet.

»Irgendwer ist in der Nacht gekommen und hat alle Blumen umgeknickt!«, sagt Martha. »Neulich hat auch schon jemand den Schuppen verwüstet, vielleicht sogar derselbe! Meine Oma glaubt, es waren Jugendliche.«

Enes sieht sie an. »Aber?«, fragt er.

Dabei hat Martha gar nicht gesagt, dass sie nicht daran glaubt. Enes musste sie nur angucken, schon hat er geahnt, was sie denkt.

»Irgendjemand hat auch Matsis Stoffhund den Kopf abgerissen!«, flüstert Martha. Dilara muss das ja nicht unbedingt hören. »Und dann hat er den Hund hinterher ohne Kopf auf die Türschwelle gelegt, damit wir ihn finden. Ich hab zuerst gedacht, das war Tiger, aber heute Morgen …«

»Ja?«, fragt Enes.

»Da ist so ein Mann, der war jetzt schon drei Mal hier, obwohl meine Oma ihm immer mit der Flinte droht!«, sagt Martha, und Enes grinst. »Er will ihr das Haus abkaufen. Siebenstellig, sagt er, zwei Millionen.«

»Zwei Millionen?«, fragt Enes. Jetzt lässt er sich verblüfft ins Gras fallen und klopft auf den Boden neben sich, zum Zeichen, dass Martha sich auch setzen soll. Vielleicht müssen sie länger reden. »Krass.«

Martha nickt. »Aber sie wird jedes Mal richtig wütend, wenn er kommt!«, sagt sie. »Sie sagt, was soll sie sich denn für das Geld wohl kaufen, was sie glücklicher macht als dieses Leben hier?«

Enes nickt. »Da hat sie vielleicht ja auch recht!«, sagt er.

Martha zuckt die Achseln.

»Sie holt immer ihre Flinte!«, sagt sie. »Ich weiß gar nicht, ob der sie nicht anzeigen kann deswegen. Und heute Morgen hab ich mit ihm geredet, da war er in seinem Boot, und da hab ich den Knopf gesehen.«

»Den Knopf?«, fragt Enes.

Dilara ist hinter dem Haus verschwunden, und Martha hört, wie sie etwas ruft und wie Mats ihr antwortet und wie die beiden kreischen. »Ich glaube ehrlich, das war der Knopf von Schrödersons Jacke«, sagt Martha. »Von dem Stoffhund! Und da fragt man sich doch, wie ist der ins Boot von diesem Makler gekommen?«

Enes starrt sie an. »*Das fragt man sich?*«, ruft er. »Doch nicht ernsthaft, oder? Das ist dir doch klar, wie der da hingekommen ist, oder etwa nicht?«

Martha zupft am Gras. »Das gibt's doch nicht in echt … solche Methoden«, sagt sie. »Ja klar, im Film schon! Oder in Büchern. Aber in echt macht doch keiner so was! Schon gar nicht hier auf dem Dorf!«

»In was für einer Mädchenwelt lebst *du* denn!«, sagt Enes, und Martha wird rot vor Verlegenheit. Sie muss daran denken, wie dieser Jean-Baptiste Désirée immer *mein kleines Mädchen* nennt. »Im wahren Leben passieren noch ganz andere Sachen als im Film, das kannst du aber glauben! Nur dass solche Leute im wahren Leben vorsichtiger sind und nicht so hirnlos wie im Film. Deshalb werden sie auch nicht so leicht erwischt! Aber wenn es um Geld …« Er schüttelt den Kopf. »Zwei Millionen! Da bleiben bei so einem Makler doch locker über hunderttausend hängen! Dafür kann man schon mal ein bisschen kriminell werden.«

»Ich weiß nicht«, murmelt Martha. Sie denkt daran, wie der Mann ihre Oma gefragt hat, ob sie denn gar keine Angst hat, so alleine und ohne Telefon.

»Jetzt komm!«, sagt Enes. »Das ist doch total offensichtlich! Der versucht deine Oma einzuschüchtern! Aber da muss bei Inge schon ein bisschen mehr passieren, dass die Angst kriegt und einknickt. Inge ist zäh. Die ist eine harte Nuss.«

Martha zupft weiter.

»Wetten, die gibt niemals auf?«, sagt Enes. »Die gibt nicht auf, und die gibt nicht nach. Der ist Geld echt so was von egal! Kennst du nicht die Geschichte mit dem Einkaufszentrum?«

Martha schüttelt den Kopf.

Die Oma steckt den Kopf aus dem Küchenfenster. »Martha?«, ruft sie. »Ich fang an mit Abendbrot! Kannst du Kartoffeln schälen kommen?«

Dann sieht sie wohl, dass Besuch da ist.

»Nein, ist schon gut, ich komm auch alleine klar!«, ruft sie. »Hallo, Enes! Ich setz für dich mit auf, in Ordnung?«

»Ja, prima, gerne!«, ruft Enes zurück. »Für Dilara auch!« Dann lächelt er Martha zu.

»Das ist ungefähr acht Jahre her«, sagt er.

65.

Und so erfährt Martha, warum die Leute in der kleinen Stadt der Oma alle so dankbar sind, vor allem Hannes. Und warum es keinen Weg mehr nach Sommerby gibt. Das ist beides dieselbe Geschichte.

»Da war ich natürlich noch zu jung, um das richtig zu verstehen!«, sagt Enes. »Aber meine Mutter hat mir später alles erzählt. Die haben echt jahrelang von nichts anderem geredet hier.«

Eine große Immobilienfirma wollte ein Einkaufszentrum bauen: Riesensupermarkt, Riesenelektromarkt, sogar ein Möbelhaus. Sie hatten gedacht, dass diese Gegend perfekt dafür wäre, schließlich kamen im Sommer zigtausend Touristen, und bei Regen schlenderten die gerne durch große Märkte, aber hier gab es nichts, wo sie richtig gut einkaufen konnten. Und für die Einheimischen auch nicht, den Rest des Jahres. Sie mussten fast eine Stunde fahren bis in die nächste große Stadt. Und aus dem Umland wären die Käufer ja auch gekommen, das hatte dieses Unternehmen alles schon durchrechnen lassen.

»Darum haben sie dem Bürgermeister von Sommerby ein Angebot gemacht!«, sagt Enes.

Das Einkaufszentrum sollte auf der Landzunge gebaut werden, ungefähr da, wo jetzt immer noch das Haus der Oma steht. Die ganze Landzunge hätten sie dafür gebraucht, die Weide und einen Teil von Sommerby auch noch. Sie brauchten schließlich jede Menge Parkplätze.

In Sommerby waren sie einverstanden. Sie wären gerne bereit gewesen, ein paar alte Bauernhäuser abzureißen für so ein schickes, modernes Gelände. *Modern,* das fanden sie gut. Dann konnte keiner mehr behaupten, dass sie Hinterwäldler wären hier in Sommerby. Dann hätten sie das größte und modernste Einkaufszentrum nördlich der Mittelgebirge gehabt, und dafür konnte man wohl gerne ein paar von den alten Schuppen opfern. *Alte Schuppen,* so nannten sie ihre über hundert Jahre alten Reetdachhäuser jetzt.

Einen Hafen mit reichlich Anlegeplätzen sollte es auch geben, damit die Leute auf den Booten auf ihrem Weg von der Ostsee gleich anlegen und ordentlich shoppen konnten. Auch das war modern. Es waren auch Liegeplätze geplant für diejenigen, die über Nacht bleiben wollten oder sogar länger.

Martha starrt über das Wasser auf die kleine Stadt und über die Weide hin nach Sommerby, wo noch immer ein Reetdach hinter dem anderen liegt, grün bemoost manche davon, manche grau und verwittert, frisch eingedeckt und noch leuchtend gelb ein einziges dazwischen. All das würde es jetzt also nicht mehr geben.

»Und Arbeitsplätze!«, sagt Enes. »Natürlich haben sie Arbeitsplätze versprochen. Obwohl, was sollten das denn wohl für Arbeitsplätze sein, außer so einem Stressjob an der Kasse oder Einkaufswagen-Zusammenschieber auf dem Parkplatz? Jedenfalls waren in Sommerby alle total begeistert und vollkommen heiß drauf. Nur Inge nicht.«

Martha lächelt. »Nee, schon klar!«, murmelt sie.

Sie kann es sich so genau vorstellen. Wie der Bürgermeister auf die Oma eingeredet hat und die anderen Leute aus dem Dorf. Wie sie von all dem Geld gesprochen haben, das sie verdienen würden, wenn die Oma nur ihr kleines Haus und die Weide verkaufen würde. Und was sie alles damit machen könnten! Wie die Leute allmählich wütend geworden sind, weil die Oma nur immerzu den Kopf geschüttelt hat.

»Aber drüben in der Stadt!«, sagt Enes. »Da waren sie natürlich panisch! Da leben sie doch von den Touristen! Hannes wäre sowieso pleitegegangen, das ist klar, wenn es genau gegenüber diesen riesigen Supermarkt gegeben hätte, und was wäre denn mit den Touristen gewesen? Die kommen doch nur, weil es so *romantisch* ist da drüben. Alles so schön *alt* und so *gemütlich*. Die gehen runter zum Hafen und gucken über das Wasser, und was sehen sie? Segelboote und an der Mündung den Leuchtturm und nichts als Natur.«

Martha nickt.

»Und was glaubst du, was passiert wäre, wenn sie stattdessen jetzt auf ein riesiges Einkaufszentrum starren würden und auf einen riesigen Parkplatz? Da hätte nicht nur Hannes seinen Laden dichtmachen können! Da wären gar keine Touristen mehr gekommen, weil die ganze Romantik futsch gewesen wäre. Die Stadt wäre ratzfatz pleite gewesen, der

Handwerkermarkt und das Café und die Restaurants und die Leute mit den Ferienwohnungen. Die hatten vielleicht Panik!«

»Und meine Oma hat natürlich nicht verkauft!«, sagt Martha und seufzt. »Oh, Junge.«

Enes lacht. »Es konnte sie ja niemand zwingen!«, sagt er. »Wenn sie eine Autobahn bauen wollen und dein Grundstück dafür brauchen oder einen Flugplatz, dann hast du keine Chance. Aber so was war das ja nicht. Darum sind die Leute in Sommerby vielleicht bis heute wütend auf sie, jedenfalls ist Inge wütend auf das Dorf. Und darum lieben sie sie drüben in der Stadt.«

»Das war mutig von ihr!«, sagt Martha. Sie versucht sich vorzustellen, wie es ist, wenn man alle gegen sich hat. Wenn die Leute im eigenen Dorf einen nicht mehr grüßen. Wenn sie schlecht über einen reden. Sie ist plötzlich stolz auf ihre Oma. Aber vielleicht wird man dann auch ein bisschen merkwürdig, wenn man mit allen zerstritten ist und keine Freunde mehr zum Reden hat.

»Seit damals ist sie nie mehr in Sommerby gewesen«, sagt Enes. »In all den Jahren nicht. Der Weg ist allmählich zugewachsen. Sie tut, als ob es Sommerby gar nicht gibt.«

»Ich wusste das alles nicht!«, sagt Martha.

»Jetzt weißt du es«, sagt Enes.

66.

Die Oma hat Salzkartoffeln gekocht und Blumenkohl und Hähnchen-Nuggets. Bei Hannes hat Martha gestern noch schnell eine Flasche Ketchup gegriffen, die steht daneben.

»Guten Appetit!«, sagt die Oma.

»Danke für die Einladung!«, sagt Enes, und »Ich mag die gerne!«, sagt Dilara. Sie hat sich sechs Hähnchen-Nuggets genommen.

Mats guckt lauernd. »Das sind echte, totgemachte Hühner, Dilara!«, sagt er und tunkt selbst auch ein Nugget in eine große Ketchup-Pfütze auf seinem Teller. »Vorher waren die lebendig.«

Dilara sieht nicht mal auf. »Weiß ich«, sagt sie ungerührt und beißt in das nächste Nugget.

Nur Mikkel guckt ein bisschen zögerlich, bevor er sich auch zwei kleine Nuggets nimmt.

Armer Mikkel, denkt Martha. Am besten, du wirst gleich Vegetarier wie ich.

»Und gibt es einen Grund, dass ihr vorbeigekommen seid, Enes?«, fragt die Oma. Sie hat auch noch eine große Portion Rührei gemacht, davon nimmt sie sich jetzt. »Nicht dass ich mich nicht freue über euren Besuch! Aber es ist doch nichts los?«

Enes isst auch vom Rührei. Die Nuggets würden sonst im Leben nicht reichen.

»Nee, ich komm nur wegen der Klamotten!«, sagt er. »Die wir den dreien beim Gewitter geliehen haben. Und dann soll ich dir noch sagen, die Stachelbeere verkauft sich wie blöd, und wenn du noch ein paar Gläser davon hast, kannst du sie mir gleich mitgeben.«

Die Oma nickt, und Martha spürt einen Stich. Er hat sich meinen Namen gemerkt, ja, das schon, denkt sie. Aber gekommen ist er aus einem ganz anderen Grund.

Dann fällt ihr Désirée ein. Es ist niemals so einfach wie im Film oder im Buch. Im Leben ist alles viel schwieriger.

Mats schiebt sich das letzte Stück Hühnerfleisch in den Mund und wirft einen ärgerlichen Blick auf den leeren Fleischteller in der Mitte des Tisches. »Nichts mehr da!«, sagt er vorwurfsvoll zu Dilara.

»Dann kannst du jetzt ja deine Vitamine essen«, sagt die Oma. »Und die Kartoffeln.«

Auf Dilaras Teller liegen noch zwei Nuggets.

»Gibst du mir eins ab?«, fragt Mats. »Sonst bist du ein Gierlappen.«

Aber Dilara schüttelt stumm und ungerührt den Kopf, und Mats beobachtet kummervoll, wie das letzte bisschen leckeres Ungesundes in ihrem Mund verschwindet.

»Ich hab dich gehört!«, sagt er dann zu Enes. »Dein Boot. Aber dann warst du gar nicht der Indianer.«

»Wie kommst du eigentlich darauf, dass der ein Indianer ist, Mats?«, fragt Martha. »Das ist ein ganz normaler Mann, kann doch jeder sehen! Wie kommst du denn bloß darauf?«

Mats schüttelt den Kopf über so viel Unwissenheit. »Der ist gar nicht normal«, sagt er. »Der hat ein Indianerboot.«

»Hä?«, sagt Martha, dann fällt ihr ein, wer mit am Tisch sitzt. »Bitte?«

»Der war mal da!«, sagt Mats. »Das hast du ja gar nicht gesehen! Der wollte Sachen wissen. Ich wusste das! Da hatte der ein Indianerboot.«

Die Oma lacht. »Und Pfeil und Bogen?«, fragt sie.

Aber Martha lacht nicht. »Was für Sachen denn, Matsi?«, fragt sie.

Wenn Mats sich die Geschichte nicht ausgedacht hat, dann war der Makler schon einmal da, in einem Kanu, bevor er das erste Mal mit der Oma gesprochen hat. Was wollte er hier? Warum hat er der Oma das nicht erzählt? Und wieso, wenn Mats die Wahrheit erzählt, ist er beim ersten Mal in einem Kanu gekommen, ohne Motor und darum fast geräuschlos?

Aber so interessant findet Mats den Indianer nun doch nicht. Vor allem, wenn der gar kein Indianer ist. »Weiß ich nicht mehr«, sagt er.

»Hör mal«, sagt Martha, als sie Enes nach dem Essen zu seinem Boot begleitet. Die Klamotten hat die Oma für den Transport in einen großen Müllsack gesteckt, schon wieder gewaschen und gebügelt. In solchen Säcken bringt sie einmal alle zwei Wochen noch vor Sonnenaufgang ihren Müll zum Zaun, damit die Müllabfuhr ihn abholen kann. So ganz kann sie eben doch nicht tun, als ob es Sommerby nicht gäbe. »Findest du nicht, dass diese Indianergeschichte den Typen mit dem Knopf noch verdächtiger macht?«

Enes nickt. »Man müsste ihn auf frischer Tat ertappen! Dann ein Handyfoto, und schon wärt ihr ihn los.«

Dann sind wir ihn los und auch die zwei Millionen, denkt Martha. Mama und Papa darf ich gar nicht davon erzählen.

Aber Mama und Papa sind weit weg in New York, und Martha denkt erschrocken, dass sie schon zwei Tage keine Nachrichten mehr gelesen oder telefoniert hat, dabei wäre das bei Herrn Boysen ja ganz einfach gewesen.

»Du meinst echt, der kommt noch mal wieder?«, fragt Martha.

Enes ist schon ins Boot gestiegen. »Na klar!«, sagt er. »Was glaubst du denn? Der will das Grundstück hier haben, und zwar um jeden Preis! Du glaubst doch nicht, dass der so schnell aufgibt, bei der Kohle, die er hier verdienen könnte!«

Martha schüttelt sich. Sich vorzustellen, wie sie heute Nacht oben auf dem Dachboden schläft, während dieser Typ in seinem Kanu angepaddelt kommt und ums Haus schleicht …

»Ich glaub, ich bleib heute Nacht wach!«, sagt sie entschlossen. »Mir wird richtig übel bei dem Gedanken! Da kann ich ihm auch gleich auflauern.«

»Dilara!«, ruft Enes. »Los, los, los, wir wollen nach Hause!« Hinter dem Schuppen hören sie Mats und Dilara quietschen, dann ruft Mikkel irgendetwas. »Dilara, nun komm!« Enes guckt Martha an. »Meinst du das ernst?«, sagt er. »Auflauern? Vielleicht ist das gar nicht so dumm. Gibt ja nur zwei Möglichkeiten: Der Kerl kommt nicht, dann haben wir nichts verloren, außer vielleicht ein bisschen Schlaf. Oder er kommt, und dann schnappen wir ihn.«

»Wir?«, fragt Martha.

»Dilara!«, brüllt Enes. Dann lächelt er. »Klar, wir! Ich komm so gegen halb eins. Bevor es richtig dunkel ist, macht der sich garantiert nicht auf den Weg, und dunkel ist es erst um Mitternacht herum. Und um vier wird es schon wieder hell. Dazwischen muss es also passieren.« Enes lacht. »Hast du die als Kind auch gelesen? *Die drei Fragezeichen*? *Fünf Freunde*? So Sachen?«

Martha schüttelt den Kopf. »Als Kind«, hat Enes gesagt. Offenbar findet er also nicht, dass sie immer noch eins ist. Martha wird rot. »Nicht so viel«, sagt sie.

»Du kannst uns mal losmachen«, sagt Enes. Inzwischen ist Dilara hinter dem Schuppen aufgetaucht mit Mats und Mikkel im Schlepptau. »Ich find die Idee lustig. Hätt ich niemals gedacht, dass ich so was mal machen würde.« Und er hält Dilara seine Hand hin, aber die guckt ihn nur voller Verachtung an und klettert alleine ins Boot.

»Na dann!«, ruft Enes und lässt den Motor an. »Bis ...!«

Martha wirft ihm das Tau zu.

»Der ist nett!«, sagt Mikkel in das leiser werdende Motorengeräusch hinein.

»Findest du?«, fragt Martha.

67.

In dieser Nacht bleibt der Himmel klar. Um zehn Uhr ist die Oma ins Bett gegangen, und Martha hat sich auf der Treppenleiter nach unten und mit ihrem Buch nach draußen geschlichen. Das Licht ist merkwürdig grau, und alle Farben sind so durchscheinend wie auf oft gewaschenem Stoff; und lesen könnte sie noch gut. Stattdessen lauscht sie auf die Geräusche, die in der Stille auf einmal doppelt so laut klingen: ein vereinzeltes Lachen von drüben aus der Stadt, wo die Leute im Hafen auf ihren Booten sitzen und sich unterhalten; ein Rascheln im Gras, vielleicht ein Maulwurf, vielleicht eine Maus; der Ruf eines Vogels im Schlaf.

Fledermäuse kommen geflogen wie aus dem Nichts und verschwinden blitzschnell, nachdem Martha erschrocken den Kopf eingezogen hat, weil sie einen Augenblick geglaubt hat, dass sie gegen ihr Gesicht prallen würden. Über die Weide kommen ihre beiden Kitze und bleiben erst stehen, als sie das Haus fast erreicht haben, eher verblüfft als erschrocken beim Anblick des Mädchens auf dem Stein. Einen Augenblick scheinen sie zu überlegen, ob dieser Mensch gefährlich ist oder ob sie ihn einfach nicht beachten sollten;

dann drehen sie sich würdevoll um und setzen mit eleganten Sprüngen über die Weide zurück.

Warum hab ich das nicht schon vorher mal gemacht?, denkt Martha und spürt wieder diese Sehnsucht nach etwas, das sie nicht kennt, und von der sie jetzt weiß, dass sie immer kommt, wenn das Schönheits-Glück zu unerträglich wird, das ist so merkwürdig. Einfach abends draußen sein und gar nichts tun und nur gucken und hören. Die Welt ist so wunderbar, und ich hab das früher gar nicht gemerkt.

Ein bisschen wundert sie sich, warum sie überhaupt keine Angst hat so allein hier draußen in der beginnenden Dämmerung. Aber noch immer hört sie Stimmen aus dem Hafen, und es ist viel zu früh, um Angst vor dem Makler zu haben. Ganz bestimmt macht der sich erst auf den Weg, wenn die Stadt schläft und er sicher sein kann, dass niemand ihn beobachtet.

Das Zifferblatt ihrer Armbanduhr ist nur noch schwer abzulesen, aber auf dem Handy ist es jetzt fast elf Uhr.

Fünf Uhr nachmittags in New York!, denkt Martha. Vielleicht hat Papa ihr eine Nachricht geschickt. Vielleicht kann sie ihn sogar anrufen. Bis zum Zaun und zurück schafft sie es leicht, bevor es ganz dunkel ist.

Noch immer stehen die Kühe zusammen mit gesenkten Köpfen und grasen, und nur ein paar Schritte von ihnen entfernt äsen jetzt auch ihre beiden Rehe.

Braucht ihr alle denn gar keinen Schlaf?, denkt Martha,

und auch: Wenn ihr so lange wach sein könnt, kann ich das auch!

Am Zaun ist der Empfang jetzt besser als bei Tag, und Martha sieht sofort, dass sie mindestens zehn WhatsApps gekriegt hat und von Papa außerdem zwei SMS.

Mit Mama ist alles okay, schreibt er, und sie hat die OP gut überstanden.

Isolde hat wieder ein Strandfoto mit Palmen geschickt, aber von dem Jungen steht da dieses Mal nichts. **Freu mich schon auf zu Hause!**, schreibt sie.

Noch von drei anderen Mädchen aus der Klasse sind Nachrichten und Bilder da und dann noch von einer aus ihrer Hockeymannschaft. Martha öffnet sie nicht. Stattdessen wählt sie Papas Nummer.

»Hallo, Papa«, sagt sie.

Papas Stimme klingt so klar, als stünde er direkt neben ihr. »Martha!«, ruft er. »Das ist aber schön! Wieso bist du so spät noch auf? Es ist doch nichts passiert?«

»Ist doch noch nicht mal elf!«, sagt Martha. »Ich dachte, das passt für euch. Nee, hier ist alles okay. Wie geht es Mama?«

Papa lacht. »Die geb ich dir mal!«, sagt er. »Leonie, hier ist deine große Tochter!«

Und Mama klingt genau, wie sie klingen muss, ganz wie jeden Tag. Sie hat nicht mal diese kleine, kranke Stimme, vor der Martha solche Angst gehabt hat, und sie sagt, dass es ihr blendend geht und dass sie sich auf zu Hause freut und dass alles gut wird.

»Klar!«, sagt Martha.

»Aber diese Idioten von Ärzten lassen mich noch nicht weg!«, sagt Mama. »Zwei Wochen mindestens, sagen sie. Haltet ihr es noch so lange aus?«

»Klar!«, sagt Martha wieder. Sie fragt nicht, warum denn nicht wenigstens Papa schon vorher zurückkommt. Bestimmt nutzt er die Zeit in New York auch gleich businessmäßig.

»Martha!«, sagt Mama. »Ich weiß, dass meine Mutter schwierig ist! Aber in zwei Wochen habt ihr ja dann alles überstanden.«

Martha überlegt, was sie sagen soll. »Wir halten das wirklich gut aus, Mama!«, sagt sie. »Mikkel und Mats finden es toll. Und ich durfte ...« Dann ist sie still. Wenn sie erzählt, was sie hier alles dürfen, dann macht Mama sich doch bestimmt Gedanken! Oder wenn sie von Schröderson berichtet oder von dem verwüsteten Garten. »Nee, hier ist es wirklich schön. Und die Leute sind auch alle nett. Du musst dir keine Sorgen machen.«

»Die Leute?«, fragt Mama. »Du willst mir doch nicht erzählen, dass meine Mutter wieder Kontakt zu den Nachbarn hat?«

»Doch, klar!«, sagt Martha. »Mama, ich glaub, mein Guthaben reicht nicht so ewig nach New York! Ich freu mich, wie gut es dir schon wieder geht!«

»Du klingst so erwachsen, Martha!«, sagt Mama. »Nächstes Mal rufen wir dann zurück, okay? Danke, dass du das alles managst. Ich bin total stolz auf dich und freu mich, wenn ich euch endlich wiederhabe. Gib Mikkel und Mats einen dicken Kuss von mir!«

»Von mir auch!«, ruft Papa aus dem Hintergrund. Dann legen sie auf.

Martha sieht zum Haus zurück. Das Licht am Himmel darüber ist inzwischen noch schwächer geworden, und auch von der kleinen Stadt dringen keine Geräusche mehr zu ihr herüber.

Und jetzt *manage* ich gleich noch mal ganz was anderes, liebe Mama, denkt sie. Wenn du wüsstest. Ein Glück, dass du keine Ahnung hast.

68.

Martha ist schon lange wieder beim Haus angekommen, als die Wolken einen Augenblick lang den Mond freigeben und sie sieht, wie Enes am Steg vorbei und auf die Rückseite der Landzunge fährt. Ein kleines Stück vom Ufer entfernt wirft er den Anker aus, dann krempelt er die Hosenbeine hoch und watet an Land.

»Der Typ muss ja mein Boot nicht gleich sehen, wenn er kommt«, sagt er leise. »Sonst wird der noch misstrauisch! Bisher alles okay?«

»Ja!«, sagt Martha. »Bis jetzt war er noch nicht da.«

Enes krempelt die Hosenbeine nach unten. »Bei dieser Dunkelheit müssen wir uns eigentlich nicht mal verstecken!«, sagt er. »Aber vorsichtshalber doch. Falls sich die Wolken plötzlich verziehen. Das ist mir sonst zu riskant.«

Darum gehen sie ums Haus herum und setzen sich hinter den Bäumen auf die Erde, die noch immer ein bisschen Wärme vom Tag gespeichert hat.

»Hast du Inges Flinte?«, fragt Enes.

Martha schüttelt den Kopf. Dann fällt ihr ein, dass Enes das vielleicht gar nicht sehen kann. »Nee!«, flüstert sie.

»Ich glaube, ich könnte sowieso nicht damit schießen. Nicht auf Menschen.«

Vermutlich hat Enes genickt. »Wird schon nicht nötig sein!«, sagt er. »Dann warten wir mal.«

Der Mann fährt langsam und mit gedrosseltem Motor. Er hätte lieber wieder das Kanu genommen, um niemanden zu wecken, aber damit wäre er zu langsam, sollte er womöglich schnell fliehen müssen. Was natürlich nicht sehr wahrscheinlich ist. Er hat nicht vor, irgendwen aufzuwecken.

Er hat überlegt, was wohl am wirkungsvollsten ist. Irgendwas, das der alten Schachtel endlich ganz deutlich macht, dass sie sich besser verzieht. Am liebsten würde er ein paar Gänsen den Hals umdrehen, aber dann gehen die restlichen Viecher todsicher auf ihn los. Und ein Einbruch ins Haus kommt auch nicht infrage, viel zu riskant. Er wird sich mit dem Schuppen zufriedengeben müssen.

Am Steg dümpelt das Boot mit dem verrückten Namen *Schrecken der Meere*, und im Haus sind sämtliche Lichter aus. Die Dunkelheit ist jetzt so tief, dass man fast die Hand vor Augen nicht erkennen kann.

Die perfekte Nacht, denkt der Mann und lässt sich das letzte Stück ohne Motor treiben. Dann greift er mit einer Hand nach dem Steg.

»Er kommt!«, flüstert Enes. »Hörst du den Motor? Ich glaube nicht, dass um diese Zeit so viele Boote unterwegs sind!«

Dann erstirbt das Geräusch. Auf einmal ist die Stille ohrenbetäubend.

»Bleib vorsichtshalber hinter den Bäumen!«, flüstert Enes. »Nicht dass der uns zu früh entdeckt!«

Eine Sekunde überlegt Martha, ob der Mann vielleicht eine Waffe hat. Bei dem Gedanken wird ihr ganz kalt. Er darf sie einfach nicht sehen.

»Jetzt schleicht er zum Schuppen!«, flüstert Enes. »Nicht zu früh fotografieren! Wenn er den Blitz sieht, haut er bestimmt sofort ab!«

Oder er geht auf uns los, denkt Martha. Nicht daran denken.

»Wir müssen dichter ran!«, flüstert sie. »Sonst wird das nichts mit dem Foto!«

Aber Enes schleicht sowieso schon auf den Schuppen zu.

Martha hört ein zischendes Geräusch, aber erst als sie den Mann in der Dunkelheit erkennen kann, sieht sie, was er gerade tut. Mit einer Spraydose sprüht er etwas auf die Schuppenwand, mit großen, weit ausholenden Bewegungen. Enes packt sie am Arm und zieht sie zurück.

Der Makler setzt die Dose ab. Dann greift er nach irgendetwas Langem, Schmalem und geht damit zur Schuppentür.

»Ein Stemmeisen!«, flüstert Enes. »Oder ein Kuhfuß! Sobald die Tür einen Spalt aufgebrochen ist …«

Der Schuppen ist alt, und sein Holz ist morsch. Es beginnt zu knirschen, sobald der Makler den Kuhfuß angesetzt hat.

»Jetzt!«, flüstert Enes.

Zwei Handys blitzen gleichzeitig. Der Makler schrickt zusammen und dreht sich um. Die Handys blitzen wieder.

»Verdammte Bande!«, zischt der Makler. Dann kommt er mit hoch erhobenem Kuhfuß auf sie zugerannt.

69.

Als Mats aufwacht, ist es um ihn herum ganz still. Er wacht sonst niemals auf, bevor es Morgen wird, nachts ist es unheimlich. Zum Glück kann er Wilde Dreizehn spüren, sie liegt halb unter ihm begraben, die Dumme, so kann sie bestimmt nicht gut schlafen. Und er auch nicht.

Aber jetzt ist er wach. Und irgendetwas ist falsch.

»Martha?«, flüstert Mats. An seiner linken Seite hört er Mikkels leisen Atem. Aber Mikkel ist ihm egal. Mats will Martha. »Martha, ich kann nicht schlafen!«

Hinter dem Sessel rührt sich nichts.

»Mar-tha!«, flüstert Mats ein bisschen lauter. Er will nicht aufstehen. Aufstehen ist gruselig, wenn es so dunkel ist. »Mar-tha, du sollst was sagen!«

Aber auf Marthas Seite hört er nicht mal ihren Atem. »Martha, bist du tot?«

Ganz, ganz vorsichtig schiebt Mats seine Füße unter der Decke heraus, und ganz, ganz vorsichtig steht er auf. »Martha!«, flüstert er wieder.

Auf Marthas Matratze ist die Bettdecke sorgfältig zusammengefaltet, geradeso, als hätte dort in dieser Nacht noch niemand gelegen.

Mats starrt die leere Matratze an. Hier liegt keine Martha. Wo ist Martha denn hin? Ohne Martha ist es unheimlich allein auf dem dunklen Dachboden, Mikkel ist ja auch noch nicht groß. Und kalt ist es auch. Wenn Mats jetzt seinen Pullover finden könnte, würde er sich den überziehen. Aber wenn es so dunkel ist, will Mats nicht danach suchen.

Ganz leise schleicht er auf bloßen Füßen zur Treppenleiter und klettert nach unten. Auch in der Küche ist keine Martha, aber zum Glück hört er aus dem Oma-Schlafzimmer ein lautes Schnarchen. Wenn wenigstens die Oma da ist, ist es nicht mehr so schlimm. Aber Martha suchen muss er trotzdem.

Draußen sind noch ein paar Lichter im Hafen der kleinen Stadt zu sehen, grüne und rote, ganz weit weg. Aber als sich seine Augen an die Dunkelheit gewöhnt haben, sieht er am Steg das große, schöne Boot, gleich neben der *Schrecken der Meere*. Ist Martha vielleicht zu diesem Boot gegangen? Hat sie Besuch gekriegt, und keiner hat ihm Bescheid gesagt? Das ist mal wieder typisch ungerecht. Die Großen wollen immer alles alleine machen, und Mats wollen sie nicht dabeihaben.

Aber Mats ist so schlau, haha, Mats hat sie erwischt! Und jetzt schleicht er sich ganz leise an das Boot heran, und wenn er Martha dann findet, schreit er *Buh!*, dann soll sie sich mal erschrecken! Er hat gar keine Angst mehr, jetzt, wo die Oma schnarcht und wo er weiß, dass Martha nur Besuch gekriegt hat. Und Martha und ihr Besuch sind so dumm und sehen ihn noch nicht mal, wo er doch schon fast auf dem Steg angekommen ist! Gleich guckt er durch das Kajütenfenster nach drinnen, und dann …

Dann sieht er ihn. Auf dem Boden neben dem Steuerstand liegt er, so traurig und so schrecklich, und niemals hätte Mats ihn entdeckt, hätte nicht gerade in diesem Augenblick eine Wolke den Mond freigegeben.

Mats stößt einen wilden, erschrockenen Schrei aus. Auf dem Boden im Boot liegt Schrödersons Kopf.

70.

Martha rennt. Hinter sich hört sie die schweren Schritte, ein Schnaufen auch, der Makler ist ihr dicht auf den Fersen. Aus dem Augenwinkel sieht sie, dass Enes abdreht, nicht in Richtung Wasser läuft er mehr, nicht in Richtung Steg, Enes rennt zum Zaun.

Und Martha begreift, warum er das tut, und schlägt jetzt auch selbst einen Haken und rennt hinter ihm her.

Nun muss der Makler sich entscheiden. Wenn er zurückwill zu seinem Boot, muss er sie laufen lassen. Und das will er doch sicher: zurück zu seinem Boot und dann abfahren, so schnell wie möglich.

Hinter ihr wird das Schnaufen leiser, Martha hört keine Schritte mehr. Als sie endlich wagt, sich umzudrehen, sieht sie, dass sie tatsächlich nicht mehr verfolgt wird. Der Makler rennt zum Steg. Soll er doch! Sie haben schließlich die Fotos.

Martha bleibt stehen. Auch Enes kommt schon über die Weide zurück und legt den Arm um ihre Schultern. »Alles okay?«, fragt er.

In diesem Moment hört sie vom Boot her den Schrei, ausgerechnet jetzt. »Hilfe, Mama, Hilfe!«, schreit Mats.

Was hat Mats denn am Steg zu suchen? Mitten in der Nacht?

»Komm, los, bevor da noch was passiert!«, ruft Enes. Er hat den Arm von ihrer Schulter genommen und ist schon auf dem Weg zum Wasser.

Martha fragt sich nicht, was denn passieren soll. Sie rennt.

»Du hast Schröderson kaputt gemacht!«, schreit Mats. Er ist ins Boot gesprungen und hat den armen, abgerissenen Kopf aufgehoben, der aussieht, als wäre immer wieder Gischt auf ihn gespritzt und als wäre viele Male jemand gedankenlos auf ihn getreten. Den streckt er dem Makler jetzt entgegen. »Du hast Schröderson kaputt gemacht!«

Der Makler starrt ihn an. »Du verdammtes …«, zischt er und lässt mit zitternden Händen den Motor an. Verdammt, wie konnte das alles nur so furchtbar schieflaufen? Und jetzt haben diese Kinder sogar Fotos von ihm gemacht!

»Raus!«, brüllt der Makler. »Sofort raus aus meinem Boot!«

Er will losfahren, verdammt, er will endlich losfahren, und jetzt steht da vor ihm dieses Kind und heult! Und über die Wiese kommen schon die beiden anderen gerannt, direkt auf ihn zu, verdammter Mist! Er hätte doch hinter ihnen herrennen und ihnen eins überziehen sollen, damit er in Ruhe verschwinden kann, aber wer kann schon klar denken in so einer Situation? Damit konnte er doch nicht rechnen! Er ist schließlich Makler, kein Berufsverbrecher! Und jetzt ist seine kleine Aktion so aus dem Ruder gelaufen, und er muss sehen, dass er wegkommt von hier, die Kinder sind ja schon fast am Steg!

Da blendet ihn wieder ein Blitz, und ohne nachzudenken, packt er den Bengel, um ihn auf den Steg zu heben. Jetzt haben sie noch ein Foto von ihm und sogar von seinem Boot mit dem Kennzeichen!

»Hilfe, Mama, Hilfe! Martha!«, schreit der Junge und hört überhaupt nicht mehr auf. Wie eine Sirene klingt sein Geheul jetzt. Bestimmt wachen sie von dem Lärm sogar drüben in der Stadt auf. »Hilfe, Martha, Hilfe, Hilfe!« Und das Balg strampelt und tritt, und wieder blitzt es grell.

Und dann weiß er, was er tun muss. Er ist Makler und kein Berufsverbrecher, aber in dieser Situation gibt es nur eine Möglichkeit.

»Gebt mir eure Handys!«, sagt er und wundert sich selbst darüber, wie ruhig seine Stimme klingt. »Werft sofort eure Handys ins Boot. Sonst nehm ich den Jungen mit, und das ist dann ganz allein eure Schuld!«

»Hilfe, Mama, Hilfe!«, brüllt das Balg.

Gleich habe ich die Fotos, denkt er. Also war es doch ein Glück, dass dieser Bengel seinen verdammten Hundekopf gefunden hat.

71.

Martha und Enes stehen auf dem Steg, ihre Handys noch immer in der Hand.

»Los, los, los!«, ruft der Makler. Mats brüllt und tritt und windet sich unter seinem festen Griff. »Los, los, wird's bald!«

Wenn er die Handys hat, gibt es keinen Beweis mehr, denkt Martha. Aber vor allem denkt sie an ihren kleinen Bruder, der so verzweifelt schreit und strampelt und trotzdem keine Chance hat gegen den kräftigen Mann. Sie wirft noch einen letzten Blick auf ihr Handy, dann holt sie weit aus. Das Handy schlägt auf den Bootsboden, fast gleichzeitig mit dem von Enes. Alle Fotos sind weg. Der Makler hat gesiegt.

In diesem Moment gibt es einen lauten Knall.

»Und jetzt mal alles wieder schön retour!«, ruft die Oma, und zum zweiten Mal feuert sie ihre Flinte ab. Das Wasser neben dem Boot spritzt auf wie eine Fontäne. »Wenn ich zielen will, kann ich auch zielen, du Dreckskerl! Ich hab dich gewarnt!«

Da steht sie, noch am Ufer, einen Schritt vom Steg, mit

aufgelösten Haaren und in einem Schlafanzug, wie ihn die Frauen in diesen hundert Jahre alten, lustigen Liebesfilmen tragen, die Mama manchmal kurz einschaltet und nie zu Ende guckt. Mit ihrer Flinte zielt sie auf das Boot.

Der Makler zuckt zusammen und lässt Mats los. Dann sieht er sich im Boot verzweifelt nach dem Rettungsmesser um. Jetzt bleibt keine Zeit, den Knoten zu lösen! Jetzt kann er nur noch das Tau durchschneiden.

»Und die Telefone will ich auch, du Schubjack!«, ruft die Oma, als Mats mit Schrödersons Kopf in der Hand zitternd auf den Steg geklettert kommt und sich weinend an Martha klammert. »Na, wird's bald!« Und wieder spritzt das Wasser neben dem Boot auf.

Der Makler starrt sie an. »Alte Hexe!«, zischt er. »Giftige alte Hexe!«

Dann schleudert er die beiden Handys auf den Steg.

Hoffentlich halten die das aus!, denkt Martha.

»Und jetzt ab!«, ruft die Oma. »Zehn Sekunden geb ich dir noch zum Losmachen, dann will ich dich hier nie mehr sehen!«

Die zehn Sekunden braucht der Makler auch, seine Hände zittern immer noch. Dann braust er ab, und hinter seinem Boot leuchtet im Mondlicht eine gigantische Heckwelle.

Und da lässt Mats Martha so plötzlich los, wie er sie eben gepackt hat, und fängt an, auf und ab zu hüpfen. Dabei wedelt er mit beiden Armen. »Hau ab, du Arsch!«, schreit er und lacht und lacht. »Hau ab, du Arsch-Arsch-Pupe-Arsch!«

Dann wirft er Martha einen entschuldigenden Blick zu. »Das sagt Dilara!«, sagt er.

Die Oma senkt ihre Flinte. »Ich sag das auch!«, sagt sie.

Sie haben das Haus schon fast wieder erreicht, da sehen sie eine Gestalt, die über die Weide gerannt kommt. Sie rennt, wie alte Männer rennen, vornübergebeugt und ein bisschen stampfend.

»Herr Boysen!«, ruft Mikkel.

Er steht in der offenen Haustür und starrt ihnen ängstlich entgegen. Natürlich, die Schüsse haben ihn aufgeweckt! Martha nimmt ihn in den Arm, genau in dem Moment, als auch Herr Boysen schnaufend die Kate erreicht.

»Ich hab Schüsse gehört!«, sagt er und stemmt seine Hände auf die Knie. »Ist irgendwas passiert?«

Die Oma guckt ihn verblüfft an, dann sieht sie an sich herunter und verschränkt die Arme vor ihrer Schlafanzug-Brust, als wollte sie sich verstecken. »Krischan!«, sagt sie. »Na, das ist ja mal eine Überraschung!«

Herr Boysen sieht verlegen aus. »Das waren die Schüsse auch!«, sagt er.

Enes lacht. »Ja, das war reinstes Hollywood!«, sagt er. »Ich finde, wir sollten zur Polizei gehen und Anzeige erstatten. Solange wir alle noch so schön wach sind.«

»Reicht das nicht morgen früh?«, fragt Martha und gähnt.

»Damit der Kerl abhauen kann und einen riesigen Vorsprung kriegt?«, fragt Enes. Natürlich, er hat als Kind all diese Bücher gelesen, er weiß, worauf es ankommt.

»Vielleicht hat er recht«, sagt Boysen nachdenklich. »Was meinst du, Inge?«

Die Oma guckt grüblerisch von einem zu anderen, dann nickt sie.

»Ich zieh mir nur schnell was über!«, sagt sie. »So viel Zeit muss sein.«

72.

Die kleine Stadt liegt immer noch im Dunkeln, als die *Schrecken der Meere* zusammen mit Enes' Boot an den Kahnstellen festmacht. Aber inzwischen scheint der Mond hell von einem klaren Himmel, und in den schmalen Straßen erkennt man jeden Pflasterstein.

»Läuten!«, sagt die Oma, als sie die dunkle Polizeiwache erreicht haben, und hebt Mats hoch zum Klingelknopf. Nicht mal das Schild ist mehr erleuchtet, und die Fenster der Wache sind dunkel. »Kalle wohnt oben. Der kann aufschließen.«

»Warum rufen wir nicht einfach 110?«, fragt Martha. So machen sie das in den Fernsehkrimis. Leider ist es ihr zu spät eingefallen.

Die Oma winkt ab. »110 ist am Ende auch nur wieder Kalle!«, sagt sie. »Los, Bengel, klingel noch mal ordentlich!«

Da lässt Mats den Finger überhaupt nicht mehr von der Klingel, und im Obergeschoss wird es hinter einer Gardine hell. Dann wird das Fenster aufgerissen.

»Was ist denn hier los?«, ruft Polizist Kalle. »Brennt die See?« Aber er ruft es leise. Auch die Polizei will ja mitten in der Nacht nicht die ganze kleine Stadt aufwecken. Mit seinen vom Schlaf zerstrubbelten Haaren und ohne die Würde der Uniform hätte Mats Kalle vielleicht nicht erkannt. »Inge! Und Krischan auch, guck mal einer an! Ich komm runter!« Und das Fenster wird zugezogen.

Es dauert nur ein paar Sekunden, dann wird die Haustür aufgeschlossen. Kalle hat sich nicht die Mühe gemacht, seine Uniform anzuziehen. Immerhin trägt er jetzt einen viel zu kurzen grün-schwarz gestreiften Bademantel über seinem Schlafanzug.

»Hereinspaziert!«, sagt er und gähnt, ohne sich die Hand vor den Mund zu halten. »Dein Freund und Helfer, was? Die Polizei, zu jeder Stunde für euch da!« Und er schaltet das Licht in der Wachstube an. »Muss ja was Wichtiges sein, wenn ihr alle zusammen mitten in der Nacht hier anrückt!«, und er schiebt hinter dem Tresen seinen Schreibtischstuhl zurecht. »Mitten in der Nacht und spärlich bekleidet!« Dann lacht er sogar.

Martha sieht an sich herunter. Zum Glück ist sie nicht spärlicher bekleidet als den ganzen Tag lang schon, sie hat sich ja am Abend gar nicht erst ausgezogen. Und Enes sieht auch ganz normal aus, außer dass seine Hose unten einen feuchten Rand hat, und die Oma hat sich auch angezogen. Aber Mats und Mikkel stehen barfuß und in ihren Schlafanzügen mit *SpongeBob* und *Krieg der Sterne* auf der Wache, und Herr Boysen hat über einer karierten Boxershorts nur eine Fleecejacke. Niemals würden wir zu Hause so zur Polizei gehen!, denkt Martha.

»So, also jetzt mal Butter bei die Fische!«, sagt Kalle. »Warum reißt ihr mich mitten in der Nacht aus dem Schlaf?«

»Damit Sie gleich eine Suchmeldung rausgeben können, nach einem Boot und einem Mann!«, sagt Enes. »Damit der Mistkerl nicht zu viel Vorsprung kriegt!«

Dann erzählen sie die ganze Geschichte, Martha und die Oma und Mikkel und Mats. Nur Enes und Herr Boysen bleiben still.

»Und was hast du nun damit zu tun, Krischan?«, fragt der Polizist und wirft Herrn Boysen einen fragenden Blick zu. »Und dazu noch in deiner Sonntagskleidung?«

Herr Boysen guckt an sich herunter. Kann er der Polizei überhaupt erzählen, dass er Schüsse gehört hat? Dass es Inge war, mit ihrer Flinte? Er ist sich nicht sicher, ob schießen überhaupt erlaubt ist. Er räuspert sich.

Aber da hat Mats sich schon am Tresen hochgezogen und guckt über die Platte. »Das war doch wegen dem Schießen, Herr Polizist!«, ruft er. »Meine Oma wollte den bösen Mann ja totschießen! Mit ihrer Flinte! Der war gar kein Indianer! Aber das hat nicht geklappt.«

»Mats!«, ruft Martha.

»Du hast geschossen, Inge?«, fragt Kalle, und auf einmal macht er ein ganz strenges Gesicht.

»Kalle!«, ruft die Oma. »Du kennst mich doch! Das war nur mein Luftgewehr. Und ich würde niemals auf einen Menschen zielen, das weißt du doch selber!« Sie kichert. »Aber der wusste das zum Glück nicht. Du hättest mal sehen sollen, wie der seine Beine in die Hand genommen hat!«

»Inge, ich muss dich strengstens verwarnen!«, sagt Kalle und sieht ein bisschen unglücklich aus. »Dass so was nicht noch mal passiert! Und außerdem hab ich das eben gar nicht gehört. Ich weiß von nix. Erzählt mal weiter.«

Da zeigen Martha und Enes ihm endlich ihre Fotos, und Kalle pfeift durch die Zähne. »Dunnerlittchen!«, sagt er.

Auf den Fotos beim Schuppen ist nicht nur der Makler zu erkennen, wie er mit dem Kuhfuß gerade die Tür aufbricht, sondern auch ein gesprayter Schriftzug auf der Schuppenwand, der sich bis übers spinnwebverkrustete Fenster zieht. VERSCHWINDE, WENN DIR DEIN LEBEN LIEB IST!, steht da in roten Großbuchstaben.

»Und seine Visitenkarte haben wir auch!«, ruft Martha. »Da können Sie ihn gleich festsetzen!«

»Das ist eindeutig eine Drohung!«, sagt Kalle und studiert die Fotos. »Und das Gesicht ist auch gut zu erkennen. Trotzdem, trotzdem …« Er seufzt.

»Können Sie nicht gleich jemanden losschicken, der ihn sucht?«, fragt Enes. »Und festnimmt?«

»Mats wollte er auch entführen!«, sagt Martha.

Kalle seufzt noch einmal lauter.

»Ich hab jetzt die Anzeige aufgenommen, und eure Fotos lade ich mir auch runter, wenn ihr die schickt«, sagt er. »Aber ein Kapitalverbrechen ist das ja nun alles leider nicht – wie ich sehe, ist auch meine Nachwuchskraft nicht wirklich entführt. Oder zum Glück, was? Hausfriedensbruch, Sachbeschädigung, Einschüchterung. Da schickt die Polizei nicht mitten in der Nacht ihre Truppen los, um den zu schnappen, das ist hier ja nicht *Tatort*! Aber ich leite die Fotos weiter, und das Bootskennzeichen haben wir schließlich auch. Das geht jetzt an die Hafenmeister rund um die Ostsee. Den kriegen wir schon. Und dich belästigt der garantiert nicht mehr, Inge.«

Enes guckt enttäuscht. Bestimmt war das in seinen Büchern anders, denkt Martha.

»Kommt der ins Gefängnis?«, fragt Mikkel hoffnungsfroh. Die ganze Zeit stellt er schon immer abwechselnd seine bloßen Füße übereinander, weil sie auf dem kalten Terrazzoboden längst eisekalt sind.

»Man wird sehen«, sagt Kalle und gähnt zum dritten Mal. »Habt ihr was dagegen, wenn die Polizei sich jetzt noch eine Mütze voll Schlaf holt, bevor sie in drei Stunden wieder ihre Pflicht erfüllen muss?« Und er wirft einen unglücklichen Blick auf seine Armbanduhr.

Sieht die Oma unzufrieden aus? Vielleicht. Aber Mats und Mikkel wollen nur noch ins Bett, und Martha hätte auch nichts dagegen.

»Wir gucken noch mal vorbei!«, sagt die Oma. »Schlaf gut, Kalle.«

Als sie zu den Kahnstellen kommen, wird der Himmel am Horizont schon hell. Enes winkt, bevor er abfährt, Richtung Steuermannsinsel, aber Herr Boysen steigt zu ihnen ins Boot und nimmt Mikkel auf sein rechtes Knie und Mats auf sein linkes. Da sitzen sie nun und legen ihre Köpfe auf seine Schulter, und die *Schrecken der Meere* ist noch nicht mal an der Ansteuerungstonne vorbei, da schlafen sie schon beide.

»Komm morgen zum Kaffee vorbei, Krischan!«, sagt die Oma, als er die Jungs zum Haus getragen hat und sie sich nun vor der Haustür verabschieden. So, wie sie es sagt, klingt es wie ein Befehl.

Aber Herr Boysen protestiert nicht und zwinkert stattdessen Martha zu. Vielleicht hat gerade etwas Neues angefangen, das eigentlich etwas Altes ist.

ZWEI WOCHEN SPÄTER

73.

Dann kommen Sonnentage und Regentage, und das Leben auf der Landzunge fühlt sich für Martha allmählich an, als hätte sie nie ein anderes gekannt.

Manchmal fährt sie mit der *Schrecken der Meere* alleine nach drüben in die kleine Stadt, um bei Hannes Marmelade abzuliefern und abzukassieren, und manchmal fragt sie dann bei Kalle an, ob der Makler endlich hinter Gittern sitzt. Und jeden Tag hilft sie der Oma beim Pflücken: Sogar die späten Erdbeeren sind jetzt alle geerntet, aber gegen die Sauerkirschen kommen sie fast gar nicht an, so viele sind es, und Martha steigt mit der Leiter in den Baum, und auch Mikkel und Mats dürfen helfen, nur nicht ganz so hoch oben; und die Oma sagt, sie ist froh, dass sie in diesem Jahr die Stare ausgetrickst hat, die fressen ihr die Kirschen sonst immer weg.

Mikkel verschwindet jeden Tag für ein paar Stunden zu Herrn Boysen und kommt mit Pflastern an den Händen zurück; aber auch mit komischen kleinen Tieren, die hat er selbst geschnitzt, und die muss die echte Natur erst noch erfinden, sagt die Oma.

Und manchmal bringt Martha Mats mit der *Schrecken der*

Meere zur Steuermannsinsel, damit er mit Dilara spielen kann. Dann ärgert sie sich mit Enes darüber, wie langsam die Polizei arbeitet und dass der Makler nicht mal ins Gefängnis musste. Aber zum Glück gibt es ja noch den Prozess, da kriegt er hoffentlich auf die Mütze.

»Ich hätte diese ganzen Bücher als Kind doch nie gelesen, wenn den Verbrechern da am Schluss nicht ordentlich was passiert wäre!«, sagt Enes. »Alles Lug und Betrug!«

Aber viel Zeit zum Reden hat Enes leider nicht, es gibt immer viel zu tun. Wenn der Raddampfer kommt oder die *Ostseeprinzessin,* und von Eckernförde der *Wassermann,* dann flitzt er zwischen den Gästen hin und her, und erst wenn Martha Mats nach ein paar Stunden wieder abholt, setzen sie sich vielleicht einen Augenblick auf den Anleger und lassen die Beine baumeln. Sie gucken über das Wasser auf die kleine Stadt, und eines Tages sprechen sie auch darüber, was sein wird, wenn die Ferien zu Ende gehen.

»Ich will gar nicht mehr hier weg!«, sagt Martha. »Jedenfalls nicht zur Schule.« Und dabei lässt sie mit ihren bloßen Zehen das Wasser aufspritzen.

»Aber du kommst doch wieder! Klar tust du das«, sagt Enes und legt ganz kurz seine Hand auf ihre Hand. »Inge ist ja nicht von hier wegzukriegen, wie wir wissen. Da kannst du also immer hin.«

Martha nickt. Richtig ansehen kann sie Enes gerade nicht. Aber vielleicht fährt sie jetzt mit einer kleinen Hoffnung nach Hause. Bei Désirée hat es auch so lange gedauert. Und die hatten noch nicht mal WhatsApp.

Und egal, was Martha will, längst hat die Zeit angefangen zu rennen. Sie rennt, wie sie das niemals tut, wenn Martha auf etwas Schönes wartet, und eines Tages sagt Papa am Handy bei ihrem Besuch am Zaun, Mama und er fliegen schon am nächsten Tag, die Ärzte haben gesagt, es ist okay.

»Endlich!«, sagt Martha und versucht den Kloß in ihrem Hals herunterzuschlucken. Natürlich ist sie froh, dass es Mama wieder gut geht, und natürlich freut sie sich, dass Mama und Papa zurückkommen, sehr sogar.

Aber wenn sie dann über das Wasser guckt und Mats und Mikkel hinter dem Schuppen lachen hört, wie sie da barfuß und mit sandigen Zehen mit Tiger spielen oder am Ufer merkwürdige Hölzer, die niemand außer ihnen als Boote erkennen würde, um die Wette schwimmen lassen: Dann hat sie schon jetzt Heimweh nach Sommerby und diesem Leben, obwohl sie doch noch hier ist und darum Heimweh eigentlich gar nicht geht.

Und einen Tag später ist da dann auch eine WhatsApp von Annika. **Deine Eltern sind zurück!**, schreibt Annika. **Würde morgen zum Abholen passen?**

Natürlich, auch zum Abholen kommt wieder nur Annika. Mama und Papa sprechen ja nicht mit der Oma. Und die Oma nicht mit ihnen, keiner weiß, warum. Aber dass so etwas schrecklich ist und bestimmt auch dumm, das weiß Martha genau. Nur ändern kann sie daran gar nichts.

Sie starrt auf das Display. **Dann packen wir heute Abend!**, schreibt sie, und es fühlt sich an, als ob ihr etwas das Herz zusammenzieht. **Bis morgen!**

Ich wollte zuerst doch gar nicht herkommen!, denkt sie, als sie noch langsamer als sonst zum Haus zwischen den Bäumen zurückgeht. Was ist hier denn schon los?

Auf dem Wasser beeilen sich im Abendlicht die Segler von der Ostsee, noch rechtzeitig zur Brückenöffnung die nächste Stadt zu erreichen, damit sie dort nicht eine ganze Stunde vor der Brücke warten müssen mit ihren hohen Masten; auf der Weide glotzen die Kühe Martha an; und aus der kleinen Stadt gegenüber ist heute Abend kaum ein Geräusch zu hören, weil der Wind aus der anderen Richtung kommt. Was ist denn hier schon los. Nun sei doch mal vernünftig, Martha.

Sie wirft einen letzten Blick auf all die Urlaubs-WhatsApps von Freundinnen, die sie nicht geöffnet hat. Zu Hause reicht auch noch.

74.

Es ist ein trauriges Abendessen, und es ist ein trauriges Frühstück.

»Freut ihr euch denn gar nicht auf Mama und Papa?«, fragt Martha und versucht, sich selbst aufzumuntern.

Mats guckt trotzig.

»Doch«, sagt Mikkel.

Und Martha weiß genau, was sie meinen. Sie freut sich ja auch. Mit der Abschieds-Traurigkeit hat das nur gar nichts zu tun.

Das Packen geht schnell, so viel Gepäck haben sie von zu Hause gar nicht mitgebracht; auch wenn die Oma jetzt ein paar von ihren sorgfältig gefalteten Plastiktüten aus der Speisekammer rausrücken muss, damit Mikkel und Mats ihre gesammelten Muscheln und geschnitzten Tiere und selbst gebastelten Boote und gepressten Blätter und schönen Steine einpacken können.

Dann können sie nur noch warten.

Die Sonne scheint, als wollte sie ihnen zum Abschied das Herz noch mal extra schwer machen, und alle drei Kinder setzen sich auf den Steg.

»Seemannsknoten kann ich zwei«, sagt Mikkel und stupst

die *Schrecken der Meere* mit seinem schmutzigen bloßen Fuß an, dass sie ein bisschen in Bewegung gerät. »Achterknoten und Palstek. Enes hat gesagt, wenn wir wiederkommen, bringt er mir noch Kreuzknoten und Schotstek bei.«

»Ich kann Achterknoten auch!«, sagt Mats. »Hat Dilara mir gezeigt.«

Und weil sie übers Wasser gucken und weil sie so traurig sind, bemerken sie Mama und Papa erst, als sie schon fast bei ihnen angekommen sind.

»Mama!«, brüllt Mats und hätte sie fast umgeworfen, wie sie da mit ihren Gehhilfen steht und aussieht wie nach einem Marathon, obwohl sie doch nur vom Zaun über die hubbelige Weide gekommen ist. »Mama, Mama, Mama!« Und auf einmal ist alle Traurigkeit verschwunden.

Mikkel stürzt sich auf Papa, und Martha bleibt fast ein bisschen verlegen vor ihnen stehen. »Wieso seid *ihr* denn gekommen?«, fragt sie. »Ich dachte, Annika wollte das machen!« Und sie merkt selbst, wie unfreundlich das klingt, dabei ist es gar nicht so gemeint.

»Wir dachten, wir sollten selbst mal gucken, wie es unseren tüchtigen Kindern in den letzten Wochen so gegangen ist!«, sagt Papa.

»Verdammt, ist das schön hier!«, sagt Mama. »Das hatte ich schon fast vergessen.«

Können Erwachsene verlegen sein wie kleine Kinder? Ganz bestimmt. Sie haben nur gelernt, so zu tun, als wären sie es nicht.

»Welche Überraschung!«, sagt die Oma und stemmt die Hände in die Hüften. Es klingt bestimmt nicht freundlich. Aber unfreundlich auch nicht.

»Ja, wir dachten …«, sagt Mama in so einem falschen fröhlichen Ton, und Papa sagt: »Hallo, Inge! Hast du vielleicht mal was, wo sich Leonie hinsetzen kann?«

»Hol einen Küchenstuhl, Mikkel!«, sagt die Oma, und Mikkel flitzt.

»Wir dachten, wo das Wetter so schön ist …«, sagt Mama. Dann lässt sie sich erleichtert auf den Küchenstuhl fallen, den Mikkel direkt hinter ihr aufgestellt hat, und legt ihre Gehhilfen ins Gras. »Puh! Ist das anstrengend!«

»Hat Papa dir über den Zaun geholfen?«, fragt Mikkel.

»Schön, dass ihr gekommen seid«, sagt die Oma. Auch das klingt nicht so freundlich, wie dieser Satz eigentlich klingen müsste. Aber unfreundlich auch nicht.

Dann reden sie nicht mehr darüber. Weil Mikkel und Mats so viel zu erzählen haben, und Mama und Papa sagen immer nur: »Meine Güte!«, oder: »Und das habt ihr wirklich alles alleine hingekriegt?«

Und Martha und die Oma gehen in die Küche und streichen ungefähr hundert Brote mit Marmelade, die schneiden sie in kleine Rechtecke und dekorieren sie hübsch auf Omas bester Fleischplatte. Jetzt kann man sie essen wie Kuchen.

Beim Küchentisch-Raustragen hilft Papa mit, ohne dass die Oma ihn gefragt hätte, und als ihre Blicke sich aus Versehen treffen, sagt er: »Schön, mal wieder hier zu sein!«

»Mhhhm«, brummt die Oma und schnappt sich mit jeder Hand einen weiteren Küchenstuhl.

Dann sitzen sie neben dem Steg in der Sonne, und Mama sagt, ein Sonnenschirm wäre jetzt nicht schlecht.

»Bist du gekommen, um rumzunörgeln?«, fragt die Oma angriffslustig, aber Mama sagt ganz schnell, nee, nee, das ist ihr eben nur so eingefallen.

»Und Schröderson hat ja so ein schönes neues Halstuch!«, sagt sie dann. So macht Mama es immer, wenn beim Reden eine peinliche Pause entsteht. Martha muss das unbedingt auch noch lernen.

»Hat Oma mir geschenkt!«, sagt Mats und hält Mama seinen isländischen Hund hin, damit sie das Halstuch bewundern soll. Wilde behält er auf seinen Knien. Er muss sich ja immer um zwei Stofftiere kümmern, damit keins von beiden traurig ist. »Dass man die Operation nicht mehr sieht! Aber der Knopf ist weg!«

»Operation?«, fragt Mama und dreht den Hund am Ohr in der Hand. Tatsächlich fehlt an seiner roten Jacke ein Knopf, da ist sie nun mit einer winzigen Sicherheitsnadel festgesteckt.

»Oma musste doch den Kopf annähen!«, sagt Mikkel. »Da sah das nicht schön aus am Hals, das sag ich dir aber!«

»Den Kopf annähen?«, fragt Mama.

»Den hat doch der Indianer kaputt gemacht!«, sagt Mats. »Aber Oma hat den erschossen, beinah fast!« Und er sieht sehr zufrieden aus.

»Mats!«, sagt Papa und lacht, aber er guckt die Oma doch fragend an. »Der Indianer?«, sagt er.

Da denkt Martha, dass es vielleicht am besten ist, wenn *sie* die ganze Geschichte erzählt, und das tut sie jetzt auch. Und Mama und Papa hören sich alles an und werfen sich immer so merkwürdige Blicke zu, und Mikkel ruft: »Weißt du, wie viel Geld der Indianer Oma geben wollte? Zwei Millionen, das ist ganz schön viel, du!«

»Das ist es tatsächlich«, murmelt Mama, und Papa sagt: »Gut, dass du standhaft geblieben bist, Inge«, und da starrt ihn die Oma an, als sähe sie ihn zum ersten Mal, und dann lächelt sie ein bisschen.

»Das hat sich auch schon mal anders angehört!«, sagt sie.

Martha sitzt ganz still. Vielleicht erfährt sie jetzt endlich, worüber sie sich die ganze Zeit den Kopf zergrübelt hat: Warum Mama und Papa mit der Oma nichts zu tun haben wollten. Oder vielleicht eher die Oma nicht mit ihnen.

»Man wird ja älter und vernünftiger«, sagt Papa, und nun schafft er es doch nicht mehr, seine Verlegenheit ganz zu verbergen. »Sollen wir uns bei dir entschuldigen, Inge? Das war dumm von uns, damals. Wir waren einfach noch jung und vielleicht auch ein bisschen blöd …«

»Nur ein bisschen?«, sagt die Oma und lacht.

Da holt Mama tief Luft. »Es war nämlich so, Kinder!«, sagt sie. »Es gab schon mal jemanden, der Omas Haus und die Weide unbedingt kaufen wollte, und der wollte auch ordentlich zahlen. Da haben Papa und ich versucht, Oma zu überreden …«

»Das sollte ein Einkaufszentrum werden, oder?«, fragt Martha.

Mama nickt. »Alle waren damals wütend auf Oma, weil sie nicht verkaufen wollte, ganz Sommerby«, sagt sie. »Sie hätte von ihrer Familie bestimmt gut ein bisschen Unterstützung gebrauchen können! Aber wir haben nur gesehen, wie viel Geld sie bekommen sollte, und wir haben daran gedacht, was sie damit alles machen könnte ...«

»Auf mich eingeredet habt ihr!«, ruft die Oma. »Ihr seid sogar zusammen mit dem Makler hergekommen! Ihr habt gesagt, wenn ich nicht verkaufen will, muss ich ja wohl unzurechnungsfähig sein ...«

»Was ist das?«, fragt Mats interessiert. »Unrechenfähig?«

Ich könnte dich küssen, Mats!, denkt Martha. »Ein bisschen dumm!«, sagt sie. »Stimmt doch, oder? Aber Oma ist ja nicht dumm!« Und sie wirft Mama und Papa einen Blick zu, weil jetzt genug über ernste Dinge geredet worden ist und sie sich wünscht, dass die Stimmung wieder gut wird. Nun weiß sie ja, warum alle zerstritten waren.

»Jetzt freust du dich aber, dass Oma das nicht verkauft hat, Mama, was?«, fragt Mikkel. »Wenn dein Bein wieder gut ist, darfst du bestimmt auch mal Boot fahren. Martha zeigt dir das.«

»Das ist nett!«, sagt Mama. »Wenn ich mal ab und zu herkommen darf?«

Da wischt die Oma mit der Handkante ein paar Krümel vom Tisch und antwortet nicht, aber wenn Martha sich nicht täuscht, sehen ihre Augen auf einmal ziemlich blank aus.

»Ich hol noch Kaffee!«, sagt die Oma und springt auf und läuft ins Haus.

Mama und Papa werfen sich Blicke zu.

»Und wieso auf einmal die vielen Rosen überall?«, fragt Papa dann. »Dass der Gangster Omas Stauden umgehauen hat, hast du ja eben erklärt, Martha, aber all die Rosen haben sich doch wohl nicht selbst gepflanzt?«

»Das war doch Krischan!«, sagt Mikkel und wirft einen Expertenblick über den Garten. »Der kommt immer. Stauden kannst du nämlich um diese Jahreszeit nicht gut pflanzen, aber Rosen mit Ballen, das geht!«

»Rosen mit Ballen, oha!«, sagt Mama und lacht. »Was du alles gelernt hast!«

»Aber die Rehe fressen die ja auf, die Äster!«, sagt Mats und guckt kummervoll auf die leere Fleischplatte, als hätten die Rehe ihn gerade auf einen Gedanken gebracht. »Die futtern und futtern und futtern.«

»Daran erinnere ich mich auch noch!«, sagt Mama und seufzt. »Stimmt, Mats! Diese elenden Rehe!«

»Aber *Bambi* gucken und heulen, ja?«, sagt Papa und lacht.

»Möchte noch jemand Kaffee?«, fragt die Oma, und vielleicht war das mit den glänzenden Augen auch ein Irrtum.

»Ich hab gehört, Boysen ist wieder da?«, fragt Mama. »Und er hat dir sogar diese Rosen gepflanzt?«

»Ganz netter Kerl eigentlich«, sagt Oma.

Mama lacht. »Dann solltest du aber vielleicht wieder eine Pforte vorne in den Zaun setzen!«, sagt sie. »Und wieder einen Weg über die Weide anlegen? Dass man vernünftig nach Sommerby kommt?«

Die Oma lächelt. »Wir sehen uns ja nun wieder öfter, Krischan und ich«, sagt sie. »Und wenn man nur oft genug geht, wird schon ein Weg draus.«

75.

Die Oma begleitet sie zum Zaun, und zusammen mit Papa hilft sie Mama auf die andere Seite.

Da wagt Martha zum ersten Mal, sie zu umarmen. »Wir kommen ganz bald wieder, Oma!«, flüstert sie ihr ins Ohr. »Danke für alles! Es war so schön bei dir!«

Und jetzt ist sie ganz sicher, dass die Augen der Oma glänzen.

»Tschüs, Oma, tschüssi!«, ruft Mats und sitzt schon halb im Auto. »Du kannst Dilara sagen, sie soll die Möwennester nicht kaputt machen!«

Die Oma nickt. »Wiedersehen, Mikkel!«, sagt sie und beugt sich als Letztes zu Mikkel herunter. »Danke für deine große Hilfe mit den Hühnern!«

Mikkel nickt ungeduldig, als wäre jede Art von Hilfe für ihn selbstverständlich.

»Oma?«, flüstert er. »Aber du behältst das für immer und immer, oder? Heilig geschworen? Du verkaufst das niemals im ganzen Leben?«

»Heilig geschworen!«, sagt die Oma und hebt sogar drei Schwurfinger in die Luft.

Mikkel lächelt beruhigt und klettert über den Zaun. Aber

bevor er zu den anderen ins Auto steigt, dreht er sich noch einmal um.

»Und, Oma, und!«, ruft er und zeigt über die Weide, wo in ihrem Gehege die ahnungslosen Gänse fressen. »Und die Gänse machst du auch nicht tot!«

»Steig ein, Mikkel, wir wollen los!«, ruft Papa.

Die Oma winkt dem Auto hinterher, dann geht sie allein zurück zu ihrem Haus. »Na, irgendwo muss es auch mal eine Grenze geben!«, murmelt sie.